Era das Arcas

MARCELA ALBAN
MARCELO CASSARO

Era das Arcas

MARCELA ALBAN
MARCELO CASSARO

Créditos

PROJETO GRÁFICO E DIAGRAMAÇÃO: Patrício Rios

CAPA: Erica Awano (arte) e André Vazzios (cores)

ARTES INTERNAS: Erica Awano (arte) e Rebirth Studio (cores)

REVISÃO: Vinicius Mendes

EDITOR: Marcelo Cassaro

EDITOR-CHEFE: Guilherme Dei Svaldi

Rua Coronel Genuíno, 209 • Porto Alegre, RS

CEP 90010-350 • Tel (51) 3391-0289

contato@jamboeditora.com.br • www.jamboeditora.com.br

1ª edição: setembro de 2022 | ISBN: 978658863423-3
Dados Internacionais de Catalogação na Publicação

C343e Cassaro, Marcelo
Era das Arcas / Marcelo Cassaro e Marcela Alban. — Porto Alegre: Jambô, 2022
288p.

1. Literatura brasileira — Ficção. I. Cassaro, Marcelo. II. Alban, Marcela. III. Título.

CDU 869.0(81)-311

1

O CANTO DOS MORTOS FINDOU-SE NO GOLPE QUE DEGOLOU O último deles. O gemido sepulcral, esganiçado e angustiante selou o fim da horda de mortos-vivos.

No chão lamacento da Floresta dos Ossos, o sangue enegrecido e malcheiroso se uniu ao nosso, puro e vermelho.

As armas deles, podres pedaços de metal, jaziam ao lado dos corpos em decomposição lenta. As nossas eram lavadas com bálsamos e orações, brilhantes e mortais.

A aparência decrépita dos zumbis trouxe uma sensação ilusória de vitória rápida. Mas a jornada é ladeada de flores e espinhos, sorte e imprevistos. Nenhuma batalha é fácil. Nenhuma nos faz completamente imunes ao flagelo.

Havia cinco para cada um de nós.

O céu enegrecido era promessa de tempestade. Me trouxe a lembrança dos olhos vazios que me sentenciaram à morte, da boca fétida que me buscava o pescoço. Por sorte, ou por flores, a espada de Olec cortou a cabeça do morto-vivo antes que a minha fosse.

Flechas quebradas, frascos vazios de poções que curam o corpo e renovam a mágica, lascas de couro e metal das armaduras. Restos esquecidos no chão. Como também podíamos ter acabado.

Exaustos, acolhemos de bom grado a magia vital de Nemesin, o estoico elfo curandeiro. As feridas não se fecharam por completo, e nem recobramos toda a vitalidade. Mas foi como ser limpo do tormento com água morna, acalentando o desesperador sentimento de dissabor.

A missão não tem sido fácil, e sequer chegou ao fim. O Diadema da Deusa não estava na Floresta dos Ossos, como nos contaram; havia sido roubado por kobolds. Os pequenos monstros canídeos se escondiam no subterrâneo rochoso, em algum lugar da Arca de Vallindra ainda inexplorado por nós.

Se me permitem, compararei a sensação de chegar até aqui, de apresentar a seus olhos o desconhecido, com o início da prosa contada por outro menestrel, o saudoso Azz'Ecos.

Vem lá do âmago, da essência que nutre o coração aventureiro. Não é frio ou quente, tampouco bom ou ruim. Dá medo, dá coragem. Interrompe sonhos, alimenta ilusões e catalisa a ambição. É genuíno, puro, forte. É a sensação que apenas quem luta e sonha pode sentir.

Pouca vegetação se atreve a nascer aqui. O solo árido em muito difere do lamaçal que foi palco da luta recente. Por um lado, o movimento é mais fácil, sobretudo para o grande Olec e sua armadura pesada feito rocha. Por outro, a sensação de morte é ainda maior. Falta cor, luz e ar.

Nemesin discorda de mim em silêncio, com um olhar de soslaio. A confiança élfica me inspira inveja e medo.

Gesticulando com graça, ele sussurra encantos. De suas palmas, um brilho perolado percorre o perímetro. As vestes, impecáveis mesmo após tanta luta, farfalham com a emanação de poder.

O ar é denso naquela região inóspita. Difícil respirar. E piora quando sentimos a aura mágica de Nemesin passar por nós. A pele arrepia e o coração dispara de excitação. Uma nova batalha está próxima.

— Ali — o elfo avisa. — A entrada.

Em meio ao nada, vazio de árvores ou arbustos, apenas um amontoado rochoso se destaca. Cinza e morto como tudo o mais, talvez o símbolo maior daquele lugar. Quase imperceptível, no entanto, há uma pequena passagem próxima à base, onde a magia de Nemesin circula bruxuleante antes de desaparecer.

Olec apanha o escudo e se posiciona adiante. Solta um fraco suspiro de preparo, retesa músculos dos ombros e costas. A perna de apoio racha o solo seco. Sabe que tem trabalho duro pela frente, especialmente com a ausência de Montrak, que ainda não nos alcançou.

— Farei com que venham até nós — Bartoh anuncia. Ele apanha uma flecha de um compartimento especial na aljava, diferente das comuns; penas brancas e ponta cristalina, faiscante, como uma gema lapidada.

As garras longas e escuras não são impedimento para a mira precisa. As orelhas lupinas se elevam em atenção. Minha respiração acompanha a sua, antes do tiro preciso. Perfeito.

A flecha atravessa a entrada cavernosa — e vem a explosão de luz. Cubro os olhos com o braço. Ouço guinchos de dor e surpresa, que começam a desvendar um mundo atrás das rochas. Logo surgem os primeiros kobolds, de armas em punho. Espalham-se como vespas raivosas e letais.

Se duas dezenas de zumbis bastaram para levar nossa fortitude ao limite, aquela meia centena de cães-lagartos promete responder se nossas vidas e trajetórias valem um diadema mágico.

Sem hesitar, Olec avança com o escudo à frente. Atropela três kobolds de uma vez. Faz um meio giro com os calcanhares, a espada desce como um raio prateado na diagonal, corta de cima abaixo um quarto monstro. O guerreiro arreganha dentes, gira a lâmina duas vezes em ameaça brutal. Mais dois que vinham atacá-lo com machadinhas em riste são abatidos sem sacrifício.

— Mestre KedroP!

Bartoh me chama com uma flecha entre os dentes afiados, enquanto mira outra em minha direção. Esquivo com um salto, o projétil passa rasteiro sob meus solados. Atrás de mim, um guincho de dor e um kobold ferido. Giro a adaga entre os dedos antes de desferir o golpe de misericórdia.

Nemesin, que percebo estar próximo, ergue as mãos aos céus — e minha nuca arrepia com a onda de energia mágica que nos envolve. Sua voz suave entoa palavras incompreensíveis a ouvidos destreinados, os dedos ligeiros traçam símbolos de força e defesa no ar, runas peroladas voam como plumas mágicas até Olec e Bartoh.

A proteção não os alcança em tempo.

Olec urra ao ser cortado na perna por uma machadinha, atrás do joelho, na fresta da armadura. O sangue suja o prateado do metal polido. Em furioso ataque reflexo, o guerreiro golpeia com a mão imensa e fratura a cabeça reptiliana. O kobold cai com os olhos virados e a língua bifurcada fora da boca.

Onde está Montrak? Já devia ter nos alcançado.

Bartoh se esquiva das armas rústicas e salta, pousando nas costas de nosso guerreiro. Equilibrando-se nos ombros revestidos de metal enquanto Olec faz seu movimento circular, o arqueiro feral dispara saraivadas, cada flecha buscando um kobold sem erro. Saque e disparo tão rápidos que, para olhos inexperientes, parecem magia.

Com sua visão privilegiada do alto, Bartoh aponta uma garra em direção a outro enxame kobold, que começa a nos cercar.

— Nemesin! KedroP! *Ali está!*

Em meio a vinte ou mais cães-lagartos, percebo um deles equilibrando uma tiara na cabeça pequena demais. O Diadema da Deusa. A relíquia que valia todo aquele infortúnio.

Nemesin recua um passo atrás de mim.

— Cubra-me.

Não há muito que eu possa fazer. Minha flauta não afetaria tantos inimigos, minha adaga tampouco seria eficaz como uma espada ou machado. Mas vocês bem sabem, não é minha primeira vez nesta situação. Empunho a adaga com ambas as mãos, buscando proteção contra a horda que se aproxima, mas meu olhar segue preso ao artefato valioso e brilhante que balança na cabeça daquele kobold.

O elfo começa a proferir palavras que, após inúmeras batalhas juntos, aprendi a reconhecer. Meu sorriso desponta. Está tudo resolvido. Vamos voltar para casa.

O ar carregado de mana arde nas narinas, um sentimento invasivo me estremece quando a onda mágica atravessa meu corpo, até alcançar seus verdadeiros alvos. Mas todo o incômodo se vai quando vejo o resultado: os kobolds estão paralisados, os olhos tão arregalados que eu poderia arrancar cada um com os dedos.

Nossos companheiros gritam ao fundo, suas armas gorjeiam profecias de vitória.

Tenho poucos segundos. Guardo a adaga que salvou minha vida tantas vezes, e minha mão se estende acima das cabeças congeladas, buscando aquela que traz o Diadema de forma tão desonrosa.

Rápido. Preciso ser rápido.

A magia está dissipando. Kobolds muito próximos começam a recuperar movimentos curtos. Estico o braço em desespero até, enfim, agarrar a tiara com as pontas dos dedos.

Argh!

Uma lâmina inimiga me rasga na altura das costelas, apenas um arranhão que deixará cicatriz. A caverna despeja uma nova horda, e dezenas mais emergem de frestas nas rochas. Uma maré de monstros escamados cerca Olec e Bartoh, costas com costas tentando se proteger. Outros tantos já alcançam Nemesin e eu.

Precisamos sair daqui.

Onde está Montrak?

— Missão cumprida! — eu grito, erguendo alto o Diadema como evidência. — Voltemos ao glifo!

Nemesin urra de dor ao meu lado enquanto sinto segurarem minhas pernas. Bartoh tenta abrir caminho golpeando com o arco — suas flechas são inesgotáveis, mas também inúteis àquela distância. Olec derruba tantos quanto consegue com seu escudo, mas é como tentar afastar o oceano. Vejo a pergunta no desespero em seus olhos:

Onde está Montrak?

Só posso apontar na direção de onde viemos, esperando que compreendam. A única escolha é recuar, refazer nosso caminho até aqui, na esperança de reencontrar nosso companheiro — que ficou para trás, carregando nossos suprimentos e espólios de batalha.

— Para o glifo! — repito. Se alcançarmos logo a saída, nem todos os kobolds do mundo poderão nos seguir.

Em posse do que viemos buscar, abrimos caminho através dos monstros aos gritos, apenas com força bruta, e fugimos. Poucos kobolds conseguem nos alcançar. Estes são abatidos por Olec feito insetos.

Agora corremos lado a lado, em busca de lugar seguro. O terreno é livre de obstáculos, mas o ar denso torna a corrida fatigante, laboriosa.

— Achei que precisaria pedir apoio desta vez — confesso.

Olec gargalha alto, sacudindo um último kobold ainda agarrado à perna ferida. Não vejo graça na quase derrota, mas um alívio imenso me faz querer rir também.

Quase podemos ver o caminho de volta até a Floresta dos Ossos, quando Bartoh para de súbito. Meu peito arde e quase o agradeço pela pausa.

— Esperem — Bartoh estende as mãos, as orelhas voltando-se para trás, o focinho farejando algo.

Olho ao redor. Não vejo nada.

— O que foi?

Bartoh volta-se para o caminho por onde viemos, os olhos amarelos de lobo fixos ao longe. Busca o arco, encaixa uma flecha.

Todos olhamos na mesma direção. Procuramos a ameaça terrível que faz tremerem as mãos sempre firmes de nosso arqueiro.

Mas não há nada, nem ninguém. Apenas rochas distantes e restos de uma luta que não vencemos.

E um silêncio, um vazio, que não deveria ser.

Não sou o único a olhar confuso para Bartoh.

— Onde estão os kobolds?

Sem hordas de cães-lagartos. Nem corpos. Nem armas caídas. Nada.

Era esperado que sumissem, mas não assim tão rápido.

Olec urra, ergue a espada em intimidação, abre os braços desafiador. Não há inimigo à vista, mas entendo sua reação preocupada. Nemesin o segura pelo ombro enquanto aperta os olhos élficos.

Algo está ali. Algo está vindo.

— O que é isso? Magia?

O clima muda subitamente, e isso nunca é bom. É sempre prenúncio de perigo. Difícil respirar. Minha pele está arrepiada, podem ver?

Algo vai acontecer.

— Essa sensação... — Bartoh arfando, a voz profunda e intensa. — Só senti isso uma vez. Foi em nível alto. *Muito mais alto.*

Vocês sabem o que ele quer dizer. Mas isso não faz sentido aqui. Neste mapa. Nesta parte de Vallindra.

— Vou chamar o suporte — decido.

Ninguém se opõe. A gema de comunicação em meu colar brilha quando a aciono por voz.

— Reportar S.O.S.

Agora é aguardar. Mesmo assim, vou tentar outra...

— *Corram!*

É a voz de Montrak que vem de longe, seguida por sua silhueta inconfundível, cheia de aberturas.

Meu coração pula com o susto, mas se alegra por revê-lo com vida. Ou tão vivo quanto poderia. Vocês entenderam.

Todos vamos a seu encontro. Nemesin começa a conjurar encantamentos que, desta vez, não consigo compreender.

— Reportar... — volto a tentar.

— KedroP — Olec aponta. — Sua gema.

Apanho a joia mágica na correia em meu pescoço. Está apagada, cinzenta. Inativa.

Assim como aquelas que meus companheiros também usam.

— Não funciona. Nenhuma delas!

Bartoh parece não ouvir, o focinho voltado para o céu escuro, tempestuoso, sinistro. Sigo seu olhar.

Percebo movimento nas nuvens baixas demais, perto demais. Elas rodopiam. Parecem formar um redemoinho, um furacão.

Não. Não um furacão. Uma *abertura*.

— O que está acontecendo?

Montrak enfim nos alcança, quase sem fôlego, como se precisasse. Uma das mãos ossudas busca o ombro forte de Olec; a outra empunha sua pistola automática.

— Eu disse para *correr!* — ele grita, cheio de horror nos olhos não existentes.

Isso nunca aconteceu antes. Nunca! Alguém deveria aparecer agora, acho. Resolver esse problema, sei lá. Nos salvar daqui!

Está tudo errado.

— O que é aquilo? — Bartoh sussurra, sua própria pelagem eriçada. Meu queixo treme sem conseguir responder.

Montrak grita como apenas um crânio vazio poderia. Aponta a pistola e atira na direção das nuvens. Seus gritos são estridentes, desesperadores, de rasgar a garganta se houvesse uma.

Meu corpo não quer reagir, meus olhos não acreditam no que veem. Onde está o suporte?

Os tiros e gritos de Montrak se unem aos trovões. Ouvem? Conseguem ouvir? Ainda podem me ver? Droga, como vou saber?

Olec recua um passo e empunha a espada. Também há horror em seus olhos.

Bartoh treme mais, as orelhas baixam até colar à cabeça, a cauda busca esconderijo entre as pernas. Nunca o vi assim.

Nemesin une as mãos e sussurra uma prece.

Os tiros enfim cessam. Um silêncio estarrecedor, interrompido apenas por trovões distantes, são a trilha sonora do que está por vir.

Ele, aquilo, flutua através da abertura nas nuvens. Está envolto em algum manto longo, esvoaçante, tão cinza e escuro quanto o céu em volta. O rosto, se existe, está oculto. As mãos parecem erguidas em alguma prece. *São mesmo mãos?*

— Vou usar a sub do Montrak — Bartoh superando seu medo, ou sendo motivado por ele. — Tentem ativar as coordenadas com o módulo analógico. KedroP, alguém responde? Seus seguidores ainda nos veem?

— Não sei. Não tenho como saber.

Montrak poucas vezes precisou utilizar a sua outra forma em batalha, pouquíssimas. Os pés ossudos se prendem ao chão como raízes, os ossos da caixa torácica se arreganham, constroem uma estrutura esquelética. Uma mão continua segurando a pistola, a outra se une ao corpo-arma como componente indispensável — um gatilho.

Bartoh se posiciona, apoia a cabeça próxima ao crânio de Montrak. Não há como algo resistir a esse ataque.

Um urro de coragem e Bartoh dispara o canhão necromântico naquilo que desce lentamente. A aparição não reage, não se esquiva. Novas rajadas negras parecem atravessar sem qualquer efeito.

Não somos ameaça.

Nemesin conjura uma luz vermelha de emergência e busca abrigo atrás da montanha que é Olec. O elfo está ofegante, sua luz perolada está fraca.

O elfo atira a luz aos céus e fagulhas destacam-se perante as nuvens cinzas. A imagem é surreal.

Isto é, se alguém ainda consegue nos ver...

Os ouvidos zunem com os disparos rápidos, mal sinto meus dentes rangendo. Bartoh rosna maldições, sem conseguir causar mínimo dano. Montrak grita, seus ossos vibrando a cada disparo sem sucesso. Olec apenas aguarda, fatalista.

Nenhum de nós está pronto. *Isto não acontece.*

Alguém?

A criatura está quase sobre nós. Exceto pelo esvoaçar do manto, agora quase encobrindo o céu, ele não faz nenhum movimento.

O que é? Quem é? Ainda não há rosto, nem notícias anteriores sobre essa aparição.

Está perto.

O impensável vai acontecer? A morte existe aqui?

Perto.

Se estiverem aí, sinto muito. Por fazê-los assistir a isto.

Está aqui.

.

.

.

Socorro!

2

Sempre a mesma coisa. O sol nasce, os pássaros cantam, o motoboy da casa vizinha parte para o trabalho, e os dragonetes fazem um rasante perto da minha janela.

Em qualquer outro dia, com certeza, ainda estaria apagada. Curtindo um sonho de ser rica e famosa. Ignorando súplicas de favores nas redes. Fazendo *publi* de armas mágicas, headsets fofinhos e algum produto milagroso e nada confiável para a saúde. Mas não era qualquer outro dia.

Não precisei de despertador. Só precisaria se tivesse mesmo pegado no sono.

Se meus olhos tivessem algum daqueles poderes oculares bem loucos — raio laser, fogo negro, sei lá —, o teto estaria todo furado, de tanto que o encarei à noite.

Não dormi nadinha. Sei que vou me arrepender.

Devia ter aceitado uma gema relaxante da minha mãe. Agora é tarde.

Tarde!

Uma cambalhota me tira da cama. Já me vejo atravessando alguma Arca, detonando os monstros com minha espada reluzente e minha armadura patrocinada.

Falta pouco, Ágata. Falta pouco.

Lavo o rosto, escovo os dentes, aparo as pontas das orelhas. Minha mãe prometeu me deixar colocar piercing se passar no teste hoje. Já quero duas argolinhas em cada uma.

— Olha só quem caiu da cama! — por falar nela, mamãe me espera na porta, de saída para o trabalho. — Bom dia, gatinha. Preparada?

— Bom dia, dona Esme. Sei lá. A parada vai ser feroz.

— Vai conseguir. Só lembrar de tudo que estudou para a TOSCA.

— BUSCA, mãe.

— Não se atrase. Não arrume confusão. E fique calma, ferinha.

Com a boca cheia de cereal, ergo um polegar com meu sorriso de *"Chega desses apelidinhos, moça"*. Ela joga um beijo em resposta e sai meio apressada.

Já era hora.

Por não ter dormido, eu podia descer mais cedo para o café. Mas aí teria que enfrentar meu pai — e nesse caso, não seria um bom dia.

Por quê? Porque ele sabe o que quero e, desde que pedi, não me deixa em paz. Ele tem certa sensibilidade para me ler, é surreal. Não daria bandeira assim tão fácil.

Para contextualizar, tem um relógio gigante no corredor entre a sala e a cozinha. De madeira rústica e quase do meu tamanho. Meu pai jura que foi feito por uns anões marceneiros que aparecem na tevê, o que eu duvido, porque o negócio é horrendo! Todo esculpido com flores, frutinhas, passarinhos e uns negócios estranhos. Feio e brega demais para agradar ao homem inteligente e de bom gosto que é meu pai — o que ele sem dúvida é, está provado, pois casou com minha mãe.

Nunca entendi sua admiração e ciumeira por aquele trambolho. Até descobrir, sem querer, o motivo.

Minha certeza de um teste bem-sucedido para me tornar Arcanauta estava ali.

Faz algumas madrugadas. Estava assistindo à última stream do Mestre KedroP, um menestreamer que eu curto demais — e não digo "última" no sentido de "mais recente", digo porque foi a última mesmo, pelo menos por enquanto. Uma live bem bizarra. Cortada na metade, como se tivesse rolado TPK.

Até agora ninguém deu as caras para explicar nada. Por mim, vou na mesma teoria que anda rolando nos fóruns: vem publi por aí.

Bom pra ele.

Voltando.

Acabou a live daquele jeito estranho, com a transmissão ficando ruim, gritos e uma imagem do céu escuro. Dei de ombros e ia procurando outra stream, quando ouvi meus pais conversando na sala. Não era comum ficarem acordados até tão tarde. Parecia sério.

Abusei de meus pezinhos silenciosos para bisbilhotar.

Não ouvi mais nada. Mas vi meu pai guardando uma coisa, com todo o cuidado deste mundo, atrás do relógio/trambolho.

Era. Uma. Espada.

Uma espada! Nem sabia que tinha uma coisa dessas em casa! Desencanei de furtividade, berrei que queria levar aquilo para meu teste. Minha mãe gritou. Meu pai quase foi parar no lustre.

Recebi um enorme não.

Ouvi tanta bronca que minhas orelhas queriam se enfiar dentro dos ouvidos.

Desde então meu pai tem feito vigília durante a madrugada, para me impedir de chegar perto. Sai para o trabalho mais tarde, para me levar ao colégio. Não deixa nem uma brecha!

Mas hoje, justo no dia do teste, ele foi escalado para chegar mais cedo.

Caminho livre.

Arrastar o relógio não é tarefa simples. Apoio meus pés na parede e empurro o troço com as costas. *Pesaaaaado.* Aos poucos vou escutando o som de arrastar e aquele sorrisão se alarga na minha cara.

Sei que meu pai vai me perdoar, ele é uma boa pessoa. Vai ver milhões caindo na conta, nunca mais vai trabalhar. Aquela espada mágica vai fazer o que espadas mágicas existem para fazer. Fama e grana!

Arrasto o suficiente para expor a parte traseira. Fico estudando a superfície. Não vejo nenhuma porta, botão ou puxador. Como se abre?

Deslizo os dedos pela madeira lisa procurando algum ponto de pressão, fresta, sei lá. Nada. Coço atrás da orelha, mordo o lábio. *Droga*. Como ele fez? Só me faltava precisar da digital do papai...

Agacho para olhar melhor. Só então consigo enxergar uns entalhes em baixo relevo — muito rasos, quase imperceptíveis. Parecem dispostos em formato de portinhola. Eu nem saberia que estavam ali, se não tivesse ideia do que procurar.

Será? Volto a mexer ali, traçando o desenho das linhas até o centro da...

Tec.

Não brinca!

A portinha abre, revela o brilho da relíquia diante de meus olhos. O brilho do sucesso.

Ela é ainda mais linda de perto!

Antes de meter a mão ali, procuro por alguma armadilha. Não que papai pensasse em guilhotinar meus membros ou algo do tipo, mas pode ter algum alarme ou outra coisa para me assustar.

Aproximo a orelha direita e apenas escuto o *tic tac* medonho de costume. Lentamente vou enfiando o braço ali, atenta a qualquer som esquisito. Nada. Ótimo.

Quando consigo sentir a empunhadura, já estou pensando em um nome legal para ela. Todos os menestreamers que eu sigo têm armas legais com nomes legais.

Delicadamente, consigo tirá-la sem tocar nas bordas da portinha.

Se tinha mesmo alguma armadilha ou encanto de proteção, consegui driblar.

Agora eu a tenho nas mãos. Ela é enorme. Está embainhada — mas a bainha não é do tipo que vai cintura ou costas, não tem correias ou fivelas. Mais parece um grande estojo, de algo que parece madeira, é decorada com arabescos como aqueles na portinhola.

A empunhadura e guarda-mão são de algo branco que não é prata, nem marfim, mas um misto de ambos. Com bordas metálicas coloridas, também de materiais que vai saber.

Se me disserem que aqueles anões a forjaram, eu acredito.

Meus dedos exploram todos os detalhes, bem devagar, até a mão terminar envolta firme no cabo. Eu puxo, esperando aquele som afiado dos animes. Não soou igual. Mas nem tive tempo de me decepcionar.

É uma espada de ponta larga e fio duplo. Detalhes azulados avançam em desenhos graciosos ao longo da arma, dentro do vinco, até perto da ponta. A lâmina é... eu *não sei* o que é aquilo! Vidro e metal ao mesmo tempo. Acinzentado no centro, mais claro perto dos gumes, que brilham uma brancura como...

O fio da espada brilha como as estrelas no céu. Eu sei, eu sei que é brega *demais*, mas não tem outro jeito de falar!

Tenho certeza de que meus olhos agora parecem enormes, chispando galáxias, refletindo aquela beleza toda.

Eu me afasto, procuro espaço para brandir. Ela é grande, *bem* grande, mas não pesada — pelo contrário, parece não ter peso nenhum. A empunhadura é confortável, gostosa, quase *macia*. Meu braço move como se não segurasse nada. Não, mais ainda. Move como se *já soubesse esgrimir*.

O metal-cristal desenha arcos de luz perfeitos no ar. Esquiva do lustre, da mobília. Se fosse uma arma qualquer, certeza de que eu já teria arrebentado metade da sala.

Que coisa mais linda, linda demais! Eu *casaria* com ela!

— Te amo, espada mágica, te amo.

(Como sei disso? *Claro* que é uma espada mágica. Que outro tipo de espada super-leve e faiscante existe na vida real!?)

Imagina quantos seguidores vou conseguir só por causa dela? Quantos gifs meus fazendo pose heroica? Quantas miniaturas e cópias numeradas para colecionadores?

Mas agora tenho perguntas mais importantes.

Por que meu pai tem isso? Como conseguiu? Ele pode até ser Herdeiro do Gato, mas não é aventureiro, não é Arcanauta. Ninguém neste mundo é mais *oposto* a todas essas coisas!

Por que ele a guarda escondida? Devia deixar exposta na sala, ostentação pura, para todo mundo se encantar. Inventar todo tipo de histórias, aventuras e explorações de Arcas que nunca rolaram.

Bom, pensando direito, isso não é a cara dele. É o que *eu* faria.

Qualquer sono que eu ainda pudesse ter já fugiu correndo, deve ter se escondido embaixo da cama. A espada me deixa hipnotizada, não consigo parar de movê-la, ver a luz estelar bailando no fio duplo. Então, de repente...

Blazdall.

A inscrição apareceu por um fiapo de segundo. Estava em algum alfabeto esquisito, mas mesmo assim pude ler, sei lá como. Esses lances mágicos.

— Blaz... dall... Blazdall.

Legal! Então você *tem* um nome maneiro. Tá, primeira missão cumprida.

Algo me diz para colocar a espada nas costas. Não tem bainha, não tem nenhum suporte, mas ela fica presa ali com um som metálico satisfatório. Porque mágica, ué.

Repito o movimento algumas vezes só pra ouvir mais. Gostoso!

Tiro uma selfie antes de pegar minhas coisas e sair.

Não tem como estar mais pronta. Pronta pra *tudo*. Qualquer desafio.

— Moço, por favor! Eu tenho um teste...

— Não tem o que fazer. Parece que *tá* tendo uma briga ali.

Alguns desafios são mais desafiantes que outros, né?

Tudo bem, posso ou não ter ficado um pouco deslumbrada demais com a Blazdall (nem consigo mais chamar só de "espada"). Posso ou não ter brincado com ela por um tempo, fingindo batalhas com monstros, igual criancinha de cinco anos.

E posso, ou sim, ter perdido o primeiro horário do trem-bala.

O segundo trem não vai me fazer atrasar, mas vou chegar bem em cima da hora. Mesmo deslizando mais rápido que o som sobre as ondas da Baía K'thanoa, olha eu aqui toda ansiosa, achando muito devagar.

Então ela aparece, lá longe. Toda brilho e brancura, toda torres e arcos.

Vallindra é maravilhosa.

Vista do espaço, no aplicativo de mapa, tem o formato de um glifo arcano. É quase toda artificial. Digo "quase toda" porque a parte não artificial é o corpo petrificado do deus-monstro que Vitória matou, todo mundo sabe a história.

(Sim, eu *vou* ficar explicando obviedades que qualquer um neste mundo já sabe, eu sou dessas. Não enche. Vai que isto acaba nas mãos de alguém que não conhece nada? Ainda chegam Viajantes, não chegam? Existem aliens, não existem?)

Ela vem crescendo, os portos esticando no mar, as torres de cristal começando a esconder o céu, o enxame de airships voejando em volta. O que eu não daria para morar aqui? Ok, é cidade turística e muito cara, só gente podre de rica mora em Vallindra. *Mas vamos dar um jeito nisso,* eu penso, com um afago na Blazdall em meu colo.

Mesmo de muito longe já consigo ver Ghallamar, maior roda gigante do mundo. Ainda vamos falar mais dela, pode confiar.

Chegamos ao terminal. Já estou longe na plataforma quando as portas terminam de abrir.

Sigo correndo, esquivando, me espremendo entre as pessoas. Feito uma gata. (Desculpa.)

Disparo pelos corredores largos e lotados procurando o terminal de *BusAwn*. Já sei onde fica, ensaiei mil vezes no tour virtual. Mas, desacostumada que estou a correr com uma baita espada nas costas, o cabo cravejado da Blazdall acerta alguém aqui e ali, deixando hematomas e xingamentos pelo caminho. Desculpa!

Lá está, no itinerário, em letras flutuantes. BUSCA.

Alcanço o melhor assento. O anão motorista rosna, me acusa de ter entrado pela janela sem pagar. Pode ser, sei lá, não lembro. Volto para a entrada, o sensor lê meu celular, suga os dinheiros. O anão resmunga uma aprovação, me deixa voltar para o lugar que agora já perdi. Nhé.

Encontro outro assento, pego de volta a Blazdall e a deito no colo (ninguém explica, nas histórias de aventura, como é desajeitado sentar em veículos com uma espada nas costas). Dou uma ajeitada na camiseta oficial da BUSCA que recebi com o kit de teste Arcanauta. Erraram meu número, está apertada, mas é tão bacana que nem ligo.

Enfim o busão, ou melhor, BusAwn, decola. Entramos no fluxo elevado que segue para o centro. A viagem está no horário, mas é um pouco demorada.

Houve época em que carro voador era coisa assustadora e empolgante, parece. Tem uns vídeos de reação por aí, povo gritando, morrendo de medo. Deve fazer muito tempo.

Só posso segurar a ânsia e ficar olhando os prédios supermodernos, o paisagismo de tirar o fôlego. Muito vidro azulado e aço branco, mas também muito verde — praças e parques nas alturas, fazendas verticais, bulevares arborizados. Mesmo com todo esse trânsito, o ar é puro e fresco. Nem parece a maior metrópole do mundo.

Painéis com os rostos dos famosos estão em praticamente todo lugar alto o suficiente.

Nervira, super modelo sereia fazendo propaganda de suco detox; Scalanor, orc artilheiro da seleção de magibol com um antitranspirante; a banda Holy Avenger divulgando o último hit. (Metade das visualizações no clipe fui eu que dei sim. Ai ai, Sandrin...)

E eu. Logo mais.

Já estava perto da Matriz quando o busão parou do nada.

Era um trecho semi-terrestre, ficamos pairando acima da pista. Não fui a única a levantar e tentar ver o que rolava. Voando ou não, tudo à frente estava parado. As pessoas esticavam cabeças pelas janelas, aqueles no chão saíam dos carros.

Um gelo me subiu pelas costas, arrepiou até o que não havia para arrepiar. Mesmo com medo, olhei a tela no teto. Sinalizava um acidente. Atraso previsto: oito minutos.

— Abre a porta, por favor — devolvo Blazdall às costas e mostro para o motorista meu melhor olhar pidão.

Atrás do bigode que é metade de seu rosto, ele me devolve o pai de todas as carrancas assustadoras. Alguém pode caluniar que deixei escapar um miado fininho. Outro alguém pode exagerar que o pêlo da cauda eriçou até quase se arrancar e fugir.

Enfim, de algum jeito eu consigo não voltar correndo para meu lugar, e o anão entende minha emergência. É um ônibus para a Matriz da BUSCA, afinal. Certeza, não sou a primeira candidata perto de um colapso nervoso que ele vê.

— Cuidado com o degrau — ele avisa, abrindo a porta.

Estamos ainda a alguns metros do chão. Sei lá quantos regulamentos urbanos ele está violando por deixar um passageiro desembarcar assim, mas — ei, Herdeira do Gato, Arcanauta em teste! Como se isso fosse algum problema para...

Opa!

— Obrigaaaada! — ainda consigo dizer, depois de pular pela porta quase fechando na minha cauda. Credo, moço anão!

(Nunca entendi como os anões conseguem dirigir veículos normais, não adaptados, com aquelas perninhas curtas. Oi? É porque eles entendem de máquinas? *Isso não explica coisa nenhuma!!*)

Salto até a calçada — posso ou não ter pisado no capô de algum carro no caminho — e vejo as horas. Um grito quase me escapa. Menos de cinco minutos para chegar aos portões da Matriz!

O trânsito ainda está paralisado, começa um buzinaço. Seguro firme a alça não-existente da Blazdall e disparo por entre os borrões (pessoas) no caminho. Tem algo acontecendo na via, a causa do acidente, mas trato de ignorar e sigo correndo. Vocês sabem que a curiosidade matou... tá, parei.

Uma quadra e meia até a Matriz. O que pode dar errado? Ah, a pergunta que nunca deve ser feita!

Meu rosto escorre para os lados em desânimo quando vejo uma multidão bloqueando a calçada por onde preciso passar. Se Vallindra é imensa e espaçosa como parece nos vídeos de *walking around*, então todo o diacho da população circulante resolveu se juntar bem na minha frente neste minuto!!

Um elfo alto aponta para o que parece ser uma gritaria no meio da rua. Ele está narrando para uma fadinha em seu ombro.

— Licença, moças. Licença.

Duas mulheres (acho) ignoram minha tentativa de passar por ali. Uma tem penugem colorida no topo da cabeça e bico furado por um piercing. A outra tem pele verde como o mar, escamosa, e guelras que se agitam quando ela grita de susto.

Woooooooar!!

Não, esse não foi o grito dela.

A curiosidade e a vontade de viver vencem, e eu olho para o lado, de onde veio o urro. Um homem *muito* grande bate com as mãos peludas no capô de um carro preto, já bem amassado.

— Já disse que meu seguro não cobre suas distrações, colega — responde o motorista, não parecendo nada abalado.

Houve mesmo um acidente. Não sei se entendi direito, acho que o carro bateu no homem, mas acabou mais estragado que ele! Será mesmo Terrano?

(Terrano é como chamamos quem é humano nativo e não veio com as Convergências. Vou continuar explicando o óbvio *sim*.)

Vixi, amassou bem o carro... *Foco*!

De algum modo consigo me espremer e passar entre a penosa e a escamosa, gastando toda a educação que mamãe me deu. Aprendo palavrões novos vindos da rua e um novo buzinaço começa. Alarmes disparam, mulheres gritam, bebês choram, soam as trombetas do apocalipse. Esta última parte eu inventei.

Três minutos para fecharem os portões.

Não é possível que vou perder o teste por besteira! Vou acabar nos Atrasados da BUSCA!

As pessoas se aglomeram mais, ficam agitadas, torcem por um lado.

— *Vai, grandão!*

— *Não abaixa a cabeça, Terrano!*

— *Pega esse Vagabundo!*

Chega! Eu é que não vou virar meme!

Pego impulso, salto quase na vertical, faço cambalhotas acima de duas ou três cabeças. As garras saltam, me penduro em um toldo de cafeteria, subo aos gritos do atendente (hehehe). Corro até o final, salto até o próximo, e o seguinte. Quando acabam, corro pela lateral da parede, a gravidade que se lasque tentando me impedir!

Sinto o peso macio da Blazdall firme nas costas, custo a acreditar que não tem mesmo nenhuma bainha ou alça. Mas ela se mantém firme ali.

O quarteirão acaba, alcanço a esquina.

Um minuto.

O sinal verde para pedestres está terminando de piscar. Merda!

Um motoboy me encara sob o capacete, acelera a moto em desafio. Ou seria ameaça?

Sorrio uma enorme brancura afiada de volta.

Vai dar tempo.

Ele acelera. Eu também.

Trinta segundos.

Alcanço a calçada oposta em tempo de sentir o vento da moto na cauda. Uma olhada rápida para ver se ainda a tenho. Certo, está ali.

Ainda não acabou. Corro.

Outra aglomeração adiante. Desta vez não é acidente de trânsito.

Ah, não...

Todos os anos. Repito: Todos. Os. Anos. Uma galera do mal, cada vez maior, se junta para zoar os Atrasados da BUSCA. Caçoar de quem chega atrasado e acaba detido no portão. Gravar e streamar tudo para os seguidores. Curtir gente desesperada, chorando, se acabando de tristeza e vergonha.

É cruel. Doente. Puro *bullying.*

(Tá, eu também assistia. Foi mal.)

— *Deeez...*

E você pensa que fica só na zoação, na contagem regressiva enervante? Nada! Tem o Corredor da Humilhação.

— *Nooove...*

Alguém tenta me agarrar. *Acho* que tinha quatro braços. Bom, hoje não!

— *Oooito...*

Outros como eu, com a camiseta do teste, fazem o que podem para passar. Tenho que esquivar deles também.

— *Seeete... HAHAHAHAHAHA!*

Um rapaz se estatela bem na minha frente. Por pouco não tropeço no coitado. Mil celulares gravando e streamando.

— *Seeeis...*

Alguém na frente. Pulo felino por cima, rodopio, caio em pé. Foi fácil, porque gata. Também porque o alguém era outro anão, que me encara zangado.

— Desculpa!

— *Ciiinco...*

Minha visão afunila, não enxergo mais nada exceto os portões imponentes. Alguma parte minha ainda lembra que tem outros candidatos, todos tentando entrar juntos. Essa parte vai ficando maior.

— *Quaaatro...*

Todo mundo se amontoa. Trago Blazdall para junto do peito, invadida por um medo súbito de que seja tomada de mim na muvuca. Vai saber se a mágica que prende nas costas é anti-roubo!

— *Trêêês...*

Tudo é caos, mas me percebo apertada entre um Terrano grande e uma moça-planta magra, mas forte. Os dois conseguem abrir caminho no mar de atrasados. Eu, que de boba não tenho nem um pingo, aproveito a chance e sigo com eles.

— *Dooois...*

Os portões são automáticos. Mesmo assim, há dois guardas em uniformes da BUSCA, para garantir que ninguém fique preso ou coisa parecida. Eu os reconheço dos vídeos de edições anteriores. Um minotauro, tão grande quanto um touro de verdade. E um golem, ainda maior, todo rochoso e com runas que — *AAAHHH, sem tempo pra isso!!*

O Terrano berra do meu lado e empurra um pessoal, abrindo espaço. Eu corro bem atrás dele.

— *Uuum! Aeeeeeeeee!!*

Os portões se fecham ao som de gritos. Alguns felizes, outros nem tanto. Aqui dentro, estamos todos ofegando, rindo ou chorando de alívio.

Aqui. Dentro.

Eu consegui!

Reúno coragem para olhar em volta. A moça-planta ainda tenta passar através das grades (pior que ela consegue). Atrás dela há um rapaz desmaiado, sendo acudido. Perto dele tem outro, fingindo chorar enquanto grava com o celular — eu reconheço, é um paspalho que finge ser um atrasado todos os anos. Ainda tem outro, bebendo cerveja enquanto assiste tudo numa cadeira de praia.

Gente. Que loucura!

Acabo levando um tempo para me ligar. A ficha proverbial demora a cair (até porque nunca vi uma, nem sei onde elas caem).

Mas quando cai…

— *Uau!*

Não há construção em Vallindra que não seja fabulosa. Tudo são torres ultramodernas, mas usando lances de arquitetura que vieram da Arca, de além-Convergência. Feitas de coisas arcanas ainda nem descobertas, nem inventadas, mas *conjuradas*. Mais altas, espaçosas e majestosas do que qualquer edifício tem o direito de ser. Erguidas por anões. Ou elfos. Ou minotauros. Ou anões, elfos e minotauros.

E mesmo no meio de uma cidade inteira dessas maravilhas, a Matriz da BUSCA consegue ser especial.

Vou explicar como? Parece que saiu direto de um game de fantasia. Toda brilhante de nova, mas com um jeitão de palácio, templo, pirâmide. Paredes muito brancas, marmóreas, com frisos dourados. Flâmulas cor de vinho com o logo da BUSCA: um ponto de exclamação dentro de um portal.

Tudo cercado de gramados e jardins floridos, com estátuas de bichos míticos — ou nem tão míticos, pelo que rola nas imagens e vídeos das Arcas. Dragão. Pégaso. Quimera. Troll. Hidra. Kraken.

Tanto espaço aberto! Bem no centro de Vallindra, o metro quadrado mais caro do planeta!

— *Uau!*

E isso é tudo que consigo comentar. Triste, viu?

Claro que já fiz o tour virtual, sei lá quantas vezes. Mas não tinha como me preparar para a coisa real, presencial.

Os outros candidatos, andando ou voando à minha volta, me tiram do transe. Há filas se formando ali adiante. Melhor me apressar.

Mas não consigo. Sigo pela alameda a passos lentos, absorvendo a beleza, a mágica. Sobre as árvores flutuam gemas de luz, as maiores que já vi. É dia e estão apagadas, mas mesmo assim levitam imponentes, vigilantes, acima das copas.

Vou andando pela rampa de acesso e me aproximo da fonte que fica ali no meio. A água ondula como se uma brisa leve estivesse soprando. Não fosse o burburinho das pessoas, talvez eu pudesse escutar o "canto das águas" que os Arcanautas dizem ouvir nos testes de reciclagem.

Enfim, alcanço o pavilhão de entrada. Tudo amplo, transparente, livre de obstáculos. Rampas, escadas e elevadores que parecem de cristal levam aos níveis superiores. *Não vejo colunas de sustentação.* Por algum motivo isso nem me espanta.

— Nome?

Quase tropeço quando uma mão enluvada de laranja para a centímetros do meu rosto.

— Oi?

— Nome, por gentileza.

É um elfo bem bonito (desculpe o pleonasmo), de cabelo esverdeado e longo, muito mais hidratado do que o meu jamais será. Usa um crachá legal com o logo da BUSCA, onde diz "Fiscal". Tem um aparelho branco nas mãos, que projeta uma tela de texto alguns centímetros acima. O uniforme é feinho, mas elfos são do tipo que ficam bem até naquele macacão branco e laranja.

Ele limpa a garganta e fico envergonhada por estar encarando seus olhos violetas tão intensamente.

— Ágata M. Badeaux.

Sem voltar a olhar, ele tecla algo no aparelho branco e aponta para uma das filas.

— Fila 1. Nome?

Quase enxotada, saio direto na direção que ele indicou. Há uma fila de umas vinte pessoas até o totem de registro. Na minha frente há um golem baixinho tagarela com uma moça alta, com olhos amarelos de cobra e escamas em vez de cabelos. Parece que falam sobre o sumiço de Mestre KedroP e seu grupo. Os dois usam jaquetas iguais; será que são uma equipe?

Reparando melhor, parece haver vários grupos em trajes idênticos. Acho que reconheço alguns, são de canais que eu sigo. Aspirantes a menestreamers, como eu.

Estou bem nervosa. Queria puxar o celular, dar uma rolada nas redes — mas esbarrar com alguma mensagem furiosa do papai não ajudaria muito. Seguro a Blazdall diante do corpo, faço o exercício de respiração que mamãe me ensinou. Saudades gemas relaxantes.

— *Atenção! Vinte minutos para início dos testes.*

A voz macia, quase robótica, soa por mágica de parte alguma. Deixa todo mundo eufórico. Meu tantinho de calma acumulada vai pro ralo.

"Verifique seu nome no painel central e siga as orientações. Qualquer inconsistência ou dúvida deve ser reportada aos fiscais."

A fila anda devagar como o deslocamento dos continentes, pelo menos para mim. Enfim chega minha vez diante do totem. A fiscal, uma meio-orc em uniforme, mantém os braços para trás. Parece uma escultura estoica, poderosa.

O painel no totem, à minha frente, se acende. Vejo o meu rosto assustado de volta.

Que foto horrorosa!

Então entra um formulário com dados que já preenchi em casa, online. Parece que preciso confirmá-los. Vamos lá.

Ágata M. Badeaux

Idade: 16 anos

Classe: Guerreira

Arma: Espada

Já possui grupo? Não

Naturalidade: Viajante

Há um campo "Tipo" a preencher, que não lembro de ter visto antes. Não estava ali quando fiz a inscrição.

Não tem espaço de texto suficiente para Herdeiro do Gato.

— Hã... moça?

A fiscal de nariz porcino e presas salientes me olha, eu tento sorrir. Para minha surpresa, ela sorri de volta, o que só faz ficar mais assustadora.

— Pois não? Em que posso ajudar?

— O que coloco aqui? Meio-gata?

Ela observa a tela, coçando o cabelo verde bem preso para trás. Então olha para mim dos pés à cabeça, parando nas minhas orelhas pretas e (espero) bem aparadas.

— Esse nome. "M" não é de "Moreau"?

Ah. Então é isso.

"Esqueceu O PRÓPRIO NOME?!" — Você está aí julgando, que eu sei. Claro que não esqueci! Você não merece, mas eu explico.

Moreau é como chamam todos os Viajantes meio-animais, então as famílias também adotam como sobrenome. É um lance de documentação. Mas a real é que tem doze raças Moreau, Herdeiro do Gato é uma delas. A gente não pensa em todas como uma só — cada linhagem Herdeira é bem diferente das outras, óbvio. Então acaba que esse Moreau genérico é meio tabu. Não usamos em casa.

Você também fica putinho quando falam que humano é tudo igual, nem vem negar!

Toda sem graça, tento agradecer enquanto digito o nome do cientista louco de H.G.Wells (também tem isso, ainda por cima). Confirmo os nomes de meus pais e o número de registro de cidadão. De tão nervosa/empolgada, acho até que meus dedos estão suando um pouco.

(Ouvi que humanos suam muito mais, verdade?)

Enfim, a tela é tomada pelo portal e exclamação da BUSCA, seguida por um aviso de AUTORIZADO. Uma fenda entrega um cartão magnético onde tem meu nome e minha foto assustada. Pressionando o dedo no canto, um mapa holográfico flutua acima do cartão. Uma animação de setinhas aponta para onde devo ir.

— Bom teste — ela é gentil, mas qualquer coisa dita por um meio-orc soa como promessa de surra.

Agradeço e trato de sair dali antes que a fila me empurre.

Sigo pelo corredor gigantesco, épico, de templo. O lugar parece maior por dentro — pode até ser mesmo, deve ter muita mágica verdadeira por aqui, até sinto o cheiro. Queria curtir cada detalhe, tirar mil selfies, mas estou sem tempo.

Com o mapa holográfico (mágico?) em mãos, tentando não esbarrar em ninguém, vou quase correndo até o lugar marcado.

Segundo desafio: Não passar vergonha se perdendo nos corredores infinitos *com um mapa.*

Após séculos metafóricos, alcanço uma porta que leva a uma grande câmara, alta e hexagonal, com jeito de colmeia. Tudo tem aquele perfume arcano de eucalipto. (Ah, vai me dizer que não sabe como a magia *cheira*?)

— Identificação, por favor.

Entrego o cartão para outro fiscal de uniforme, desta vez humano, de tapa-olho. Ele passa um tipo de scanner. O mapa muda para um ícone que conheço bem: as espadas cruzadas do guerreiro.

Ele dá uma olhada na Blazdall às minhas costas, meio que para confirmar.

— Guerreiro — grita de repente por cima do ombro. — Grupo 3.

Na direção que ele aponta, vejo uma dezena de pequenos grupos se formando. Cada um se posiciona sobre um hexágono luminoso marcado no chão. Flutuando bem acima de cada um, um grande número. E logo abaixo, uma lista curta de nomes.

Sigo até o três.

As borboletas no estômago, que ignorei até agora, estão agitadas. Respiro fundo, ajeito a postura, ergo a cabeça e ando até lá — como mamãe sempre me lembra. Pé direito, pé esquerdo, pé direito...

Tem várias pessoas ali, mas o primeiro — e único — que vejo preenche toda a cena. Se o minotauro e o golem no portão já pareciam grandes, esse cara é um dinossauro literal! Homem-lagarto, meio-dragão, trog, não tenho certeza. Usa uma meia-armadura toda desigual, um escudo broquel no antebraço esquerdo, e uma espada curta estilo gladiador. Isto é, curta pra *ele*; pra mim tem quase o tamanho da Blazdall!

Está me encarando com olhos quase acesos de tão amarelos. Arreganha tantos dentes que nem dá pra contar. Sinto nos ossos, mais do que ouço, um rosnado que subiu direto do inferno.

Só isso já faz minha barra de vida diminuir pela metade.

— Pega leve, Brutusk! Ela está do *nosso* lado.

Alguém falou, alguém que não é o gigantossauro rex. Só então lembro das outras pessoas. Estão todos me olhando.

A esta altura as borboletas no estômago já viraram grifos com hidrofobia.

— Guerreira, certo? — Um rapaz sorridente se aproxima com a mão estendida — Hermax, sou o cara do ataque à distância.

Ele sorri. Covinhas nas bochechas.

Hermax é humano, deve ter a minha idade. Não tem porte grande (isto é, *ninguém* parece grande ali perto do Godzilla), mas os braços são fortes, definidos. Não usa muita armadura, só uma jaqueta branco-gelo de couro balístico, e botas cerâmicas de mesma cor com detalhes dourados.

Posso ter demorado um pouco para soltar a mão dele.

Hermax muda a perna de apoio, joga o quadril para o lado. Meus olhos seguem o movimento e vejo duas pistolas hitech presas na cintura. Têm cabos ligados a alguma fonte de alimentação nas costas.

— Minhas blasters de estimação — ele ri, covinhas de novo. Então aponta com o polegar para o muro de escamas logo atrás — Brutusk é nosso tanque. Você aprende a gostar dele!

A cabeçorra de lagarto acena um cumprimento. Acho que soltei um miadinho medroso sem a mínima dignidade em resposta.

— Hitomi. É um prazer tê-la conosco.

A voz limpa, digital, captura minha atenção e me faz procurar a dona. É uma androide. Alta, esbelta. Toda em cerâmica branca, com linhas neon verde-água ao longo do corpo. No rosto, uma tela oval escura com olhos acesos.

Conheço a linha Hitomi, lembro quando lançaram. Androides domésticos de design ~~anime~~ asiático. Mordomos e copeiras. Mas aquela ali, dá para ver, foi *muito* modificada. Os vários volumes em vermelho-escuro pelo corpo não são parte do projeto original. Nem o capuz plástico cobrindo a cabeça e descendo às costas.

Ela se curva em uma reverência impecável (como se eu soubesse reconhecer uma, até parece) que eu tento imitar, sem jeito.

— Hitomi também é DPS* — Hermax explica —, mas tem outras funcionalidades. É cheia de surpresas. Sempre aparece com um acessório certo na hora certa.

Ela aceita o elogio com um aceno sutil. Pode até ter sido reconfigurada para lutar, deve ser capaz de explodir prédios com um dedinho, mas sabe como são esses androides sociais. Os movimentos, a voz... parecem de coisa viva!

* *Dano Por Segundo*

— Sou Syndra, a curandeira. Seja muito bem-vinda.

E a elfa mais absurdamente linda de todo este mundo desce de algum paraíso celestial bem na minha frente. Mentira, ela já estava ali, mas foi assim que pareceu.

Assim, não é como se existissem elfos feios, né? Mas Syndra, olha, ela está em outro patamar! Cabelo loiro bege, liso, sem nenhum *frizzinho*. Olhos verde-escuros, cílios longos. A pele mais perfeita que qualquer criatura sob o sol poderia ter, sem cravos, sem cicatriz de espinha espremida. Nem um único poro aberto! (Será que ela sequer tem poros?)

Como eu disse antes, *qualquer* roupa cai bem em elfos. Ela usa uma jaqueta curta e botas altas, tudo em couro branco, sobre um vestido verde-folha combinando com os olhos. Uma luva na mão direita, nada na esquerda, que empunha um cajado de madeira viva, com folhas.

Não usa uma camiseta da BUSCA como todos nós, não. E quem seria maluco de mandar a Afrodite de Vallindra trocar de roupa?

Ela não anda, ela desfila. Hã... desliza. Ela desliza.

Sei lá quanto tempo passou enquanto eu me perdia naquela divindade. Alguma parte minha me cutuca, avisa para largar de pagação e devolver o cumprimento.

— Praze... brigada... — é o que dá pra dizer.

Hermax me assusta ao colocar o braço ao redor dos meus ombros.

Ele é cheiroso...

Quero dizer, me assusta a atitude dele, mas fico firme. Ele me guia até a marcação do Grupo 3. (Sim, eu até esqueci que precisava me juntar a eles.)

— Então, Ágata?

Minha cauda arrepia até triplicar de tamanho, meus olhos são quase pires. Como é que...?!

Em resposta, ele aponta para o alto. A lista de nomes sob o número três. Tem todos eles, e agora o meu também. Deve ter aparecido assim que pisei no lugar marcado.

Burra. Nem lembrei de me apresentar. Burra-burra-burra.

— Espada maneira — ele saca meu embaraço e muda o rumo da conversa. Fofo.

— Ah, valeu. Relíquia de família, sabe como é — eu respondo, lutando uma batalha épica para soar casual. Por fora, pelo menos. Por dentro, sinto a espada pesar mais só de pensar na próxima rodada de broncas que papai deve estar cozinhando.

— Além-Convergência, dá pra ver. Muito legal.

Bom, pelo menos isso sai como eu esperava. Tinha certeza que a Blazdall me deixaria com a maior moral na...

Espera, o que ele disse?!

— Bom, com você a gente fechou o grupo — ele se afasta com um tapinha em meu ombro.

— Primeiro teste? — Syndra pergunta.

— Hã, sim. Vocês também?

Ela leva uma madeixa fina e bege atrás da orelha pontuda. Sorri tão graciosa que eu podia até ronronar.

— Sim, acredito que todos aqui. Mas, até onde sei, é tudo bem simples.

Sorrio concordando, mas meus olhos passam pelos outros grupos e duvido do que ela disse. Não que tenha idade certa para ser Arcanauta, mas é comum que comecem cedo.

Tipo, vejo ali perto uma dupla de centauros na faixa etária do papai, batendo os cascos no chão, impacientes (não que exista centauro tranquilo). Mais adiante, em outro grupo, um tiozão grisalho com um tipo de canhão às costas.

Por que estão fazendo o teste? Só resolveram agora? Ou tentaram outras vezes e falharam?

Também reconheço um pessoal dos fóruns que participo. A maioria é bem extravagante, com *equips* maneiros e uniformes chamativos.

Sim, eu sabia que algumas equipes já treinam juntas antes do teste. Até porque ninguém entra nas Arcas sozinho, sem um grupo licenciado e equilibrado. Regulamentação da BUSCA.

Mas não, nunca tive grupo. Por motivos idiotas que não vou nem comentar. Quem sabe outra hora.

Fico pensando se este time já se conhecia, se já treinavam. Eles parecem bem à vontade uns com os outros. São uma equipe de quatro, o número mínimo. Também preenchem os papéis obrigatórios: dois DPS, um tanque, uma curandeira. Quanto mais eu penso, mais me sinto uma estranha no ninho. Pelo jeito fui incluída aqui só porque não tinha outra vaga.

Não, espera. Syndra disse "acredito que todos aqui", sobre ser o primeiro teste. Devem ser novatos como eu. Ou será que ela estava falando em geral, da galera toda?

Que nervoooso!

De repente, todos os grupos estão falando em voz alta. Percebo um tom de preocupação, mas não é ansiedade por causa do teste. Minhas orelhas se movem xeretas, ouço alguns nomes comuns em todas as conversas.

Cellbyte. Kalendra. Azz'Ecos. Mestre KedroP.

— O que está acontecendo nas Arcas? — Hermax começa, cruzando os braços. Ele é bem expressivo. — Por que esse pessoal está sumindo?

Brutusk acena e rosna uma confirmação. Não consigo imaginar esse ogro jurássico em casa, de bermuda e chinelo, acompanhando stream e dando like.

— Marketing. Promoção pura e simples — Syndra ressoa, melodiosa. — Nada ruim aconteceu com eles. Menestreamers não se arriscam em Arcas perigosas, mesmo que quisessem. Não é autorizado.

— Verdade — nem sei onde achei coragem, ou cara-de-pau, para me intrometer. — Isso é drama, suspense, *cliffhanger*. Rola o tempo todo. Deixam os seguidores roendo as unhas e, de repente, voltam.

— Sim, sei que fazem isso uma ou outra vez. Mas tantos ao mesmo tempo? E demorando tanto?

Queria continuar parecendo esperta, mas Hermax me deixa sem argumentos. Pior que ele está certo, não é normal isso acontecer. Tudo bem, já houve *collab* entre uns streamers grandões, mas nada desse porte.

Syndra estala a língua e revira os olhos bonitos com obviedade.

— Se fosse algo sério, não teriam cancelado os testes de aptidão?

Ergo as sobrancelhas concordando. A maioria ali dá uma balançadinha de cabeça ruminando aquilo. Menos Hermax, que tensiona ainda mais os ombros largos... *eer cof cof*... e parece não estar convencido.

Se não é alguma manobra gigantesca, então o que é?

Ninguém pode especular mais nada. O sistema de som arcano emite um aviso harmônico, os papos paralelos morrem.

— Boa tarde a todos — diz aquela voz macia. — Sejam bem-vindos ao teste de aptidão da Benfeitoria Universal de Suporte e Capacitação a Arcanautas, BUSCA.

"Neste exame vamos avaliar condicionamento físico, inteligência emocional, liderança, sobrevivência, técnica e trabalho em equipe.

"Os times foram agrupados conforme a classe ou função registrada no ato da inscrição. Cada grupo contém pelo menos um representante de cada papel obrigatório, unindo o que chamamos classes complementares.

"Cada equipe será direcionada para uma breve missão de exploração, em ambiente controlado. Dentro da simulação, todo o dano causado por ataques, armas e magias é convertido em dano por contusão não letal. Ainda assim, o uso de força hostil é autorizado apenas contra os adversários. Causar dano a companheiros de grupo incorrerá em penalidade quando acidental, ou desclassificação quando intencional."

Já sabia de tudo aquilo, mas mesmo assim deixo escapar um suspiro curto de alívio. Não sei como conseguem que as armas não machuquem de verdade, mas ainda bem, né?

"Obedeçam à sinalização conforme o manual disponibilizado no ato da inscrição. Nosso pessoal de apoio estará à disposição para qualquer eventualidade. A BUSCA deseja boa sorte a todos."

Quando a mensagem acaba, meu corpo parece dormente. Todos trocamos olhares inevitáveis.

Vai começar.

— A incidência de penalidade por agressão a aliados é inferior a 30% — Hitomi comenta, com naturalidade de máquina, para ninguém em especial.

Acho esquisito. Androides domésticos são sociáveis, não falam com esse jeitão frio de robô. Pelo menos é o que parecia nos comerciais. Vai ver, era tudo propaganda enganosa.

Confesso que não consigo manter uma conversa com o grupo. Não é antipatia nem nada, mas me sinto meio excluída pela afinidade entre eles. Sem saber o que responder, só faço minha melhor pose de guerreira confiante.

Acabo mantendo silêncio enquanto ficamos todos olhando para o Grupo 1. É o time do tio grisalho canhoneiro.

Um portal de luz desabrocha no centro da câmara, imenso, circular. É tudo branco, não dá para ver dentro, mas sopra um vento forte, adocicado. Não consigo comparar com nada.

Sei que leva para o semiplano onde rola o teste, a simulação de Arca. Mas saber é uma coisa, ver de perto é outra.

O Grupo 1 se aproxima conforme os fiscais orientam. Cada um, ao passar, dispara um clarão. Não dá para dizer se eles entram mesmo, ou desaparecem pouco antes.

O último entra, o portal some. O tempo parece parar. Todo mundo fica em silêncio, como se tentando ouvir algo vindo do outro lado — o que obviamente não rola.

Não tinha notado antes, mas há vidraças no alto, próximas ao teto. Vejo vultos e reflexos de telas. São os examinadores? Estão assistindo e avaliando?

Mesmo sabendo que não tem perigo real, lembrar que pessoas estarão olhando me faz sentir melhor. Isso é ser menestreamer, certo? Se aventurar e mostrar pra geral.

Eu ficava imaginando como seria viver aquilo de frente. Estar do lado de dentro enfrentando monstros e encontrando tesouros de outro mundo. Vivendo uma outra realidade que parece ser muito mais interessante e heroica. Ver as pessoas falando sobre mim, coisas legais. Sonhar faz bem para a pele.

Passam quinze minutos que parecem quinze horas. A passagem de luz branca abre outra vez, o vento traz um cheiro diferente do primeiro.

Os cinco saem.

Não sei dizer se foram rápidos ou não.

O Tiozão Canhão (tô nem aí, agora ele tem esse nome em meu coração) sai primeiro. Contrariando minhas expectativas, ele é o único não emporcalhado de gosma verde, crostas ferruginosas e sei lá que outras sujeiras de masmorra.

Todos gargalham, felizes da vida. Parece até que estão saindo do cinema!

Quando percebo já estou sorrindo também. Hermax me cutuca.

— Estamos curiosos para ver você em ação — e aponta para a Blazdall mais uma vez.

Bom, isso meio que confirma, eles são mesmo um time. Mas agora estou empolgada e otimista demais para me incomodar.

Espera! Ele está ansioso para me ver em ação.

Com esta espada mágica que nunca usei antes.

Tá, agora fiquei incomodada.

Não, não, não é hora para isso. Eu sei usar uma espada, fiz treinos de realidade ampliada com aqueles games lá. Também tenho uma noção de como a Blazdall se comporta. Ela me obedece. *Ela gosta de mim.*

E eu posso estar me iludindo só um pouquinho.

Meio tarde para arrependimentos. Eu vou conseguir, vai dar tudo certo. Vou compensar a falta de técnica com... com minha *atitude positiva*! Não é assim que funciona nas histórias?

O Grupo 2 faz (o que quer que seja) em dez minutos. Todo mundo sai limpinho e cantando vitória. Eu sabia! Vida de Arcanauta é festa!

— Grupo 3. Dirija-se ao portal.

É agora.

Hermax diz algo e os outros respondem juntos. Não entendi, então só aceno concordando desajeitada.

Luz branca. Vento. Cheiro.

Agora *sei* o que é.

Cheiro de perigo.

3

SÓ DUAS VEZES NA VIDA TINHA SENTIDO AQUILO ANTES. A SEgunda foi em alguma excursão do colégio, para conhecer uma estação de teletransporte. (Nem me pergunte nada, eu praticamente babava de tanto dormir nas aulas de física metamágica.)

Lembro que colocaram uma fruteira com maçãs na plataforma de vidro. O professor teclou coisas em um controle. Uma coluna de luz repentina fez os outros gritarem (eu não, claro) e as maçãs sumiram. A gente estava a bons dez passos da plataforma, mais que suficiente para não ser sugado também. Mesmo assim, senti.

Depois trouxeram de volta. Comemos. Tinha gosto de maçã que esteve no Nepal. Mentira, só tinha gosto de maçã mesmo. Mas esteve no Nepal, foi o que disseram.

E então foi nossa vez. Todo mundo com medinho, menos eu. Se papai assinou a permissão, *claro* que era seguro. Papai não deixava nem atravessar a rua se não fosse.

Ficou tudo branco, e naquela hora foi mesmo assustador. Não tinha som, nem cheiro. Não era dor, nem coceira, nem nada que tivesse nome. Me sentia virando pó soprado pelo vento. Senti o corpo sumir; falando assim não parece grandes coisas, mas você tem ideia do que seja *sentir o corpo sumir*? Tipo aquele filme dos Defensores, sabe? Apavorante e incrível!

Quando acabou, metade da turma estava molhada abaixo da cintura. Claro que eu estava na *outra* metade, que pergunta!

Certo, aquela foi a segunda vez que me senti como agora. A primeira foi quando eu tinha cinco anos, e minha mãe me esqueceu na confraternização da empresa dela. Um monte de adultos estranhos em volta, tentando me acalmar. Eu correndo e chorando, achando que nunca mais veria a mamãe de novo.

Ah, você acha que uma cena não tem nada a ver com a outra? Experimenta aí, fera!

Enfim, é como estou. Pânico e excitação. Felicidade total, vontade de chorar, e um cagaço sem tamanho! O medo grudando meus pés no chão, a euforia empurrando minhas costas, as duas me esticando até quase arrebentar.

Pois é, *ainda* não entrei. *Ainda* estou diante do portal aberto, aceso, soprando vento doce.

Quando foi que os outros entraram? As carrancas de impaciência me fuzilando em volta sugerem que faz *bastante* tempo. Penso nos examinadores lá em cima, já descontando meus pontos. Vejo um fiscal se aproximando, já trazendo no rosto as perguntas de "você está bem?" e "quer desistir?"

Não posso deixar. Fecho os olhos com força. Pulo dentro.

Pensei que seria como na estação de teleporte. Não é. Nem vou tentar descrever, já deixei todo mundo esperando tempo demais.

Atravesso, se é que isso se aplica. Estou pisando em algo que deve ser chão. Ainda não abri os olhos. Penso na mamãe e seu exercício de respiração, o que é bom, pois também lembro que preciso voltar a respirar.

Respira. Inspira. Respi...

Antes de completar a série que salvaria meus nervos, abro os olhos. Meu queixo cai.

— Uau.

Desculpa o vocabulário limitado, mas... nossa!

— Uau — Hermax concorda, deixando escapar um assovio.

Eu sei, ruivinho. Eu sei.

Parece que ninguém se incomodou com minha demora. Estão todos olhando em volta, atordoados, encantados. Não dá para culpar.

Cheguei ao ponto de nosso fascínio.

É algum tipo de lugar fechado, mas tão grande que isso não faz diferença — airships podiam voar aqui. Escuro, sem fonte de luz óbvia, mas mesmo as partes mais distantes são bem visíveis. Paredes que devem ter quilômetros, vertendo cachoeiras. Colunas do tamanho de prédios, antigas e úmidas, cobertas de musgo. No alto, somente o escuro. Lá embaixo também.

Estamos na base da maior e mais velha escadaria de pedra onde já coloquei os pezinhos. Imensa, larga feito uma avenida. Dez pessoas (ou uns três Brutusks) podiam subir lado a lado.

Não há corrimão. Apenas pilares laterais baixos, em pares, a intervalos de uns vinte degraus. Além da beirada, só escuridão sem fundo.

De repente a escada já não parece larga o bastante.

O ar é frio. Gotículas flutuam diante de meu rosto, sem peso. Está tudo em silêncio profundo; as cachoeiras não produzem som algum, o que é bem perturbador.

(Sim, eu vejo esse tipo de lugar o tempo todo, nas streams. Nem vou perder tempo explicando a diferença entre ver na tela, e *estar* ali.)

As escadas sobem serpenteando até muito longe, além do que consigo ver. O caminho é bem óbvio. Mesmo assim, a decisão de subir demora a chegar.

Avanço para olhar meus companheiros. Só vejo melancolia no rosto perfeito de Syndra — será que chegou mesmo a ficar impressionada, ou foi engano meu? Brutusk, bom, ele deve ter a mesma expressão facial há 65 milhões de anos. No rosto-tela de Hitomi só vejo caracteres correndo, algum algoritmo em execução ou sei lá. Chatos! Pelo jeito, só Hermax se sente como eu.

Ou nem ele?

— Encontrei as instruções — Hermax tem um pergaminho enrolado nas mãos. Quando e onde ele pegou aquilo?! — Algum problema?

— Ahn? Er... não, não! O que diz aí? — Gente, preciso ser mais discreta. Socorro.

Ele desenrola o pergaminho, todos se reúnem em volta.

— *"Caros aventureiros. Uma relíquia mágica foi roubada de mim por seres das profundezas. Tragam de volta e uma generosa recompensa os aguardará. Sr. X."*

Silêncio embaraçoso. Que plot fraquinho, clichê! A BUSCA precisa de roteiristas melhores com urgência!

— Ok, temos o objetivo e uma pista sobre os encontros. Monstros aquáticos, quase certeza. Vamos de Formação A.

Nem acabou de enrolar o pergaminho e já vem dando ordem. Espera, monstros *aquáticos*?! De onde ele tirou isso? Só porque tem cachoeiras? Ou é o lance de "seres das profundezas"? Isso pode significar qualquer outra...

(Tá, bichos aquáticos não deixa de ser um palpite bom, esquece o que eu disse, vou ficar quietinha.)

Bom, primeiro: quem disse que ele seria o líder?

Segundo: qual a necessidade de jogar o cabelo para trás toda hora?

— Conforme a base de dados local — Hitomi diz do *nada* —, a ocorrência de encontro aleatório está em 73,2% na escala *ningen* e 03,9% na escala *sugoi*. Probabilidade desprezível nas escalas *kiodai* ou *kami*.

Não sei onde ela foi buscar isso, não estamos online aqui. Pensando bem, o único hobby dela deve ser analisar dados e essas coisas, né?

— Brutusk, tudo bem? — Syndra toca o braço reptiliano, bem maior que ela inteira.

Pela primeira vez percebo, o grandão *não* parece bem. Ele confirma balançando a cabeça miseravelmente na direção das cachoeiras. Espera, ele *não gosta de água?!* Ah, não! Eu vou rir.

— Ágata.

Acabo reagindo com um miadinho de susto, digo, indignação. Hermax consegue ser *mais* silencioso que eu, credo!

— Formação A é a padrão que adotamos em treinamento. Em fila, Hitomi vai na frente como batedora, Brutusk fica atrás protegendo a retaguarda, Syndra fica perto dele de prontidão para suporte, e eu vou no meio. Você fica atrás de Hitomi, à minha frente. Estou contando com sua iniciativa, ok?

Olha, não tava *ok*. O grandão devia ir na frente. Ele é grandão! Mas antes que eu consiga retrucar Hermax sorri, aparecem covinhas e eu fico desconcertada. *Afe!* Acabo aceitando, meneando a cabeça, tão miserável quanto Brutusk.

Em fila! Robozinha encapuzada, gata pra caramba, bonitinho com armas, elfa deusa, lagarto atroz. Um grupo bem harmônico.

Eu, graduada em onze temporadas de "Explore!" e outros reality de Arcas, seguidora dos menestreamers mais top, empunho minha Blazdall.

Agora vai! Vou mostrar do que sou capaz. Hermax vai pagar um pau violento, todo mundo vai me seguir. É a lei do mais forte. A espada é a lei. Parei.

Seguimos escada acima, os degraus estão úmidos, tudo está úmido, até minha roupa. A última coisa de que preciso é feder como gata molhada. (Aproveito o espaço para esclarecer que gatos tomam banho SIM. Eu, pelo menos. E papai. Não respondo por mais nenhum.)

É tudo quieto demais, nossos passos mal fazem barulho. Nem sequer tem eco. Será por ser simulado? Ou todas as Arcas são assim?

A cada degrau, uma nova neura na cabeça. Passamos por rachaduras largas, pilares caídos, trechos desmoronados — nada que não pudesse ser contornado, só o bastante para manter minha cauda eriçada. Queria tanto, *tanto*, ser de alguma raça que pode esconder quando está com medo...

Esqueletos de aventureiros mortos me assustam. Tá, talvez fossem só escombros e sombras em ângulos maldosamente sugestivos. Quando sair daqui, vou achar o designer deste cenário e dar-lhe umas bifas, juro que vou.

Parece que estamos subindo há muito mais tempo que os quinze ou vinte minutos dos outros grupos. Queria tirar o celular e olhar a hora, mas nem me atrevo. Calma, Ágata! Finge que já foi aprovada e licenciada, já provou que pode entrar nas Arcas sem morrer. Finge que está streamando para milhões de seguidores.

Respira. Inspira. Respi...

— Amarelo — Hitomi diz, antes de eu enfiar minha fuça nas costas dela. Doeu.

Mas doeu menos do que ela me derrubando no chão com uma rasteira, sem sequer olhar para trás. Me enfio toda na sujeira, a camiseta da BUSCA que eu pretendia guardar ganha uma camada de limo e um belo buraco no ombro. Gatos não caem em pé *todas* as vezes, infelizmente.

Quando consigo me apoiar, vejo os outros agachados, atentos. Hermax é o único em pé, de braços abertos, uma pistola em cada direção, olhando rápido ao redor.

Certo, então "amarelo" é um código para abaixar e deixar a linha de tiro livre para o gatilho nervoso. Aprendi. Queria ter recebido um tutorial.

Bom, nada acontece. Alarme falso. Bora voltar a...

— Vermelho em T-1.

Hitomi nem terminou de falar e está correndo à frente, a capa plástica esvoaçando, luzes neon fortes acesas nas pernas. Ela alcança algo que só robôs conseguem ver (ou gatos não conseguem). Espera, agora vejo alguma coisa — coisas, voejando em volta dela. São insetos?

Estampidos surdos, brilhos vermelhos. É Hermax disparando, linhas curtas de luz saltam das pistolas, na direção das cachoeiras. Atingem alvos ainda dentro d'água. Não sei dizer o que são.

— Vermelho em T-0.

Queria *mesmo* ter recebido algum manual para andar com estes caras! Mas ok, já joguei game o bastante para entender. É um código para dizer que os monstros *chegaram*. E agora posso ver.

São peixes. Pequenos, mas muitos. Voando, com barbatanas grandes de peixe-voador. Com bocas grandes demais, arreganhadas demais e com dentes demais para seu tamanho.

Piranhas voadoras.

(Espera, isso *conta* como bichos aquáticos? Hermax forçou a barra naquele palpite, forçou sim!)

Hitomi está se movendo muito rápido, acertando um bando (cardume?) maior à frente, as mãos faiscando quando atingem algo. Hermax segue atirando — ele *deve* estar atirando bem, já que nenhum bicho chega perto. Brutusk está de joelhos, tentando ser um obstáculo menor caso o ruivo precise acertar algo atrás dele (e falhando, em minha opinião). Syndra? Bem escondida perto do lagartão, nem se dá o trabalho de gesticular nenhuma magia.

E eu ainda no chão, que bonito.

Certo, hora de trabalhar. Salto de pé com Blazdall à frente — pensei que seria mais difícil, mas ela meio que me puxa, me *ajuda* a levantar. Te amo, te amo.

Os bichos pulam fora d'água em números cada vez maiores, pela frente e pelos lados. Hitomi derruba um monte, Hermax despeja uma chuva de raios vermelhos, mas eles seguem vindo. Aliás, parece que o ruivo só consegue atacar aqueles nos flancos, deixando um montão deles vivos em volta da androide.

Lógico que não tenho como alcançar os bichos nas cachoeiras, então corro até Hitomi para ajudar. Caraca, tem uma *nuvem* daquelas coisas à volta dela, feito abelhas! Por que os outros não fazem nada?

Consigo chegar perto, já tem algumas que posso atacar. Falei que são pequenas, mas isso em padrões de monstro — cada uma tem o tamanho de meu antebraço. Cinzentas, com nadadeiras vermelhas, bonitas até. São bichos feios, mas fofinhos. Minha opinião.

Blazdall é muito leve, mas mesmo assim seguro com as duas mãos, de pernas bem abertas. Só por fazer isso fico mais calma e segura, como se ela me *dissesse* para ficar. Espada mágica tem dessas coisas, não tem?

Quatro piranhas à frente. Levo a lâmina azulada pra direita, deslizo pra esquerda. Uma linha horizontal de luz branca atravessa os peixes, acerta todos. Brilham. Desaparecem.

Funciona!!

(Sou mesmo tonta. Só segurar o cabo, a outra ponta vai no monstro. Lógico que funciona!)

Queria mandar um grito de princesa guerreira para comemorar e correr até os próximos bichos, mas Hermax grita primeiro.

— Ágata, volte aqui! Está atrapalhando!

Atrapa...? *Ele só pode estar de brincadeira!*

Tudo isso é inveja porque minha arma é melhor, ruivinho? Espera só pra ver *quantos* desses bichos eu posso...

— Protocolo em área contra aquáticos indisponível — Hitomi diz. — Aliado em alcance de efeito.

— Ágata, é sério. *Você precisa sair daí.*

Fico paralisada por um instante. Certo, não sou uma idiota total, nem uma teimosa total. *Agora* entendi o que estão tentando fazer.

E estou *mesmo* atrapalhando.

Desisto de atacar outros três peixes-monstros e corro de volta até o grupo. Então me volto em tempo de olhar.

— Área de efeito liberada. Protocolo ativado.

As placas nos antebraços de Hitomi abrem, revelam fileiras de cilindros curtos com pontas brilhantes, acesas. Feito brasas. Começam a *emanar* alguma coisa.

Uma semiesfera de fogo — fogo? FOGO?! — explode onde ela está. Onde *eu* estava. Onde todos os bichos que Hermax não atingiu estavam.

Levanto uma mão diante dos olhos. No silêncio de antes, o som de explosão vem como murros nos lados da minha cabeça.

Ainda consigo ver todos os bichos piscando e sumindo ao mesmo tempo. Um círculo perfeito, subindo e descendo os degraus, está fumegando em volta de Hitomi.

Hermax não estava errando ou evitando os alvos à frente. Hitomi não estava separada do grupo por acidente. Eles estavam *deixando* o bando/cardume acumular em volta dela, para virar peixe frito.

O que não podia rolar enquanto a gata sonsa estivesse por ali.

O silêncio volta, agora mais pesado, ensurdecedor. Porque todo mundo olha pra mim.

— Eu... não ia me machucar de verdade — ainda tento argumentar, de voz amuada. — Dano não letal, lembram?

— Há penalidade por atingir aliados — Syndra devolve. — *Você lembra*?

Ela consegue me avacalhar sem perder um pingo de elegância e majestade.

— Ágata, foi legal o que você fez — Hermax tenta apaziguar —, mas evita sair da formação.

— Estavam atacando Hitomi! Eu precisava fazer alguma coisa!

— Bom, agora sabe que *não* precisava. Vamos indo.

Brutusk me levanta pelo cangote, como se eu fosse uma filhotinha. Que absurdo! Ele me solta e eu caio em pé.

Fico sem responder, emputecida e humilhada. Emputecida por estarem me acusando de não seguir o livrinho de regras que ninguém se preocupou em ensinar. Humilhada porque, de repente, são lances que eu já deveria saber. Enfim, não digo mais nada, meu íntimo dizendo que mamãe não gostaria do meu palavreado.

Voltamos a andar em fila, eu logo atrás da capa plástica branca de Hitomi. Todos em silêncio constrangedor, só ouvindo nossas respirações. Eu agora não tirava os olhos das cachoeiras, esperando mais monstros.

Do nada, música.

Achei que alguém pudesse ter ligado algum som de alta fidelidade, mas não. Era Syndra, cantarolando, trinando, gorjeando. Alguma coisa élfica, eu sei porque curto as bandas élficas, Holy Avenger e tal.

Se ela canta bem? Se parece o coro dos anjos? Adivinha.

E por alguma razão misteriosa, enquanto canta, é levada nos ombros do Brutamontusk. *Oh, donzela!*

Posso ter ficado tempo demais olhando revoltada para a diva em sua carruagem. Posso ter me distraído e outra vez trombado com o poste metálico que é Hitomi quando ela parou outra vez.

Ai!

— Bifurcação.

Fico esperando o grandão atropelar todo mundo, mas pelo jeito sou a única por fora dos sinais aqui. Olho à frente e, mesmo com bons olhos de gata, não vejo nada além de mais escada e mais ruínas.

(Certo, já entendi que Hitomi anda na frente por ter radar, sensores ou algo assim. Não precisa jogar na cara.)

Syndra para de cantar.

— O teste não deve ser muito mais longo — ela comenta levando uma mecha atrás da orelha pontuda. — Deveríamos cogitar esse desvio. Talvez leve à câmara final.

— Concordo — Hermax responde. — Os outros dois grupos terminaram rápido. O que acham?

Eu acho que não vejo ainda outro caminho. Não que esse Hermax metido a líder queira minha opinião de novata que sai da formação...

— Ágata?

Tá. Ele quer.

— Hã... Concordo?!

Claro que eu preferia ter uma resposta mais inteligente. Mas é o que tem pra hoje.

— Syndra, por favor — ele se volta para a elfa, com uma piscadela. Será que ele é a fim dela? Mas quem não seria, né?

Ela pula dos ombros do Brutusk e pousa como se nem tivesse peso. Fecha os olhos, estende o cajado, cantarola alguma coisa. Das folhas verdes começa a subir uma névoa perolada.

Eu conheço isso! Magia de localização. É empolgante, só tinha visto nas streams.

Os filetes de vapor luminoso seguem escada acima, até o ponto onde só vejo mais ruínas. De repente, viram à esquerda — naquele ponto a escadaria está mais próxima de uma parede, ou coluna, ou sei lá. Então a magia serpenteia acima do que parece uma ponte estreita, e entra por uma abertura; eu não tinha percebido qualquer das duas.

— Sinto um foco mágico lá dentro. Pode ser a relíquia que procuramos.

A voz bonita faz todo mundo sorrir. Menos Brutusk, que nem deve ser anatomicamente capaz.

— Certeza que não é inimigo? — Pergunto empunhando a Blazdall com (espero) pose de heroína. Espero que os examinadores tenham visto lá atrás. Lembrando agora, foi bem épico.

Syndra me olha com... deboche? Aquilo é deboche?

— Fica tranquila. Parece que o chefe final não usa magia.

Ninguém contesta. Todos só retomam a marcha.

Já ficou bem claro que ninguém aqui espera grandes coisas de mim. Ninguém acha que dou conta.

Pois é, estou muito a fim de provar como estão errados.

Alcançamos o ponto onde a névoa desviou. Tem mesmo uma ponte, bem estreita, acima da escuridão sem fundo. Feita de algo sólido, mas meio transparente — passaria mesmo despercebida, não fosse o radar-sei-lá de Hitomi e a magia de Syndra. Leva até a parede, onde há uma pequena passagem.

Paramos ali, pelo jeito para estudar as opções. A abertura era bem estreita, mesmo para humanos. Brutusk não passaria nem besuntado com manteiga.

— Tentar abrir mais pode causar desmoronamento — Syndra deduz o óbvio. — E não acho seguro deixar o Bruts aqui fora.

Para ela, né?

— Hitomi, tem algum truque aí? — Hermax cutuca a androide com o cotovelo.

Reviro os olhos.

— Sabe bem que meus recursos não são baseados em truques, Hermax.

Uuuuuuh. Na cara não, bebê.

Hermax nem se incomoda, sorri largo.

— Consegue escanear? Revelar algo que diga qual o próximo passo?

Os olhos desaparecem do rosto-tela, que agora mostra um mapa vetorizado das partes que já percorremos. Nada de holograma gigante. Meio decepcionante.

— Inconsistência na verificação do terreno. Material simulado, contém códigos bloqueados.

— Ótimo! — Hermax suspira e passa a mão no rosto. Deve ser a primeira vez que vejo ele estressado.

Pensa, Ágata. Pensa.

— Posso entrar ali e olhar.

Ótima ideia!

— E se você acabar presa? E se o chefe final estiver *mesmo* do outro lado? Preciso de um plano mais consistente.

Com o dedo no queixo, Hermax dá as costas sem esperar nenhum argumento.

Bom, é isso. Agora encheu.

Enquanto os outros me ignoram, conferenciando em seu clubinho, eu aproveito e sigo até a ponte. É mesmo estreita, o abismo continua sem fundo, e ser feita de alguma coisa meio vítrea não inspira confiança. Bom, e daí? Eu consigo, e consigo fácil, porque gata.

A coisa é mais sólida do que parecia. Em dois segundos, já estou na abertura. Agora, olhando de perto, duvido que Hermax ou qualquer dos outros passaria por aqui. "Porque gatos passam em lugares apertados" você pensou. Tem isso, mas ser baixinha também ajuda.

Eu entro sem fazer um pio. Ou miado.

Está bem escuro, mas consigo seguir sem problemas. Não é um túnel longo; pode ser só uma passagem através de uma parede *muito* grossa. A saída não demora a aparecer.

Saio em uma câmara grande como uma catedral. Pode *ser* uma catedral.

Tochas nas paredes altas, velas em castiçais, muito mais do que consigo contar. Mesmo assim o lugar parece escuro, as paredes são de mármore negro. No centro, um tipo de tanque ou piscina redonda com água muito limpa, verde-mar, que emana luz. Em volta, grandes estátuas de tritões e sereias, todas em poses e expressões de desespero. As paredes, no alto, têm entalhes com cenas parecidas.

À esquerda de onde entrei, uma grande porta dupla — que deve ser a entrada normal. À minha direita, uma plataforma adornada que deve ser um altar.

Ok, tem todo o jeitão de antro maligno do chefe final. Mas nem sinal de monstro. Ou da tal relíquia.

Fico paralisada ali na abertura, sem me mexer. É um teste, Ágata, só um teste! Simulação inofensiva. Ninguém nunca morreu, nem se machucou, fazendo este teste. (É, eu sei, ninguém nunca morreu também jogando *Metalian Isolation* em VR. Nem por isso deixa de assustar.)

Tenho a Blazdall em mãos (nem lembro se cheguei a guardar). Ela me puxa, me diz para entrar. Sabe que estou com medo.

— Você acha *mesmo* que a gente dá conta? — eu pergunto, olha a que ponto cheguei.

A prata-marfim na empunhadura vibra um pouco, a lâmina balança leve para a direita, na direção do altar. Uma segunda olhada, então eu vejo. Tem alguma coisa na mesa de pedra, algo que brilha. Não percebi antes. Será a tal relíquia?

Então vozes atrás de mim, vindo da passagem.

— Ela está lá dentro — é a modulação feminina de Hitomi.

— &#%*@! — Esses são os palavrões do ruivo.

Pois é, vai ter que recalcular a rota, estrategista!

A raivinha do Hermax deixa tudo sob uma nova e divertida perspectiva. Cheguei à última câmara sozinha, então posso começar a luta final sozinha. Impossível que o chefe seja balanceado para um único oponente, vai ser uma batalha difícil pra caramba, tô ligada. Por outro lado, tenho a Blazdall; não sei ainda a medida de seu poder, mas *não pode ser* uma arma fraca.

Meu sorriso abre enquanto penso na cena. Chefão derrotado, dropa o tesouro, eu jogo no peito do ruivo metidinho. Melhor ainda, faria a elfa folgada levar, enquanto Brutusk me carrega dizendo (insira uma voz grossa aqui) *"Descanse, guerreira"*. Só isso mesmo. Não imagino ele falando mais que duas palavras.

Eu sei, eu seeeei que viajei forte agora. É a empolgação. Me deixa.

É isso, a esta altura eles devem estar procurando o caminho que leva para a porta grande. Com a Hitomi e seus circuitos rastreadores ou sei lá, devem chegar rapidão. Tenho pouco tempo para minha vitória heroica.

Meu palpite é que o chefe deve aparecer assim que eu chegar perto do altar. Ou ativar algum outro gatilho.

Ah, não posso perder a oportunidade!

— Apareça, criatura imunda! — eu digo, erguendo alto a espada. — Sinta a fúria de Blazdall, forjada por anões e ungida em sangue de demônio.

Inventei agora. Ficou legal, né? Pode ser meu bordão...

Um sibilo gutural ecoa pela câmara. O lugar estremece, a água no tanque balança. Minha cauda quase pula fora e foge sozinha.

Se recomponha, Ágata! Herdeira do Gato. Moreau. Tanto faz. Se recomponha. Estão vendo você por algum lugar, avaliando, julgando. Descobrindo o quanto você é especial.

O chiado vem de novo, minha cauda tenta outra vez me puxar até o teto.

A água agora borbulha como se estivesse fervendo. Então explode.

Boa parte do que havia no tanque chove em volta, escorre nas estátuas, esparrama pelo piso negro, empapa minha roupa e pelo. Muito acima da borda redonda, a cabeça de uma serpente gigante. Boca arreganhada, imensa, caberia o Brutusk dentro. Duas presas serrilhadas, vertendo uma gosma verde que deve ser bem ruim para a saúde.

Meus olhos são poças de medo concentrado. Posso agora não estar molhada só com água.

A cabeça se mantém fixa diante de mim, encarando com olhos de réptil, enquanto o corpo escamado de azul, verde e amarelo termina de deslizar para fora. Grossa como a coluna de um templo, ela enrodilha, se espreme em voltas, feito uma mola.

Para o bote.

Consigo saltar até o alto de uma estátua bem a tempo. A cabeçorra grande feito um carro atinge o piso onde estive fazendo pose meio segundo atrás, despedaçando o mármore. Então recua sem sinal de sentir nada.

Essa foi por pouco. Dano não letal uma ova!

— Ágata! Sai daí!

Pancadas fortes (de Brutusk, aposto) na porta dupla, eles chegaram rápido. Meu nome na voz forte do Hermax ecoa pelo lugar, e o sibilo furioso da serpente ecoa junto.

De cima da cabeça esculpida de um tritão, eu encaro a língua bifurcada dançando feroz fora da bocarra.

— Ui, tá brava?

Ela responde abocanhando a estátua, que desmorona em mil pedacinhos. Bem antes, com uma cambalhota muito ninja, consegui alcançar a sereia ao lado. Quase me desequilibro, mas certeza que ninguém viu. Podem me chamar de qualquer coisa, menos de desajeitada.

Depois de errar outro bote, o monstro sibila tanto ódio que podia murchar um jardim botânico.

Meu pensamento imediato é evitar ser abocanhada, então esqueço que atrás da cabeça tem um corpo. Quase sou pega de surpresa quando a cauda golpeia o pedestal, fazendo a sereia desabar.

Eu? Duplo *twist* carpado, e pouso suave atrás da anacondazilla.

Quem está desprevenida agora?

A porta caiu, os outros já estão ali. Perfeito! Agora podem assistir enquanto eu salvo o dia.

Trago Blazdall para perto do rosto, feito um taco de baseball (não é uma postura marcial de verdade, mas fica bem na foto). Me preparo para cortar em fatias bem grossas aquele corpanzil que ondula e muda de cor.

As bordas na lâmina brilham, acendem alguma magia oculta. É isso! Algum ataque especial secreto, eu sei. O golpe finalizador que explode o monstro.

Gente, isso vai ser épico demais!!

Posso ter demorado demais na coreografia. Posso ter dado tempo para a cobra se voltar em minha direção. Ela dilata um capuz colorido, como uma naja.

Bonito, bem bonito mesmo. Mas não vai me parar.

— Não olhe nos olhos!!

Sabe aquele teste psicológico, quando dizem "não pense em um urso polar"? Não sei se foi de propósito, mas quando Syndra diz para não olhar nos olhos da cobra, adivinha o que eu faço?

Eu olho. Olhos redondos, amarelos, de pupilas verticais que dilatam ligeiras.

Algo me atinge, meu corpo fica estranho. Um formigamento muito rápido, sobe pelos membros, espalha no corpo. Quero correr, saltar, mas os pés parecem cimentados no chão. Blazdall escapa da minha mão — essa é minha última sensação tátil, antes de ficar toda dormente. Paralisada.

Petrificada.

De onde estou, ainda consigo ver a serpente se voltando para o grupo.

Não, serpente não. Basilisco. *Um diacho de um basilisco!*

Porque o montão de estátuas apavoradas em volta *não eram* pista óbvia o suficiente, né?

Nem falar eu consigo. Queria gritar. Merda! Eu estava tão perto!

Não sei como conseguem que alguém seja petrificado em uma simulação mas, pelo visto, conseguem. Ainda estou consciente (queria não estar). Meus sentidos ficam embotados, vista desfocada, sons abafados. Tudo parece estar acontecendo muito longe.

O basilisco se eleva, a boca arreganhada, as presas gotejando. Tiros de Hermax explodem à direita, fazem o monstro esquivar. Hitomi parecia contar com isso, salta, dá uma voadora. Quem dá voadora em uma cobra?

De repente meu ângulo de visão muda. Estou me movendo. Não, *algo* está me movendo. Me tirando dali.

— Olha como ficou a cauda dela! — Syndra está rindo, longe, mas sei que é perto.

Enfim, a humilhação.

Parece que sou colocada junto a uma parede. A cara imensa do Brutusk entra em meu campo de visão, ele me olha de um jeito que me faz sentir um tomate estragado na geladeira.

Ele sai de lado e vejo Syndra, muito mais bonita e muito menos agradável. Ela sorri triunfante como se fosse a própria Vitória.

— Parece que meu encantamento protegeu você de coisa pior, gatinha.

Encantamento. A cantoria lá atrás.

Elfa insuportável!

Ela pousa uma mão em meu peito enquanto segura o cajado com a outra. Começa a cantarolar de novo. O trinado, que começa distante, vem ficando mais e mais próximo.

Meu corpo amolece, volto a sentir que o tenho. O formigamento de antes faz o caminho contrário, desce pelos braços e pernas, desaparece nas pontas dos dedos. Minha garganta libera passagem para respirar e falar.

Caio esparramada no chão feito barro. Completamente sem forças. Sei que vou apagar.

Mas Syndra me coloca sentada, pousa a mão em minha testa. Algo cálido e bom entra pela cabeça, derrama dentro do corpo. Me sinto uma xícara cheia de chocolate quente. Eu sei, não soa algo élfico, nem místico, mas é o que parece.

Ainda estou zonza demais para me levantar.

— Aguenta um minutinho aí — ela diz e sai.

Consigo mover a cabeça para olhar. A luta não acabou.

Os braços de Hitomi parecem transformados em canhões que disparam relâmpagos verdes. Hermax segue atirando — ele faz algum truque unindo as pistolas e elas atiram raios mais fortes. Brutusk empunha a espada nada curta em estocadas que podiam esburacar e afundar um porta-aviões. Mais afastada, Syndra segue cantando, despejando curas e proteções sobre os aliados.

E eu ali. Derrotada.

Não demora muito mais. O monstro recebe uma última saraivada de Hermax, brilha e desaparece em uma chuva cintilante.

Hitomi parece escanear a câmara. Aponta o altar. Todos se aproximam, Hermax apanha ali um grande tridente dourado, mágico. Leva jeito de relíquia.

Ele entrega a arma para Hitomi, que a prende às costas e passa por mim sem dizer nada. Syndra também. Hermax também.

Quanto ao Brutussauro... quando fantasiei ser carregada por ele, não foi naquela situação. Levada nos braços gigantes feito um neném, Blazdall aninhada em meu peito.

A volta foi rápida. Brutusk não falava, como sempre. Os demais, conversavam como se eu não estivesse ali.

Eu não estava ferida, não tinha nem um arranhão. Era verdade que nenhum dano real acontecia ali. Mas estava exausta, esgotada, toda mole. Sem dignidade. Vazia.

Terminamos de descer a escadaria, atravessamos o portal. Soube depois que vinte e nove minutos haviam se passado.

Posso ter sido a única candidata na história da BUSCA a sair carregada no colo.

De volta à sala de espera, Brutusk me coloca no chão. Já me sinto forte o bastante. Acho que ele entende meu miadinho de agradecimento, mas não volta a me olhar mais.

Veio um fiscal. Achei que ia perguntar se eu estava bem, mas só aponta para a porta de saída. Leva a outra sala de espera.

Há um bufê. Ou metade de um bufê, quando Brutusk acaba de comer. Não sinto fome. Hermax e os outros se reúnem em algum canto, eu procuro um sofazinho no lado oposto, onde afundo.

Tiozão Canhão me traz suco em um copo plástico. Sorri de um jeito que parece saber exatamente o que rolou — meio que confirmando minha teoria de que havia falhado outras vezes. Tento sorrir de volta, mas não sai.

Os outros grupos chegam, são recebidos com aplausos, o lugar fica mais e mais animado, menos para mim. Sou a clássica sozinha na balada.

Tem uma hora em que Hermax olha pra mim, faz que vem em minha direção, mas parece desistir no meio.

Nunca soube se foi verdade ou coisa da minha cabeça na hora, mas sinto que *todo mundo* debocha de mim, *todo mundo* cochicha sobre mim. É muito, muito pior que os Atrasados da BUSCA.

Então, a voz bonita no sistema de som:

"O resultado do teste encontra-se disponível em nosso aplicativo, onde pode ser visualizado na aba Perfil. As orientações para retirada das credenciais estarão no botão abaixo de seus dados. Estejam à vontade para usufruir de nosso bufê. A BUSCA deseja sucesso em sua empreitada."

É isso.

Já posso conferir o resultado. Mas não consigo. Meu corpo não reage.

Todos ali tirando os celulares, rolando telas, arregalando olhos, urrando alegrias. Abraçam. Pulam. Dançam.

— Noite no karaokê, por minha conta! — Syndra trinando, nunca gritando. *Claro* que ela deve ser rainha suprema do karaokê, como não?

Obviamente não inclusa no convite, espero saírem até achar forças para pegar o celular. Mil milhões de mensagens de voz do papai. Fecho os olhos com força, deslizo as notificações de lado, abro o app da BUSCA. Entrar. Perfil.

REPROVADA

Só o Tiozão Canhão me vê chorar.

— Não conheço e já tenho ranço dessa elfa!

Essa é Lynna, melhor amiga desde que éramos filhotinhas. Humana, filha de Terranos, sonha ser *influencer* também. Mas não como eu.

Digamos que ela não é nada interessada em Arcas e na vida de menestreamer. Nas palavras dela, "um jeito muito perigoso e assustador de ficar famoso." Perigoso sim, assustador também. Até aí, tem kaiju no centro-oeste americano e guerra com aliens de metal no espaço. O que não é perigoso neste mundo?

Contudo, como a boa amiga que é, me escuta e finge interesse.

— Foi horrível. Horrível! — Confesso que o nível de drama tá altíssimo aqui. — Eu tinha tudo para conseguir, sabe? Estudei, treinei, tinha a espada perfeita...

Esqueci de dizer, é videochamada. Lynna não pôde/quis vir comigo. Mesmo assim, não vai escapar de meu relato fiel e minucioso. Amiga é coisa pra se aturar.

— Não foi culpa sua, gata. Relaxa. Na próxima você cai com um grupo competente. Ou reúne o seu próprio.

Suspiro. Coço atrás da orelha, isso estranhamente me faz sentir bem. Melhor quando feito por outra pessoa, mas né?

Conversava com Lynna enquanto andava sem rumo nas vizinhanças da Matriz. Já tinha chorado, ligado para a mamãe, ignorado chamada do papai, chorado de novo. E agora, com tanta coisa pra fazer em Vallindra, perdendo tempo deprimida em um banco na rua arborizada.

— É... vou tentar fazer isso.

Lynna acena de lado e os cachos loiros acompanham. O cabelo dela só não é mais sedoso que da... Afe, esquece!

— Pois então! Aproveita e vai fazer aquele passeio lá.

— Quê? O safári?

— Sim! O tal que você fala tanto.

— Custa muito caro um safári na Arca. Também precisa agendar semanas antes.

— Mas não é esse o único jeito sem que...? — Ela se interrompe cobrindo a boca com um "ops", mas não a tempo.

— Sem ser Arcanauta licenciado — já nem estou tentando mais segurar o choro.

— Calma, calma! Queria *tanto* estar aí com você!

Ela não quis taaanto assim quando convidei antes, mas não é a hora mais oportuna para avacalhar a melhor amiga.

— Faz o seguinte. Você volta hoje à noite, né? Traz para mim um merengue daquela confeitaria famosa. Aquela do dragãozinho.

Mas. Que. Folgada.

— E vai retribuir como?

— Serei sua serva fiel e vou coçar atrás das suas orelhas até o fim dos tempos!

Primeira vez que consigo rir desde o teste.

— Te levo merengue, sua fofa.

Ela lambe os beiços enquanto envio minha conta para depositar o dinheiro, porque aquele lugar é caro e fofura tem limite. Ela ainda está reclamando indignada quando vem outra ligação, fazendo as lágrimas voltarem.

Chamada do papito

— Miga, vamos ver se minha cara de choro vai me salvar. É o papai me ligando.

— Eita! Boa sorte. Beijão.

Desligo a chamada dela e respiro fundo antes de atender meu pai. Posso ou não estar, agora, com mais medo dele que do basilisco.

Sério, vocês não entendem. Meu pai é bonzinho, tranquilo, um santo mesmo. Nunca o vi zangado. Não tenho ideia de como pode ser.

Hoje pode ser a primeira vez. Isso assusta.

— Oi, pai.

— Ágata? ÁGATA?! Graças aos... Está bem? Está onde?

Engulo em seco com o remorso. Se *eu* estou bem?! Nem me passou pela cabeça como ele podia estar preocupado com minha falta de notícias.

Mando um tapa na própria testa. Ágata, você não presta, não vale uma pitomba.

— Aqui é... um bulevar perto da BUSCA. Atrás do Valquírias Shopping.

Olhando ao redor, percebo que estou perto do bairro chique de Vallindra — e olha, nesta cidade, isso é ser chique pra caramba. O tal shopping tem formato de cubo, equilibrado em um dos cantos, *em movimento rotatório* (nem me pergunte, perde seu tempo). De onde estou, só vejo uma ponta de asa das estátuas de Valquírias na praça de entrada.

Não duvido que Vitória venha comprar seus ternos ali.

— Você está com a espada?

Não há raiva em sua voz, só apreensão. A pergunta vem como a lâmina bonita de Blazdall: suave e afiada.

— Eu não passei, pai.

Um suspiro longo. Ele está desapontado comigo. Também estou, mas papai tem uma lista bem maior de motivos.

— Filha, haverá outras oportunidades. A verdadeira força de um guerreiro vem após cair, vem de levantar e seguir lutando quando não há esperança. Um guerreiro não desiste na primeira derrota.

Vem meu segundo sorriso desde o teste, enquanto enxugo uma lágrima chata que escorre.

— Pai, isso é da propaganda de desodorante.

Ele ri e suspira.

— Volte com cuidado. Então vamos conversar muito sério.

Então desliga após um "tchau".

Certeza que eu preferia encarar o basilisco de novo.

De todos os lugares que eu só conhecia por tours online, a Alameda das Fadas é aquele que eu mais quero ver de verdade. Nem é um ponto turístico super procurado de Vallindra, mas sei lá, me acerta bem no kokoro.

Um lugarzinho pequeno e tranquilo na maior cidade do mundo — por alguma mágica, a barulhada urbana não entra ali. Uma rua de paralelepípedos, ladeada por cortinas de flores minúsculas que, dizem, exalam um perfume de dia e outro diferente à noite. Casinhas de arquitetura carinhosa, sacadas pequenas e floridas, lojinhas charmosas em tons pastéis, arabescos delicados por toda parte. Canto de passarinhos.

Tudo encantador mas, com esse meu astral de cemitério, acaba só melancólico mesmo.

E tem fadas, claro. Por toda parte. Voejando com zumbidos musicais das asas, sorridentes mas apressadas, deixando trilhas cintilantes, carregando cestas e outras coisas muito maiores que elas, sem mostrar nenhum esforço.

Eu nunca soube se fadas gostam de lugares assim, ou se elas é que tornam os lugares assim. Deve ser as duas coisas.

Dizem que a melhor culinária da cidade fica aqui (pelo jeito, a mais cara também). Mas então não devia estar mais tumultuado? Ou alguma mágica resolve isso também? Magia é *muito* conveniente, de repente eu devia estudar mais.

Procuro cenários bonitos para selfies. A cara inchada não ajuda, tenho que apelar para filtros. (Já tentou usar o filtro "humano"? Misericórdia, não faça isso!)

Queria muito estar no clima para curtir mais, mas mesmo com o discurso de desodorante do meu pai, não consigo. Tanto preparo, tantas expectativas... Não vou superar tão cedo.

Apesar dos pesares, minhas redes sociais estão bombando. Minha dignidade não censura a vaidade, os likes chovem por causa das hashtags *#BUSCA #NewMene*. Visto o moletom por cima da camiseta semi-arruinada da BUSCA e ignoro os comentários e mensagens perguntando sobre o teste. Não sou obrigada.

Alameda das Fadas. Almoço. Preciso.

Restaurante com mesinhas redondas ao ar livre, música doce de fadinhas violinistas, cheiros que me fariam derreter se eu estivesse melhor. O ensopado de peixe (nada de piadinhas aqui) desce como se tivesse uma bola de pelos presa na garganta (aqui também não). O garçom até tenta uma gracinha sobre minha cara de gata escaldada (aqui eu mereço), mas não rolou.

Nem toda a mágica do mundo consegue me tirar da fossa. Triste, viu?

Em vez de aproveitar o lugar mais fofo e cheiroso de Vallindra, fico remoendo minha falta de sorte. Rolando a tela do celular, reforçando a humilhação nas postagens de quem usou as mesmas *hashtags*. Fotos de criaturas felizes, ostentando as credenciais novas de Arcanautas, sorrisos de vitória com dentes e presas. Salvo algumas como inspiração para quando chegar meu dia.

Pois é, não estou bem agora, mas vou ficar. Reunir um grupo maneiro. Que não me trate feito algo que se enterra na areia.

Um grupo absolutamente sem elfas.

Queria continuar solo, queria muito. Por causa daquele lance. Mas ser solo é para os fortes, para quem se garante. Hoje ficou provado que não sou nada disso.

Deixo uma grana obscena no restaurante e sigo pela alameda. Encontro a tal confeitaria, Sabores de Mana — tão linda e fofa que parece de brinquedo, dá vontade de levar inteira pra casa. Uma hynne toda sorrisos me atende, atrás de um balcão que a deixa na minha altura.

Peço um merengue para Lynna e outro para meus pais. Fico esperando e olhando em volta.

Tem muita coisa pra ver. O interior de madeira, flores e grama vivas, os doces de partir o coração só por pensar em comê-los (até porque alguns acenam pra mim), as fadas em uniformes servindo às mesas. Mas o que chama minha atenção acaba sendo a conversa entre uma humana e um qareen.

Estão em uma mesinha alta sem bancos, bebendo algo fumegante e comendo tortinhas. A moça tem os lados da cabeça raspados e uma tatuagem de raio que desce pelo pescoço. O meio-gênio usa uma trança grossa no cabelo rosado, argolas por toda orelha direita e um transversal na esquerda. Traçados azuis quase ocupam os braços inteiros, luzindo mágica; parece que eles já nascem com marcas parecidas com os glifos das arcas. Alguma ligação? Certeza que sim, mas ninguém sabe qual.

Usam roupas parecidas, como os grupos lá no teste, mas bem mais maneiras. Os dois vestem um tipo de cropped vermelho (mostrando barrigas bem saradas) e calças folgadas em tom verde escuro. Ambos têm faixas enroladas nos pulsos e usam luvas vermelhas, sem dedos.

Eu pegava qualquer dos dois.

Cof, cof, voltando ao foco da questão. Minhas orelhinhas felinas captaram o que mudaria meus planos.

— Balela — o qareen ri enfiando a tortinha no líquido quente. — O pessoal da Formação Firewall deve estar nadando na grana.

— Mas eles sumiram *mesmo* — a guria debruça quase se pendurando na pobre mesa. — Nenhuma postagem em nenhuma rede, nada. Soube até que um hacker isolou os sinais GPS do time inteiro, e eles *não se mexeram* desde o sumiço.

— Nem é. Se fosse lance perigoso, a Arca já tinha sido interditada.

— Bom, tem isso.

— Certeza! Os grandes estão tramando alguma.

— E deixaram a gente de fora, claro.

A moça aperta os lábios e fica pensativa. Antes que minhas orelhas estiquem tanto que descolem da cabeça, dou um passinho lateral para ouvir melhor.

— E se Arturo não deixou fecharem a Arca?

— Hum! — o qareen de boca cheia gesticula concordando, então engole apressado — Isso é! Dali que sai a grana infinita dele.

— Fala sério, por que ele precisa de *mais* dinheiro? Não comprou um *planeta* estes dias?

— Planetoide. Direitos para minerar, colonizar, sei lá.

— Que seja. Deve ser porque não tem mais nada para ele comprar *neste* mundo.

O quareen gargalha. Quase achei que passaria uma perna em cima da mesa, mas ele olha para o lado e fica comportadinho.

A esta altura todos na confeitaria estão olhando pra eles. Aproveito para chegar mais perto, completamente discreta. Vantagens da minha herança gatuna.

— Termina logo aí — a guria se afasta e alonga os braços. — Quero ver a Amilca entrar na Arca antes de sumir “misteriosamente”.

O qareen faz *uuuuuuh* e balança os dedos todo debochado. Seguro o riso e continuo invisível. Os dois passam por mim sem a menor noção de minha existência. Ninja!

— Espada da hora, *gatinha* — ele me joga uma piscada e ela ri.

Eeeer...

Esquece isso. Mandei esquecer!

A hynne chama meu nome no balcão. Dois merengues branquelos e sem graça são deixados à minha frente. Antes, porém, que eu questione a qualidade duvidosa daquela espuminha doce, um dragãozinho vermelho voa em círculos acima da minha cabeça e pousa no braço estendido da moça.

Nhoooooomm!

Não sou a única turista ali, percebo. Uma dezena atrás de mim solta a mesma exclamação adocicada.

Ele despeja fogo mágico colorido sobre os merengues. Ficam com a mesma aparência tostadinha e suculenta das fotos. Até melhor.

Meu encanto só dura até a hora de pagar. *Tudo* isso só porque um dragão miniatura cuspiu em cima?! O bichinho nem deve ganhar nada!

Os merengues que devem custar seu peso em ouro vão para uma caixa bonita, que vai para uma sacola bonita. Espero que aguentem firme até chegar em casa — porque, antes, eles vão comigo até o Parque do Glifo. Para ver minha musa Amilca embarcar.

Nem acredito que vou ver de perto!

4

Se na Alameda das Fadas era aconchego e cheiro de bolo da vó, ali no Parque o clima é outro.

Para começar, vou ser chata e falar o óbvio de novo. Para os etês.

Vallindra tem esse nome porque é onde fica a Arca de... Vallindra. Isto é, onde fica o glifo de entrada para a Arca. A cidade foi erguida à sua volta.

Tive um professor de História, o "Doido das Viagens" — sério, a gente chamava ele assim. Tinha altas teorias sobre o que veio e o que não veio com as Convergências; pra ele, praticamente *tudo* (até os dinossauros!) chegou aqui de outros mundos. Por que motivo ninguém lembra de nada importante sobre esses tais "reinos", ele nunca explicou. Mas disse que umas poucas memórias se preservam. E esse nome, Vallindra, tem algum significado importante no além-Convergência.

Sabendo disso (agora voltando a falar com os aliens), vamos para Amon. Ou todo-poderoso. Ou máquina-suprema-de-fazer-dinheiro (como diz meu pai). Ou simplesmente Arturo G. Amon. O dono de tudo aqui.

Eu o chamo de Mestre. Mentira, estou chamando só agora, para efeito dramático.

Ele descobriu o glifo. Pegou toda a grana que tinha, bancou uma expedição, juntou um grupo parrudo e entrou. Voltou carregado de tesouro — coisas mágicas que mudaram sei lá quantas tecnologias no mundo. Gemas de energia, cristais elementais, liga de adamante e mitral, supercondução de mana. Ficou podre de rico. Comprou a ilha, expandiu com aterros, ergueu uma cidade modernosa de envergonhar Dubai. Tudo que é empresa multinacional tem uma sede aqui.

Aí, você pensa, ele trancou a Arca de Vallindra bem trancada, para explorar mais e pegar todo o tesouro só pra ele, né?

Nada! Muito pelo contrário. Ele fez um *parque temático gigante* em volta para todo *mundo* poder entrar!

A Arca fica aberta para qualquer aventureiro credenciado — é o *point* número um do planeta para expedições Arcanautas. Lógico, o glifo só deixa entrar um grupo a cada hora, tem fila de espera gigante e a seleção é feroz. Por isso mesmo, cada partida e chegada de Arcanautas famosos é um acontecimento, uma festa. Tem arquibancada para assistir ao vivo, e telões acompanhando o que rola lá dentro. Sem falar em outras mil coisas para ver e fazer, passeios de montanha russa e roda gigante, restaurantes, teatro, cinema, hotel.

Antes de Arturo, chamavam as Arcas de "masmorras". Tinham *medo* delas. Achavam que era alguma invasão de monstros do outro mundo, ó as ideia!

"São arcas de tesouro — ele falou. — Contendo nosso futuro."

Bom, essa é a história que eu mais gosto e acredito. Arturo deve ser o cara mais rico e influente do mundo (revista Borfes; não leio, só olhei a capa online), todo cheio de glamour, mas nunca teve uma biografia oficial autorizada. Porque ele é...

Nah, não vou contar. Seria muito spoiler, você vai acabar sabendo, hehe!

Agora voltemos ao momento presente, que quase me faz esquecer ser uma desonra para meu clã. Digo, família.

Qualquer linha de ônibus, táxi autônomo ou trem suspenso passa próximo ao Parque, tudo acaba levando para lá — é literalmente o centro da cidade, o marco zero. Assim, desfaço meus planos de voltar pra casa derrotada e pego um BusAwn direto.

"Ain, Ágata, você fica aí falando em virar Arcanauta mas nem pensava em visitar o Parque do Glifo?" Pensava sim, mas não queria perder meu restinho de dignidade só lambendo tudo com a testa. E outra, você sabe *quanto* custa o ingresso? Arturo pode ser visionário gente boa e tal, mas não dá nada de mão beijada!

Enfim, pra quê dignidade quando se pode viver ISSO?

O Parque do Glifo.

Aqui não tem tour virtual, então só conhecia por mapas, fotos e vídeos. Não imaginava que pudesse ser *tão* grande. Falei que fica no centro da cidade, mas a real é que se estende até a costa, com parque aquático e estádio olímpico e tudo. Nem se consegue percorrer todo a pé, tem linhas internas de metrô e estações de TP.

Bem antes de chegar, Ghallamar já enche o céu. Ela está em quase todas as propagandas do Parque. Sei que já falei dela, a construção mais alta na ilha, e maior roda gigante do planeta. Porque não é exatamente um brinquedo de parque, é um *hotel*.

Ela não tem cabines, tem *suítes* (que, não por coincidência, são também as mais caras do planeta). Quer mais? Ela não é toda acesa e brilhante porque tem luzes, mas porque é *feita de luzes*. Em vez de hastes de metal, os suportes são feitos de *força* — a mesma mágica das barreiras de energia, eu acho.

Descendo do BusAwn, ainda longe da entrada, vejo o Campeão Jallar. A estátua de mármore ou outra pedra branca, com detalhes dourados. Um guerreiro de armadura, espada erguida bem alto. Não é alto como Ghallamar (quase nada é), mas mesmo assim deve ter o tamanho de um kaiju!

Não preciso pegar a fila do ingresso, comprei online no caminho. Uma pontada de dor com mais dinheiros indo embora, mas todo mundo sabe que é impossível visitar Vallindra sem morrer com um caminhão de grana. Nada bobo, senhor Arturo!

O arco gigantesco na entrada é luminoso até durante o dia. O nome de Vallindra parece ser esculpido em pedra branca, mas se reparar bem as letras mudam para runas. Só passar por ali me arrepia toda, é entrar em outra realidade. Diversão, aventura, magia.

Meus olhos devem estar enormes enquanto estou passando pelo Campeão. A praça em volta deve ter sido projetada para ninguém tropeçar em nada enquanto anda de boca aberta olhando pra cima. Bom planejamento.

Sigo andando sem rumo, porque todo lugar tem algo para olhar — fica bem óbvio que ninguém poderia ver tudo em um único dia. Acabo passando por três palcos: um espetáculo de dança com esqueletos, um número de mágica com *muito* fogo, uma encenação de batalha dos Defensores da Terra. Selfie, selfie, selfie.

Os cheiros de comida dos quiosques me atacam, ainda bem que enchi a pança antes (tudo aqui é quase tão caro quanto na Alameda das Fadas). Mesmo assim está difícil resistir. Tendinhas simples com frituras caseiras, food trucks chamativos, franquias de fast food. É muita falta de clemência!

Sigo mastigando a fatia de pizza que veio parar em minha mão não sei como. Consigo ignorar tendas que vendem espadas gigantes de espuma, asas mágicas para fazer criança levitar (dinheiro jogado fora), bonés com chifres e/ou orelhas de bichos (já tenho) e cards colecionáveis (edição exclusiva, só vende aqui).

Me afasto o mais rápido possível rasgando o pacote de cards, torcendo por um Sandrinho ou Vitória de borda platinada, mas só consigo monstros e NPCs aleatórios. Chega, criatura! Vai acabar falida na metade do caminho até o Glifo!

Uma torre gigantesca e toda negra ostenta uma placa sangrenta "Masmorra do Necromante". Parece um castelão medieval, com gemas vermelhas e negras oscilando ao redor, nuvens cinzas holográficas trovejando acima, monstros horrendos que aparecem nas janelas. Por fora, uns trilhos retorcidos cercam toda a estrutura, entrando e saindo por portas aqui e ali. Um carrinho sai e desliza com seis ocupantes gritando até sumir em outro túnel. BI-ZAR-RO.

Carrossel com pégasos, unicórnios, dragões, grifos, bem clássico.

Crianças cavalgando (aquilo é um gnomo?) e gritando. Os bichos relincham e observam em volta. Tô fora.

Em todo lugar, o símbolo que parece duas letras "A" justapostas. O onipresente logo de Arturo Amon.

O tempo está bom e o lugar, bem cheio. Famílias, grupos de amigos, gente de todo tipo. Bolsas nos ombros, carrinhos de bebês, camisetas combinando. Risos. Gritos. Choros. Vendedores enfiando coisas na sua cara.

É o paraíso!

Obviamente faço selfies com o combo roda-gigante mágica + gente colorida. Aproveitar o engajamento nas redes, chegando logo em mais mil seguidores. Ouvi um amém?

("Por que ela não está streamando sua própria visita ao Parque?" você acabou de pensar. Lógico que isso me ocorreu. Mas não sou ainda essa criatura iluminada que sofre uma derrota humilhante épica e consegue falar no assunto de boinha na live com trocentos espectadores. Fica pra próxima, prometo!)

Olhando as fotos que tirei (não preciso editar, a luz de Vallindra me favorece) percebo duas pessoas logo atrás de mim.

Eles destoam do público por vários motivos que vou listar logo mais. Mas o motivo principal é que não estão passeando ou olhando em volta. Estão olhando para o chão, procurando algo. Parece que alguém perdeu a lente de contato ou...

Um deles é jovem, negro, pintura nos olhos, cabelo em tranças rastafari presas no alto por uma bandana. Veste um casaco longo de couro blindado, com gola bem alta com cintas e partes de armadura, bem hi-fantasy.

Não vejo armas, de repente é conjurador ou curandeiro. Algum fracassado aspirante a Arcanauta? (Ah... eeer... cof-cof...)

O outro, mesmo bem menor, chama mais atenção. É um hynne vestindo armadura escura, em estilo meio... sei lá, parece que fugiu de um filme pós-apocalíptico! Tem chifres grandes no capacete. E um machado gigante nas costas, bem maior que ele próprio.

Os dois me percebem olhando, interrompem a procura da lente. O rapaz sacode os ombros com um risinho sacana, ergue as sobrancelhas duas vezes. Respondo com um revirar de olhos. Que abuso!

O baixinho só resmunga algo e volta a procurar.

Não vou estragar ainda mais meu dia procurando treta. Ignoro os dois e sigo para o Glifo...

Não. Meus pés grudam no chão. Não *consigo* ignorar.

É muito esquisito, quase como alguém cutucando meu ombro. Volto a olhar, procurando um motivo. São só um hynne enlatado e um mané xavequeiro, mas alguma coisa me deixa curiosa, interessada. Não é o rapaz, certeza que não.

Aquele carinha, tem *alguma* coisa nele. De repente percebo mais pessoas à volta, também interessadas, acho que atraídas como eu. Um pai de família se oferece para ajudar a procurar. O hynne rosna alto como um bicho, as filhas choram, todos se afastam.

Vou acabar me atrasando, perdendo a partida da Amilca, é o que alguma voz na minha cabeça tenta avisar — mas acaba sendo ignorada. Mas que pitomba pode...?

— LEMBREI!! AI MEUS DEUSES, É VALLOS!!

Meu grito chama a atenção da plateia, mas por pouco tempo. Acho que ninguém ali reconhece o nome.

Mas eu conheço bem, qualquer um que acompanha as mídias Arcanautas conhece. Vallos! Ele é uma lenda! O Touro Imortal! A Pequena Muralha! O Tanque Perfeito!

Meu dedo trêmulo aponta sem um pingo de vergonha até ele decidir me olhar de volta, acho. Não dá pra ver muita coisa dentro do capacete. Dizem que ninguém nunca viu sua face. Dizem que seu machado, Korlon, é feito com restos de coisas que tentaram matá-lo. Dizem que um kaiju pisou nele e fraturou o pé. Dizem *muita* coisa sobre Vallos!

— Eu... ah... é... eu sigo seu... hmm...

(Eu sei, para alguém com pretensão de ser menestreamer, tenho momentos de pouca desenvoltura social.)

Enfim, ele me ignora e volta a procurar. Sou meio *fangirl* de uma galera, eu surto mesmo. Infelizmente. Mas o que me conforta é saber que, um dia, serei eu a celebridade desconfortável com algum fã doido.

— Em boca aberta entra diabrete — já tinha esquecido do palhaço. Queria muito que continuasse assim. *O que* ele está fazendo ali, afinal?!

Ele termina de me zoar e meio que responde minha pergunta (vai ver, ele é *mesmo* um mago).

— Talvez a linda moça e seus sentidos felinos possam ajudar, Valoroso. Veja você, querida, meu amigo diz ter perdido sua credencial, justamente quando está de partida para...

— ****** *****!!!

O cidadão arregala olhos quase tão grandes quanto os meus.

— Valoroso!! Tenha um pouco de respeito pela dama!

— ********* ********!!!

Tenho certeza que corei. Sou uma gata preta. Corei mesmo assim.

Posso ter esquecido de mencionar algo sobre Vallos, uma coisa que sempre o impediu de ser um herói famosão nas mídias. Ele é uma usina de *insultos*. De cada três palavras que diz, quatro são censuradas pelos algoritmos das streams.

— ****** *****! ****** ****** ** ****!! ****** *****!!!

— I-isso foi pra você — digo para o rapaz, com o rosto queimando. Minha mente se refugia em alguma profundeza inconsciente para fugir daquelas palavras.

Ele murcha, fica cinzento, parece morrer por dentro. Achava ele um mala, mas agora morro de pena. Ouviu coisas que nem o pior dos demônios merecia.

— E-este é Vallos — ele murmura em tom de derrota, então aponta o polegar para o próprio peito. — Edouard.

Parece que desistiu de qualquer cantada. Eu também desistiria, se metade das coisas que Vallos falou forem... Não, não quero pensar nisso!

— Ágata.

— Você é...? — Ele completa com uma olhada para Blazdall.

— Não. Ainda tentando.

— Ah. Você... viu algo que parece uma medalha com...?

— Eu sei como a credencial se parece — a voz sai amuada, com a lembrança de que não consegui a minha. — Não, não vi. Desculpa.

Edouard coça a cabeça e olha com pesar para Vallos, que foi procurar em outro lugar. Quando falou que eram amigos achei que fosse só esnobação, mas olha, você precisa ser *muito* amigo para levar de boa aquela chuva de bosta em forma de voz.

— Ok. Valeu mesmo assim. Até outra vez, senhorita, espero vê-la de novo.

Pronto, se recuperou e voltou ao modo xavequeiro, mas desta vez sorrio de volta. Ele se afasta, vai até onde Vallos parece estar rosnando coisas sobre a mãe de uma senhora anã.

Edouard. Não lembro de nenhum colega de Vallos com esse nome. Mas pode ser...

— Amilca já vai entrar! Corre! — Um grupinho passa por mim gritando.

Ufa! Não perdi. Ainda tenho tempo.

— Boa sorte aí! — Grito para os dois antes de sair correndo. Edouard acena, Vallos (felizmente) não responde.

Confiando que sabem o caminho, sigo o grupo fingindo não estar. É uma das minhas melhores habilidades, você sabe.

Quase os perco de vista na correria. Sei que acertei mais inocentes e deixei mais galos pelo caminho com o cabo da Blazdall. Espadas grandes e multidões não combinam mesmo.

Enfim, a Clareira do Glifo.

Sei que existe um gramado enorme, com um setor lateral de arquibancadas, deixando tudo parecido com um estádio de baseball. Sei que tem refletores, bandeirolas coloridas, sinalização luminosa. Telões por toda a volta focando vários grupos Arcanautas em preparo. Corredores e passarelas para direcionar o público. Uma plataforma imensa, indecisa entre palco de shows e arena de esportes. Sei disso tudo, mas ainda não posso ver.

Porque absolutamente tudo ocupando minha visão é o Glifo.

Ele flutua pouco acima do palco/arena, construído à sua volta. Parece um símbolo, ou letra, ou kanji — definitivamente algo escrito à mão, em pinceladas grossas e curvas, lindas. Isso assusta e assombra, porque só pode ter sido escrito pela mão gigante de um deus, em alguma parede invisível.

Tem dezoito metros de altura. Dizem ser o maior do mundo, ou pelo menos o maior já descoberto, mas a emanação de luz mágica rosada faz parecer ainda maior. Parece de cristal, mas todo mundo sabe que não; é feito de magia.

Ele se move, rotaciona muito devagar, feito um móbile. As linhas passam umas pelas outras, sem se tocar.

A forma se reflete em meus olhos grandes. Conheço cada traço, cada curva. Desenhava em meus cadernos. Queria fazer tatuagem; de jeito nenhum, papai gemeu, depois dos dezoito, mamãe sorriu.

O Doido das Viagens dizia que está escrito "Vallindra". Ninguém sabe se é verdade. Mas ninguém tem teoria melhor.

Todo som ao redor desaparece. Testemunhas diriam que eu chorei. Talvez sim, talvez não. Neste instante não há como entender as emoções, muito menos externá-las corretamente.

Sigo andando, hipnotizada, levada pela energia — uma energia que não sei estar vindo das pessoas, ou do Glifo. Vou passando por boxes dos grupos Arcanautas e suas equipes de apoio. Gente circulando em armaduras e com armas enormes. Certeza que conheço vários ali, mas agora mal consigo prestar atenção, quem dirá tietar.

Alguns telões mostram as equipes se preparando ao vivo. Outras, reprises de expedições passadas em momentos dramáticos. De relance, vejo Mestre KedroP e seu grupo.

Murmúrios em volta. Falam dos desaparecimentos, falam de Arturo. Muita gente veio aqui atraída por esses rumores. Mas ninguém parece apreensivo.

Só querem ver se Amilca também vai sumir.

Não tem jeito. Toda comunidade tem seu lado tóxico.

Aqueles com ingressos enchem as arquibancadas, os demais se juntam em volta do palco ou diante dos telões. Muita gente, já não consigo chegar mais perto.

Difícil enxergar além. Muitos com armas e escudos maiores que portas. Hynnes e anões sobre os ombros de ogros e minotauros. Eu, não hynne porém baixinha, sinto falta de Brutusk pela primeira vez na vida.

Blazdall vibra em minhas costas (ou seriam meus nervos?). Escorrego ela dali, trago para junto do peito. Calma, neném, calma.

— Amilca — alguém começa.

Outros logo juntam-se ao coro. Antes de perceber, já estou gritando também.

— Amilca. Amilca. *Amilca*.

A empolgação me contagia. Não sou alta, nem sei voar, mas dou meus pulos — figurativos e literais. Procuro em volta, vejo um golem não muito menor que um guarda-roupa. Em meio segundo estou agarrada ao dorso, escalando até o ombro. A cabeça pequena vira e me olha.

— Amilca? — Sorrio cheia de dentes.

— Amilca! — *Ela* repete, sorrindo de volta até onde consegue.

Seguimos gritando e socando o ar.

Entre a multidão e o palco, uma linha de guardas de cara fechada, em uniformes cinzentos com dragonas douradas. São os Guardiões do Glifo, um tipo de força de segurança só para... é, guardar os glifos. Ninguém leva muito a sério, os glifos meio que sabem se cuidar sozinhos. A roupinha queima-filme também não ajuda.

Não penso mais neles. A hora da ativação está chegando, dá pra sentir. Daqui a pouco é quando o Glifo deixa entrar o próximo grupo.

Dá pra saber pelo cheiro. Aquele cheiro. Canela e eucalipto.

Magia e aventura.

⚅⚄⚀

— São eles! Tigoah, Nomar, Carien, Oclaug, Amilca e Farael! *Os Joalheiros!*

Uma voz do além ressoa seus nomes. São um dos grupos mais doidos e mais divertidos de acompanhar nas arcas.

Minha favorita — favorita de *todo mundo,* na real — é a barda Amilca. Queria pintar meu cabelo como o dela, cor-de-rosa, até mamãe me fazer repensar com um argumento muito bom: "Vai parecer careca."

Ela batuca os vários pares de bongôs presos nas cintas enquanto puxa o grito da torcida:

"Quem de lá me ouviu
Vai seguir o meu tambor
Agora eu quero ouvir
O som do seu amor."

Minhas mãos vão ao alto, minha cauda chicoteia loucamente. *Me nota, senpai!*

"Joalheiros" era um nome de zoeira, mas acabou pegando. Sempre voltam das Arcas carregados de gemas e joias. Nem preciso explicar o motivo de usarem os equips mais bacanas, né?

Eu ali, sentada no ombro da golem, abraçada com minha espada emprestada, estou quase explodindo com aquela energia. Assistir online não é *nada* comparado! Mesmo assim, um telão mais próximo acaba chamando minha atenção, dá pra ver mais detalhes quando foca em cada membro do grupo.

Carien é uma das elfas mais gatas (hehehe) que já vi. Toda trabalhada no gótico, cabelo curtinho, batom preto e uma tatuagem de flecha abaixo do olho. Arco élfico de madeira viva. Multiclasse, arqueira e curandeira. Tem poucas como ela.

Oclaug dizem que é meio-dragão. Dá pra ver bem as partes escamosas e olhos amarelos em fenda. Não veste mais que uma canga de couro sem-vergonha e ombreiras, mas usa soqueiras imensas, cravejadas de gemas mágicas. Uma delas já compra um apê aqui em Vallindra, certeza.

Nomar dá uma cusparada (*eca*) bem quando a câmera foca nele, e a galera endoidece. Armadura completa e fechada, deixa só metade do rosto à mostra. Espada duas vezes maior que eu, toda acesa de runas. É absurdo ver esse cara lutando.

Tá achando ruim eu descrever cada um deles? Paciência, tô no clima!

O próximo é o senhor elemental Farael. Manto verde esmeralda dos ombros aos pés. Conjurador de ventos, joga coisas longe, faz voar inimigos e aliados. Foda demais!

E pronto, chegamos no Tigoah, mestre das shuriken. Ele joga mais de cem em quinze segundos — eu vi em uma live, picotou um manequim balístico, foi animal! Um tipo de bandana azul cobre o olho direito. Ele gira duas estrelinhas em cada mão enquanto o staff da BUSCA afivela os equipamentos de transmissão.

Nyah! Isso é muito emocionante!

Entra uma propaganda no telão. Aproveito a deixa e, sentindo que já abusei da estadia, dou obrigada e tchau para a Golinda (nome dela em meu kokoro) e volto para o gramado. Me afasto da aglomeração, procuro algum lugar mais vazio para assistir.

Perto da área de *camping* tem vários grupos sentados na grama, em piqueniques (isto é, os que precisam comer). Muitos trocam cards, mas eu resisto.

Vou sentar perto de um grupo de medusas. São cinco e parecem gêmeas, com as mesmas calças e blusas justas de couro preto. Corseletes de arabescos dourados, uma peça de armadura fashion demais. Nos ombros, os mesmos emaranhados protegem até a altura do queixo. Cada uma, percebo, tem uma gema de cor diferente no peito.

— Hey, gatinha. Quer se juntar a nós?

Pisco duas vezes antes de perceber que estou encarando descaradamente. Parece até que deixei minha furtividade e discrição em casa. Eu era tão boa no colégio!

Sorria, Ágata!

— Ahn, oi! Er... claro.

Me arrasto até elas tão dignamente quanto consigo, sentindo a cara queimar e torcendo que a pelagem disfarce.

Estão sentadas em uma toalha de tie-dye bem psicodélica. Dúzias de olhos amarelos (das meninas e das cobrinhas verdes nas cabeleiras) em mim. A esta altura você já sabe que sou meio tímida em situações presenciais.

Trabalhando isso, ok?

Aquela que me chamou (acho) oferece uma porção de marshmallows.

— Eu sou a Mey. Tá sozinha?

— Obrigada — pego algumas bolinhas brancas e enfio uma na boca para ganhar tempo. Narrar coisas na stream é muito diferente de conversar ao vivo; chato admitir, mas lances sociais me deixam mesmo travada. Enfim, engulo e sorrio. — É, estou sim. Ágata.

As cinco riem. Dou de ombros, já acostumada com essa reação.

— Quem somos nós para rir de tanta originalidade? — Uma outra acena para mim. — Sou Rey, essas são Dey, Ley, Mey e Bey.

— Espada bacanuda essa sua — algumas cobras na cabeleira de Ley apontam para Blazdall. Eu aproximo um pouco para que vejam.

— Herança de família — eu minto sem mentir, abocanhando logo outro marshmallow.

Elas ficam impressionadas (hehehehe). Até as cobrinhas olham curiosas para a lâmina azulada, perfeita. É uma cena muito legal, queria fotografar e postar, mas acho que ficaria estran...

— Tira uma foto da gente segurando ela? — Dey (ou Bey) pergunta.

Quase engasgando eu gaguejo um "claro!"

Tiro algumas fotos, impressionada como as cinco posam bem. Medusas são muito lindas, quando você não se incomoda com as cobras. Trocamos redes sociais, fico boba com a multidão de seguidores. Elas têm até uma página do grupo. *Sisssss.*

Sério, assim mesmo, com cinco S no final.

Eu não estou rindo internamente.

Ley, Dey ou Rey, sei lá, conjura fogo nas mãos e as outras tostam mais marshmallows ali — porque a esta altura eu comi quase todos. Percebo e tento fingir não estar semi-morta de vergonha.

Parece que os Joalheiros estão terminando os preparativos. Nos telões, fazem alongamentos e examinam as armas. Uma câmera drone flutua ao lado da Amilca.

Eu nem seguro mais a empolgação. Que épico!

— Ainda estou indignada com essa triagem duvidosa — nem vou citar qual Sisssss falou, porque não sei.

As outras quatro acenam concordando. Óbvio que não estão animadas como eu. Acabo murchando um pouco.

— Se a gente fosse menestreamer — diz Mey (acho) com uma careta — talvez tivéssemos mais sorte.

— Como assim? — A pergunta sai mais rápido que meu pensamento.

Olhamos para o telão quando os gritos começam. Agora vemos pela câmera da Amilca, como estou acostumada a assistir em casa.

— Não é todo mundo que está podendo entrar nas Arcas — alguém responde.

— Credencial de Arcanauta não vale mais nada — outra completa.

Quê? Espera, espera, o QUÊ?!

O glifo brilha mais intenso. O cheiro fica mais forte. Chegou a hora.

Meu pelo eriça, não só de euforia, mas pela emanação mágica que vem dali. Quente, mas também gelada. Vibrante, mas também abafada. Já viu que descrição literária inteligente não vai rolar hoje.

— Agora precisa de uma autorização especial — Mey (a única que sei o nome) diz ao meu lado, com uma indiferença que nem acredito.

A luz rosada se recolhe, a vibração/calor/cheiro acaba. Amilca e os outros sumiram. Fica só o símbolo gigante e sua dança.

Autorização? Isso é coisa que eu não sabia. Não basta mais ser credenciado pela BUSCA? Tipo, não é pra isso que eles existem?

Autorização de *quem?*

Fico olhando curiosa, esperando alguém explicar, mas as cinco só suspiram e sibilam em sincronia. Pelo jeito, não sabem também. Bizarro.

Amilca aponta um dedo para o alto, é seu sinal. Todos no grupo dão um passo à frente. Quando o fazem, é como se fossem abraçados pelas linhas do glifo, envolvidos pelo brilho mágico.

A luz, que também é som, espalha e toma tudo. Se torna tudo. O mundo. Nós.

Então se recolhe. Ficamos todos atordoados por voltar a existir.

Eles passaram.

Todo mundo grita. Não qualquer comoção de show — é um urro especial, só para essa passagem. Todo fã reconhece. Acontece várias vezes por dia, mas nunca deixa de ser especial.

Esquecemos o glifo, olhamos para os telões — que transmitem pelo drone, e também por câmeras nos equips de cada Arcanauta. Todo o já conhecido cenário além do glifo é revelado a nós.

Em respeito às minhas novas amigas gritei apenas internamente.

Estão na clareira de entrada. É o lugar em que toda Arca inicia, onde aqueles que passam pelo glifo chegam. Não tem nada perigoso ali. Quase nunca.

A clareira de entrada em Vallindra lembra algum tipo de construção antiga, uma área pavimentada de pedra rugosa e cinza-amarelada, com inscrições em baixo relevo no piso. Escrituras. Símbolos. Uns dizem que são avisos sobre os perigos e tesouros adiante, outros falam que são histórias de além-Convergência — os fóruns têm um gazilhão de teorias, mas ninguém conseguiu traduzir ainda.

Além desse pátio, floresta fechada. Não pode ser atravessada; andar poucos minutos através das árvores traz você de volta à clareira. Existe céu, lilás e quente, que nunca muda — não há dia e noite, nem mudanças de clima. Também não pode ser atravessado; alcançando certo limite de altura, você acredita ainda estar voando, mas na verdade não sai do lugar. Arcas são cheias de barreiras mágicas assim — paredes invisíveis, muralhas intransponíveis, abismos sem fundo, teto (literal) de voo, ventos e marés que arrastam você de volta.

Quem fez as Arcas, fez para que só pudessem ser percorridas em certos lugares. São mundos fechados, não existe nada além. Se alguém tentou atravessar os limites, não conseguiu. Se conseguiu, não voltou.

Não é sem motivo que muitos ainda chamam de masmorras.

A única saída da clareira é uma trilha larga através da vegetação, de mesmo pavimento cinza-amarelo.

Amilca se posiciona atrás de seus companheiros.

— Estão comigo, Amilcamigos? — ela diz para a audiência.

Um sorrisinho descarado entrega minha animação. Amilca dá uma piscada para a tela e faz V com os dedos, símbolo do fã clube da Vitória (emoji de coraçãozinho aqui).

— Quanto tempo será que a gente aguenta, hein? Todo mundo comentando no chat!

Oclaug e Tigoah lançam olhares aflitos para Amilca. Já deviam estar acostumados com aquele senso de humor caótico dela. Eu rio, tarde demais para notar que fui a única. Tudo em volta está em silêncio tenebroso.

Engulo seco, sinto o clima pesado derramando em mim. Todos assistem sem piscar. Percebo alguns procurando pontas soltas no tal plano conspiratório que tanto falam. Outros parecem preocupados de verdade.

Amilca começa sua percussão de praxe. Os bongôs fazem sua mágica, fortificam os companheiros, revigoram até a gente na plateia. Meu coração bate e minha cauda balança no mesmo ritmo.

O grupo começa a avançar pela trilha de pedra. A vegetação em volta é colorida, saturada — não sei responder se é natural, ou algum efeito do vídeo. Exceto por insetos e folhas que caem, nenhum movimento anormal. Não acontecem ataques aqui, pelo menos até onde dizem os tutoriais.

Lógico que, se os tutoriais ainda valessem, não haveria gente sumida.

A trilha abre e eles passam por um trecho ladeado de estátuas, cada uma alta como um gigante (duvido que *um* Arcanauta sequer passe por ali sem medinho de que alguma delas resolva atacar). Não têm feições, impossível dizer a qual raça pertencem. A primeira da esquerda ergue uma espada para o alto, aquela no lado oposto ostenta uma esfera que paira acima da mão aberta. As seguintes empunham um grande arco e um alaúde ainda maior. E assim por diante, machados e escudos, grimórios e foices, cada efígie representando algum aventureiro.

Eu sonho tirar selfie com cada uma delas, o céu de Vallindra ao fundo, aiai!

O corredor de estátuas termina em uma encruzilhada — partindo dali, fica tudo meio labiríntico. O primeiro nível é bem cartografado, quase todos os mapas são escala ningen (quase inofensivos), onde rolam os safáris e reality shows. Mas até hoje aparecem trilhas e passagens novas.

Os Joalheiros tomam a trilha do meio, alcançam uma ponte de pedra acima de um riacho. Amilca interrompe a percussão: podemos ouvir a água corrente, cantos de pássaros, grunhidos de macacos e sons mais distantes de bichos que é melhor não saber.

— O cheiro e luz parecem normais — ela diz. — Nada diferente da última expedição.

Uma das irmãs medusas resmunga algo e se mexe desconfortável. Outra pega uma peça de madeira e começa a esculpir com um canivete. Estão todas bem contrafeitas, muito na cara que queriam estar lá.

Orelhas lindas de gata pegam pedaços de conversas à volta, sobre a farsa da situação. Tantas perguntas quanto as minhas. É tudo alguma campanha ou evento? Estão mesmo sumindo menestreamers? Se sim, por que só eles estão autorizados a entrar?

Se tivesse passado no teste, se tivesse minha credencial e não pudesse entrar agora, acho que também estaria revoltada. Xingando muito e puxando hashtags. Mas, né?

Já falamos bastante sobre como menestreamers gostam de um suspense, de deixar seus seguidores roendo as unhas. Curtem colaborações e parcerias, juntam-se para eventos especiais. Mas nunca, ninguém, foi tão longe. Ninguém deixou tantas pessoas preocupadas.

Algo dentro de mim (não, não é uma bola de pelos) diz que eles não fariam isso com seu público. Com a gente.

Eu, se já tivesse meu canal, meu grupo, minhas expedições, com certeza não faria.

A esta altura, não sei qual alternativa é pior. Que tudo seja mesmo uma grande encenação combinada e todos podem voltar a qualquer momento, fazendo pouco caso de nossa angústia. Seria decepção em nível épico.

Ou eles estão *mesmo* em perigo. Como a Amilca, agora.

Pego mais um punhado de marshmallows e aceito a chama que surge na mão da... ah, uma delas. Quando percebo, já estou compartilhando um dos merengues com as meninas. *Aff*.

Os Joalheiros deixam a ponte e seguem pela trilha, mais cautelosos, atentos à volta. A barda faz seu melhor para manter o astral.

— Pelo menos fiz as unhas do pé. Imagina ser sequestrada com o pé feio?

— Nem limpou direito essas shurikens, Tigoah? Não me faz passar essa vergonha!

— Gente, não adianta me perguntar isso! Eu não trabalho aqui!

Em casa eu estaria rindo muito, entre encher a boca de pipoca ou refri. Mas aqui não tem clima nenhum pra isso. O normal é eu nem sentir quando minhas orelhas mexem; agora, parece que meu corpo inteiro está preso, atraído para os telões.

— Se somem só menestreamers — minha voz sai sem que eu perceba —, por que deixar mais deles entrarem? Por que não...?

— Por que não barrar? E autorizar grupos muito mais preparados e melhor armados? — Mey não me olha, apenas suas cobrinhas se voltam para mim. — Tipo, Arcanautas *de verdade?*

"Mas eles também são..."

Eu penso, mas não digo. Não quero entrar nesse debate com as Sisssss, já estão chateadas o bastante. Só abraço as pernas e sigo assistindo.

Amilca e os demais seguem os passos de Mestre KedroP. Todos achavam que o primeiro nível de Vallindra já tinha sido cartografado por completo, mas KedroP encontrou uma passagem na Floresta dos Ossos, um portal para um mapa desconhecido. Foi onde sumiram.

Outros grupos seguiram o mesmo trajeto, buscando a passagem para o novo mapa. Desapareceram da mesma forma.

Meu pai sempre diz "quem caça rato, acha ratazana".

Amilca, percebo, parece mais quieta que de costume. Sou seguidora assídua, sei que algo de errado não está certo.

Ela tamborila um bongô mais uma vez, todos inspiram com profundidade.

O grupo segue por paisagens familiares. Os Prados dos Cem Olhos, a Lagoa de Savagon, os Ermos da Desolação, todos são deixados para trás sem grandes problemas. Carien sequer precisa curar alguém.

Mesmo assim, eles evitam todas as lutas que podem. Circundam os monstros de longe, ficam fora do alcance de seus sentidos. Desistem de qualquer pilhagem.

Em outra circunstância, seria chato. Pessoal já estaria reclamando no chat, o número de espectadores despencando. Mas ali, ninguém podia culpar ninguém.

Nem falo apenas por mim. Até as medusas, mesmo com seu asco mal disfarçado de menestreamers, parecem ansiosas, as cabeleiras eretas e balouçando como najas.

— Paciência aqui tá mais curta que nariz de orc — Amilca ainda tenta brincar, mas até ela fica mais tensa a cada passo. — Mas é isso, hora de chegar chegando!

A trilha termina, alcançam a Floresta dos Ossos.

Nem preciso explicar que o nome é bem literal. Tudo em volta é cinzento, escuro, enevoado. Em vez de árvores, ossadas de bichos (bichos?) gigantescos, costelas e fêmures em vez de árvores, caixas torácicas grandes como catedrais, crânios muito maiores que meu apartamento. Coisinhas rastejam e voejam, coisinhas escuras com olhinhos vermelhos.

Tudo muito tenebroso e climático, mas ali ainda é um mapa ningen. Sinistro, mas não perigoso. Pelo menos, não deveria.

Nomar segue à frente, abatendo criaturinhas que surgem com golpes secos, sem firulas, poupando mana. Carien leva o arco às costas, de mãos erguidas, mágica de cura já emanando, como se prevendo um ataque a qualquer instante. Aquilo é postura de luta contra bichos fortes, com poderes e padrões de ataque ainda desconhecidos — não para percorrer trilhas. Diz muito sobre o nível de tensão ali, sobre o que esperam. Ou não esperam.

Tenho certeza que se fosse *euzinha* ali, estaria num cagaço danado.

Pode ser só impressão mas, em alguns momentos, parece que Amilca pega algum item e fica olhando. Não lembro de ter visto antes o que ela...

— *Enfia essa autorização no meio do seu...*

Ah pronto! Olha a baixaria.

Sou arrancada de minha atenção às telas. Perto do palco, começa um tumulto.

— Tava demorando — Ley, Dey, Bey, uma delas, disse suspirando.

Só então percebi que a quase multidão agora era uma multidão mesmo. Quase não conseguia ver a praça de alimentação do outro lado.

Três ou quatro sujeitos apontam dedos/garras/tentáculos nas caras sisudas dos Guardiões do Glifo. Há um tritão, ou outra raça marinha do tipo, com tentáculos em vez de barba e todo ~~sujo~~ ornamentado de algas. Tem um grande tridente de cristal dourado que, por enquanto, está preso às costas.

Mais notável e exaltada que ele, há uma minaura com um top de couro e chifres cheios de argolas. E diferente dele, tem um machadão em mãos.

— Isso é o que rola quando você tenta manter os Arcanautas de verdade *fora* das arcas — uma das gêmeas falou.

Eu fico é bem quietinha. A última coisa que vou fazer é dizer o que penso, e acabar cancelada.

O povo começa a uivar. Não sei se estão vaiando os guardas ou os aventureiros. Ainda assim, a minaura tem pulmões fortes e consigo ouvir pedaços do que ela rosna.

— ...deixando essa garotada se arriscar! Sai da frente, alguém precisa parar isso! *Alguma* coisa lá dentro está...

Um grupo maior de Guardiões sobrevoa a multidão (parece que as dragonas nos ombros não servem só de enfeite cafona) rumo ao tumulto. A minaura urra e gira o machado, já jogando longe uns guardas que estavam ali, enquanto o tritão e os outros também pegam em armas. Parece que a casa vai cair. Arcanautas fora da linha arrumando briga são meio que rotina, mas…

— *Tem alguma coisa ali!*

O grito vem das telas. Amilca.

A minaura, seus colegas, os Guardiões, as medusas, o público, eu. Todos congelam.

— Rey? Info?

Só consigo ouvir o que parece uma das gêmeas ao longe, porque meus sentidos estão presos ao telão.

O telão que, por um instante maluco, acho que mudou da Arca de Vallindra para algum filme japonês.

É um monstro. Enorme. E quando digo enorme, não é apenas "enorme". Não é enorme minotauro, enorme ogro ou mesmo enorme Brutusk.

É imenso. Gigante. Colossal. *Enorme KAIJU.*

Sauroide, bípede, tipo zilla. As árvores de costelas e fêmures, mesmo as mais altas, não alcançam o quadril. Cabeça bem distante lá no alto — muito acima de onde a Arca permite voar. De réptil, toda fechada em osso, como se tivesse o crânio do lado de fora. Mesma coisa no tórax, costelas expostas. Membros e cauda parecem de osso puro. Onde se pode ver carne, é toda cinzenta e podre, balançando em pedaços. Grandes bandos de pássaros pretos, tipo urubus, voam ou pousam em suas costas.

É UM DIACHO DE UM KAIJU ZUMBI??

— Não catalogado — Rey, acho, responde assustada enquanto desliza telas de Vallindra Wiki diante dos olhos. — Escala *kiodai*. Não era para algo assim estar ali.

Não era nem pra existir! — eu grito por dentro.

Ficamos todas olhando de bocas abertas, até as cobrinhas estão de bocas abertas.

O monstro urra. Urro-estrondo-balido de monstro gigante. Do tipo que explode vidraças a dez quarteirões. Estremece o chão. Faz minha alma escoar e tentar se esconder nas pontas dos pés.

Não vem de microfones, *não vem* de equipamento de transmissão. *Aquele urro atravessou o glifo e pudemos ouvir aqui.*

Seguro o peito com força, tentando descobrir se o coração não fugiu e pegou o trem-bala de volta pra casa. Nem posso culpar.

Uma manzorra de osso, com garras que podiam rasgar um shopping, desce sobre Oclaug e Nomar. Ainda seguro o grito que muitos soltaram.

— Oclaug consegue desviar — Amilca encontra, sei lá onde, presença de espírito para fazer narração. — Impulsionado por suas pernas, desfere quatro, não, seis socos destrutivos na carcaça podre. Isso!

Amilca parece empolgada e aterrorizada ao mesmo tempo. Não queria estar na pele dela. Ou quero? Aaaaah!

— Nomar está chamando a luta. Vai, Nono! Ele age sem pensar muito, uma de suas maiores habilidades. Ergue a espada e...

Nono, digo, Nomar ergue a espada imensa em desafio e atrai a atenção do monstro. Não sei como ele consegue; o cara é grandalhão mas, para um bicho do tamanho de um estádio, duvido que isso faça diferença. Essas técnicas de provocação dos tanques são difíceis de entender.

A cabeçorra, que parecia pequena nos céus, faz uma longa viagem e desce até perto de Nomar — mostrando ser *muito* grande. Arreganha uma bocarra que podia engolir um ônibus feito aspirina.

Minha imaginação murcha e se esconde, com medo de pensar naquele bafo.

Uma saraivada de flechas luminosas chove dos céus sobre a cabeça ossuda. A coisa urra, mais de raiva que de dor, esquecendo de Nomar. Então percebo dúzias de outras flechas cravadas no flanco, como uma plantação luminosa.

— Cariem, maravilhosa! Você sacou tudo! — Amilca volta à sua percussão, fortificando o grupo.

Eu também saquei tudo. O monstro é morto-vivo, Cariem é arqueira e *também* curandeira. Carregou as flechas com energia positiva, que cura os vivos, mas fere os mortos. Só assim para conseguir causar qualquer dano a uma coisa daquele tamanho.

— Ainda estão comigo, gente? Sorte de vocês, não sentir a catinga aqui. Vou precisar de doze banhos na volta!

Amilca tenta sorrir, mas está cheia de medo e repulsa. Reconheço a música que ela toca, é uma percussão de resistência a efeitos nocivos. O fedor deve ser *mesmo* forte, do tipo que faz devolver o almoço. Ou desmaiar. Ou morrer.

Parece que funciona. Todo mundo continua desperto, vivo e lutando.

Tigoah atravessa a tela com um salto ninja, despejando uma rajada de shurikens explosivas na barriga do monstro. Carne podre detona, o bicho urra, a galera também.

Farael move uma mão e corta o fumaceiro com uma lâmina de vento. O kaiju recua um passo, mas as garras ainda buscam os aventureiros. Quando alcançam, são detidas por uma barreira mágica que protege Nomar e Oclaug.

— É o Escudo Supremo! — Uma voz esganiçada perto de mim. É uma fada com colete de motoqueiro, "Asas do Asfalto". — Amilca só usou uma vez antes!

Fadinha antenada, também me lembro de quando foi isso. Salvou Tigoah da clava de um gigante, que nem ele teria aguentado. Foi por um triz, o mais perto de uma morte que rolou com os Joalheiros. Protocolos da BUSCA mudaram por causa daquilo, nunca mais teve nada parecido. Até agora.

Todo mundo de olhos pregados nas telas, na luta. Tiro, porrada e bomba. Nem sei como acabo percebendo uma movimentação estranha no palco, perto do glifo. Levo um susto — uma tropa inteira de Guardiões está ali, armados com coisas-rifles que só costumo ver em docs da Guerra Metaliana. Tem também um bando de técnicos em uniformes da BUSCA, com visores e mochilas de equipamento. De onde saíram? Teleporte?

Outros em volta percebem. As medusas saltam de pé. Pescoços esticam, olhos saltam. Quem voa, voa.

— É ele!

A voz de Amilca se perde na exclamação de centenas que assistem. Esqueço os soldados, volto para o telão.

— Ele está aqui! Repetindo, *ele está aqui!*

Amilca virou outra pessoa. Se antes parecia tensa e assustada, agora está perto de chorar. Gente, quando a pessoa do suporte mágico e moral *começa a chorar*, é porque afunhanhou tudo!

Seguro a Blazdall nos braços feito um neném. Ela está tremendo. Não sou eu, é ela.

A imagem principal fica bem ruim, cheia de chuviscos e travadas — na real, é um milagre ainda estar transmitindo, considerando que vem de um drone em outra dimensão. As câmeras individuais não estão muito melhor.

O grupo se reúne, armas em riste, olhando para algo no alto. A imagem foca no céu.

Tem nuvens de tempestade. Relâmpagos. Não era para ter, não nesse mapa.

Eu me lembro de quando vi isso antes.

Nuvens rodopiando. Uma abertura. Algo descendo.

— Suporte! Suporte! — Amilca grita. — Reportar SOS!

No palco, os Guardiões formam um perímetro de segurança enquanto os técnicos desmontam as mochilas, montam máquinas, ligam cabos. Pelo menos um deles está entoando algo enquanto diante de inscrições em uma tela flutuante.

— Espera, eles vão *entrar?!* — pergunto a uma Sisssss, sei lá qual.

— Não está na hora da abertura — ela diz o óbvio. — Não se pode *forçar* o glifo.

— Não pode, ou ninguém tentou?

As cinco olham pra mim. Horrorizadas. Como se eu tivesse acabado de anunciar o próprio fim dos tempos.

Então me lembro. Quero dar um tapa na testa. Sim, teve uma vez. Alguém tentou arrombar um glifo, muito menor que este.

Não sobrou nada em volta.

As câmeras individuais apagam. O telão segue cuspindo imagens e sons confusos. Agora nem sei mais qual lado da tela é mais perigoso.

— Contato! Contato! Formação Lamashtu — Tigoah grita entre uma travada e outra.

Algo explode. Não tem como saber quem explodiu o quê. Todo mundo age como se kaiju zumbi fosse o menor dos problemas. *Talvez seja mesmo.*

Outro estrondo, agora deste lado da tela. No palco, junto ao glifo. A máquina foi ativada. Um sinal luminoso igual ao glifo, mas bem menor, flutua acima do mecanismo. Ele gira em sentido contrário.

Não tem como isso dar bom.

— Eles vão abrir! — alguém grita, apontando para os técnicos. Pelo tom na voz, ele também sabe de quando isso foi tentado antes.

— Estão entrando? — O berro de uma das gêmeas foi seguido por diversos parecidos.

— *Não podem!* — Ainda consigo gritar.

Exclamações e mais gritos. O mundo está acabando e estou bem no olho do furacão!

Na tela, a transmissão fica ainda pior. O áudio não chega mais.

Igual com Mestre KedroP.

O telão tem qualidade de imagem muito maior que aquele onde assisti em casa. Mesmo assim, quase não se consegue ver nada; pessoal dos fóruns vai esmiuçar e debater as capturas de tela por meses, que eu sei. Mas aqui, agora, está muito difícil...

Lá! LÁ!

Um pedaço de manto. Ou capa. Uma garra. Ou mão. Duas mãos.

Alguém!

O rosto de Amilca enche a tela, lavado em lágrimas. Os lábios pedem socorro. Os olhos se despedem.

O telão apaga. Todos os telões apagam.

No palco, algo acontece — e digo "acontece" no sentido de que algo explode.

Um vento quente passa rápido por mim. Tudo é brilho ofuscante, leva algum tempo para diminuir. Quando podemos ver de novo, os Guardiões e técnicos estão espalhados por toda parte, alguns pendurados sobre cercas feito roupa no varal, pelo menos um se agarrando à beirada de um telão. Foram todos jogados longe.

A tal máquina está fumegando de um grande buraco no centro. Até parece que caiu um raio.

O glifo brilha forte, com uma pulsação que nunca vi antes. Uma luz roxa e quente latejando. Com raiva.

O glifo cuspiu todo mundo.

Nos telões, apenas o símbolo da BUSCA. Ponto de exclamação. Combina muito com a cena toda.

A multidão se espalha. Alguns tentam chegar perto do glifo, outros querem fugir. E quem voa, voa ainda mais.

— Vai pra casa, gatinha — Mey pisca para mim e as cinco se despedem.

Mando um meio aceno de volta, ainda aturdida. Meu primeiro impulso é tentar me aproximar do palco, entender o que aconteceu.

Mas uma intuição felina — e a imagem do papai implorando que eu tenha juízo — me alerta para ficar longe.

Não sei se adianta. Até onde sei, Vallindra esteve bem pertinho de desaparecer do mapa. Mesmo assim, abraço Blazdall com muito mais força e disparo correndo.

Não é pegadinha. Não é jogada de marketing, não é armação dos menestreamers. *Alguma coisa* os está pegando. *Alguma coisa* está enlouquecendo a Arca de Vallindra.

Por que ninguém faz alguma coisa?

Por que a BUSCA não deixa os Arcanautas resolverem o problema?

Por que só mandar mais vítimas?

Por que estão deixando esse povo entrar mesmo com risco de serem sequestrados por um maníaco que desce dos céus e faz sei lá o quê?

Pelo amor de Sandrin Galtran!

Aqueles que escolheram fugir vão, aos poucos, se misturando às famílias no parque. O pânico dilui, acaba, como se fosse uma turma saindo do trem-fantasma e voltando ao mundo real.

Só consigo parar de correr já perto da entrada, aos pés do Campeão. Quase sem ar, coração aos pulos, mil perguntas ainda batendo no meu cérebro feito novelo de lã. Meu tico e teco não processam o que aconteceu.

Vim aqui sonhando ser Arcanauta menestreamer. Sonhando ser como Amilca, Mestre KedroP, tantos outros que eu amo. Ter aventuras divertidas e mostrar para todo mundo.

Agora o sonho virou pesadelo. Não entraria lá nem por todo o dinheiro do mundo, nem se a própria Vitória convidar. Não, nunca, nem fedendo!

Nem é medo, sabe? É o puro e benéfico bom senso.

Ainda ofegando, sigo para a saída. Talvez eu volte algum dia, mas não tão cedo. Com meus pais. A gente vai se divertir e eles vão pagar porcarias gostosas pra mim.

Mas agora, não. Agora só quero voltar pra casa. Quero pegar o próximo trem-bala e enfiar a cara no celular, olhar os canais da BUSCA, grudar nas redes pra ver o que geral está falando. E quero minha mãe.

Respira. Inspira. Respira.

Bom, olhar as redes eu posso fazer agora.

Já sentada no ponto do BusAwn, deixo a Blazdall no meu colo e tiro o celular. Eita! Quanta notificação!

Primeiramente: Selfie com cara de pavor e o parque ao fundo.

Ficou boa, né? Vou postar.

Legenda: Wow! Eu fui. Eu tava. Segue o meu canal para saber mais. #menelife #desaparecidosdaBUSCA #sdv #CatStreamer

Vou fazer uma live hoje. Quando chegar em casa ou quando parar de tremer, o que rolar primeiro. Tô nem aí. Preciso confabular, preciso teorizar. Normalidade, preciso também.

Epa! Seiscentos seguidores novos? O que é esse tanto de curtida no meu vídeo "Primeiros passos para ser menestreamer"? Trinta e nove mensagens?

Tá. Hitei? Como? E por que, pitombas, estou achando isso importante justo agora?

Deve ser alguma parte minha tentando apagar o trauma, fingir que nem rolou nada de mais, voltar à vida normal. Cabeça da gente tem dessas coisas, né?

Isso aí. Nada de mais. Só esperando o ônibus e rolando tela. Contato novo, contato novo, outro contato novo...

@arturog.amon

Espera. Volta. Quem?

@arturog.amon

Agora é a hora que eu acordo, certo? Não tem como isso ser verdade.

Mensagem com sinal de verificado. Dedinhos trêmulos a clicam.

Boa tarde, Srta. Ágata M. Badeaux
Esperamos que esteja desfrutando de Vallindra.
Aqui residem a coragem e ambição para mudar o mundo.

Vemos tudo isso em você.

Aceite nosso convite para um coquetel esta noite, no pavilhão de eventos da Torre Amon.

Cecil N. Liberi
Assessora

Um segundo, por favor.

Me deixa lembrar como se pensa, antes de surtar pra valer.

E avisar a mamãe que não volto hoje.

5

NÃO TENHO NEM ROUPA PRA ISSO! NÃO É PIADINHA, EU LITEralmente não tenho. Se tivesse recebido o convite três encarnações atrás, ainda não teria!

Nem roupa, nem preparo emocional.

Certo, vamos distrair desse dilema com outro dilema. Postar sobre isso, ou não?

Não diz nada no convite sobre ser segredo. Por outro lado, a festa é hoje — e mesmo assim não vejo ninguém comentando nas redes. E se resolvem me barrar porque porque dei com a língua nos dentes? E se aparece uma van branca com um bando de trolls e orcs, para me dar uma surra por ser cagueta?

Cheguei aqui com altas ambições, virar Arcanauta, dar rolê na Arca e tal. Mas nem um pouco preparada pra balada na torre do magnata-mor.

Sem condições de pensar sozinha, decidir sozinha.

Bom, o que qualquer pessoa normal faz nessa situação?

— Manhêêê! Me ajuuuuda!

Logicamente.

— *Filha* — minha linda e inteligente progenitora em toda a sua glória na telinha do celular —, *tem certeza de que não é um trote?*

Trote. Amo esses termos exóticos da juventude da mamãe.

— Não é golpe, nem nada. Pesquisei bastante. É um endereço oficial verificado. A tal assessora, Cecil, tem até perfil no Trinkeddin.

— *Ai, ai... Não sei, não...*

Falou a mulher que passa adiante todo tipo de corrente e notícia falsa no TalkZap. Uma vez passei a tarde toda tentando convencê-la que pó de asa de fada não deixa cego.

— Eu pego o primeiro trem-bala pra casa assim que sair. Juro!

Seria tudo tão mais fácil, se mamãe fosse inconsequente e impulsiva como a maioria dos humanos que conheço!

— *Tenho que ver com seu pai.*

As temíveis seis palavras.

Papai não vai deixar, óbvio. Levantaria os argumentos mais protetores e sóbrios possíveis para dizer que não devo ir, que é loucura aceitar um convite feito pela hypernet de gente que nem conheço.

Além do mais, já devo estar de castigo por pelo menos seis das minhas sete vidas.

Vou ter que apelar.

— Mãe, você sabe como eu sigo Arturo Amon, sigo ele mais que ninguém neste mundo!

(Ok, não exatamente "mais que ninguém", ele fica em algum ponto abaixo do Sandrinho e acima do Tork.)

— Você sabe que ser menestreamer era meu sonho, e tudo ruiu. Isso pode ser outra chance. Será que ele viu algo em mim? Que tenho futuro? Minha vida... *Nossas vidas* podem mudar!

Um suspiro do outro lado da linha.

— Blazdall está com você, não é?

Ela sabe o nome da espada!

— S-sim, claro que sim.

— Ok, Ágata. Deixe o localizador ligado, mande mensagem a cada dez minutos, não aceite bebidas e nem carona. Quero você em casa hoje. Ouviu bem? Senão eu e seu pai...

Vou poupar vocês da versão integral do sermão. De nada.

Resumindo: Mamãe mandou algum dinheiro para eu não aparecer na festa como uma recém-saída de masmorra (palavras dela). E me fez prometer não passar a noite em Vallindra.

Hoje vai de PIOR para MELHOR dia da minha vida!

Centro de Vallindra. Prédios e torres subindo em volta como se não tivessem fim. Competindo para ser o maior, mais espelhado, mais moderno, mais "vallindroso". Sabe?

Vallindrosa é como preciso ficar.

Mas qual o estilo aqui? Aí que tá! Nenhum e todos. Parece que ser diferentão não é tão diferente assim — vocês estão aqui comigo faz um tempo, já perceberam. Tem um elfo, um minotauro, um golem, uma pessoa-animal, uma pessoa-planta e às vezes até um humano por metro quadrado. Cada um vestindo, ou deixando de vestir, qualquer coisa que qualquer um, em qualquer época ou lugar, já imaginou.

Como é que algum visual vai se destacar? Simplesmente não dá. Ser básico, sim. Mas quem quer ser básico aqui?

O lado bom é que, se você não pode acertar a roupa, também não pode errar. Muito.

Não é extravagante lá onde eu moro. Pelo contrário, me olham torto se usar uma calça mais colorida. Não os culpo e não me incomodo, cidades tradicionais têm disso. Neo Sampa já foi muito maior, uma capital! Mas já sabe o que rolou, né? Deuses-monstros, Vitória, Morte Estelar...

Ainda, tem muito mais terranos. Então os viajantes preferem se anular, "adequar" aos costumes deles. Mesmos argumentos de sempre: chegamos depois, somos estrangeiros, o lugar é deles, bláblábla. Ah, essa síndrome de invasor...

Tenha dó! Este mundo já passou por TRÊS Convergências! Mesmo a última sendo muuuito recente, não faz sentido esse alvoroço.

Mas ainda tenho sorte. Mesmo com esses pensamentos arcaicos, tem sido muito pior em outros países por aí, onde viajantes são tratados feito...

Argh! Olha o déficit de atenção! Por que fui começar esse desabafo mesmo?

Ah, sim! Vallindrosa!

Voltando ao que interessa.

Tenho uma pasta salva com roupas, sapatos e acessórios. Tudo fruto da mais pura e alienadora influência digital. Já com meus alvos em mente, saio pra caçar.

Logo alcanço Bal Dhira, o distrito de moda. Vejo lojas e shoppings incríveis, onde as mais fashionistas compram/ganham coisas. Dúzias de vitrines elegantes, modernas, lindíssimas...

...*gritando* na minha cara que sou pobre e devo procurar meu lugar. Mamãe não me emprestou exatamente a fortuna da família. Desisto das minhas inspirações logo na segunda vitrine.

Em meu desalento, alguma coisa se move e atrai minha atenção na calçada ao meu lado. Uma luzinha vermelha.

Ela se mexe. Eu quero.

Não, não, NÃO! Eu não fiquei alucinada tentando pegar a luzinha, pode parar com esse preconceito absurdo. Não sou gato, sou *descendente avançada* de gatos. Não é como se tudo ao meu redor sumisse e a porcaria da luz fosse tudo que importa.

Sou educada e civilizada. Tanto que só tentei pisar nela. Quando fugiu, só aproximei os dedos. Depois posso ter apenas pulado na parede e corrido alguns metros acima.

Eu tinha que pegar aquela coisinha linda!!

Er... Quero dizer.. Aff! Quem nunca fez isso atire a primeira pedra!

Quando enfim consigo pisar no pontinho de luz e ele desaparece, percebo estar diante de um lugarzinho meio escondido, entre uma lanchonete e uma forja da *Metais Magníficos*. Nem teria notado, não fosse ~~a luzinha~~ minha grande perspicácia. Parece uma butique ou brechó. Cara e luxuosa? Nopes. Mas pode ser o que preciso para não parecer uma caipira.

Levo um susto danado quando uma senhorinha emerge através de uma cortina de miçangas vermelhas. "Senhorinha" em sentido bem literal, é uma anã.

— Uma Herdeira do Gato? Que surpresa! Entre, entre.

Não acho ter sido grande surpresa, percebo ela acabar de guardar a caneta laser. Maldita!

A tiazinha trolladora tem cabelo curto e encaracolado, cor de cobre. Sem barba. (Não, nem toda anã tem barba, isso é coisa de filme.) Usa um vestido laminado com placas de mitral, acho. Tem uma almofada de alfinetes afivelada ao pulso direito.

Ela tem um sotaque meio arrastado, bonitinho até.

— Bem vinda à *Maison de la Sorcière* — ela fala com um biquinho, estendendo os braços e rodopiando. — Genevive, à sua disposição. Posso ajudar?

Por dentro, a lojinha é maior do que parece e bem diferente do que eu esperava.

Depois da cortininha vejo uma sala oval com vários manequins, de diferentes tamanhos, entre sílfide e minotauro (os ogros devem comprar em outro lugar). Mas não vestem nada além de tecidos escuros jogados sobre os ombros.

À direita, prateleiras flutuantes com tecidos dobrados e empilhados, arrumados por cores, texturas e estampas. Na esquerda, um espelho bem grande, de moldura dourada. O teto é escuro e abobadado, decorado com cristais que imitam estrelas. O piso é cintilante, forrado de lajotas em um padrão que me lembra escamas de basilisco. Urgh!

Ao fundo, dois biombos de bambu; um deles emana uma luz amarelada. Diante deles, um balcão pequeno onde tem... espera, é uma bola de cristal ali? E também uma máquina de costura rosada, bem vintage.

Tudo ali tem esse clima retrô, na real. Até a música ambiente, meio psicodélica.

Tanta observação, mas eu apenas esperava o momento da infalível tática de debandada sorrateira:

— Só olhando. Obrigada.

Com um sorrisinho, ela destrói meu plano. Nem tem nada para olhar, fora a decoração (que desconfio não estar à venda).

Enfim, quando faço meia-volta para sair, a nanica já se teletransportou/materializou/bruxou no caminho.

— Qualquer roupa, qualquer uma, eu faço para você. Festas de gala? Expedição na Arca? Jantar romântico? Melhor preço da cidade.

Certo, enfim entendi o propósito do lugar. Mesmo assim, meu rosto franze em agonia. O melhor preço da *cidade mais cara do mundo* não parece uma oferta tão tentadora assim.

— Valeu, valeu mesmo, mas não dá tempo. Tenho muita pressa.

— Sou rápida.

— É para hoje à noite!

— Termino em quinze minutos.

— Mas não vai — oi?!

Olho desconfiada. Nem minha vizinha, a melhor costureira lá do bairro, é tão rápida.

— Não sei...

— Escolha uma peça — ela me puxa pela mão até as prateleiras de tecidos, empolgada.

Será que eu devia fugir correndo, digo, recusar e sair com educação? Já vi vendedor insistente, mas a pequenininha vence todos. Por outro lado, estou curiosa. E sem tantas opções assim.

Desisto de minha fuga audaciosa e aguardo, coçando a orelha. Fico esperando ela mostrar um catálogo, sei lá.

Em vez disso ela continua olhando e sorrindo, dando pulinhos no mesmo lugar. Parece cachorrinho esperando petisco.

Espera, então ela quis dizer *literalmente* qualquer roupa?!

Ok, vamos ver se é bruxona mesmo. Tiro o celular, abro minha pasta de imagens. Seleciono uma foto da Lisandra na última turnê, usando uma saia que eu mataria dez dragões para ter.

— Tenho que pagar? — pergunto com olhar de desafio, mostrando a tela.

Genevive sorri e estica as mãozinhas até uma prateleira alta, que prontamente obedece e despeja duas peças de tecido nas cores certas.

— Apenas se gostar e quiser ficar com ela.

Ha! Essa eu quero ver!

Cruzo os braços — ignorando que não tenho tanto tempo assim para ficar perdendo — e aguardo. Ela abana os tecidos toda teatral, eles parecem flutuar por vontade própria. Entram na máquina de costura. A música muda.

— Hey?! Queisso?

Uma fita métrica voadora se enrola na minha cintura. Desaparece tão rápido quanto veio. Então uma tesoura imensa (insira miadinho de susto) atravessa uma peça de pano suspenso no ar.

Genevive agarra o tecido cortado e coloca na máquina. Gira e aparece com uma varinha verde, quase transparente, na mão direita.

A fita métrica reaparece, enrola nas minhas pernas e quase me derruba. Mentira, o que quase me derrubou foi o susto.

Me sinto em um musical de desenho clássico. Perturbador e fofo.

— Pirlilim — ela cantarola, tocando a máquina com a varinha. Um barulho engasgado de engrenagens, e logo a máquina está trabalhando sozinha.

Corta, une, desune, costura, descostura, corta, gira, vira do avesso, costura. Bbrrrrrr... (minha onomatopeia da máquina)

— Prontinho!

É o quê?

Não é possível, ela deve ter acabado durante uma piscadela minha. Quando percebo, Genevive está me oferecendo a saia mais maravilhosa de todo este mundo, de *todos os mundos*. Nem preciso voltar a olhar a foto para saber que ficou idêntica. Não, *mais* linda.

Eu nem *sequer* disse que queria a saia! C-H-O-C-A-D-A!

— Atrás, tive que improvisar — ela pula de costas e senta no balcão, balouçando as perninhas. — Vamos, prove!

Nem digo nada, apenas mergulho atrás do biombo. Pode esquecer a antiga Ágata: quem volta é alguém duzentas vezes mais descolada. Mais maneira. Mais...

— Você está muito vallindrosa — ela gargalha enquanto eu desfilo diante do espelho.

Meu pai sempre diz, não é indigno reconhecer a derrota. Principalmente quando a derrota me deixa toda linda. Tá, isso ele não disse.

— Quanto é?

— Faço por quinze — ela bate o dedo no queixo, como se fosse uma conta difícil. — Montando o look completo, posso pensar em um desconto.

— Quinze o quê? Lingotes de adamante?!

— Tibares.

— Tiba... É alguma criptomoeda?

Ela faz uma cara triste. Ou gosta muito dos tais tibares, ou está desapontada por eu não conhecer.

— Quinze moedas e estamos acertadas.

— Quêêê?! Quanto custa a *dúzia*?!

Foi mal, senhor(a) etê, aulinha sobre o sistema monetário na Era das Arcas fica para outro dia. Mas uma coisa eu posso dizer, isso é *muito* barato, é preço de brechó! Ok, sei que ela usa magia (coisa bem incomum para anão), mas *milagre* costuma ser mais caro!

Minutos atrás eu pensava em fugir da anã maluquinha. Agora estou debruçada no balcão, deslizando fotos, mostrando toda a minha pasta de inspirações.

Minha mãe diz que sou impulsiva e culpa meu pai por isso (Herdeiros do Gato, pois é). Que vou acabar enrascada por me levar pelo instinto, por não pensar antes de agir.

Meu pai, por outro lado, diz para não confiar muito em magia. Quem a inventou não era muito bom das ideias. Magia, às vezes, deixa você na mão.

Espero que nenhum desses dias seja hoje. Imagina chegar à festa, entrar pelo tapete vermelho, flashes na minha cara, todos perguntando sobre a minha estilista — e a roupa desaparece? Pega fogo? Vira pudim de ameixa? Começa uma contagem de autodestruição e explode?

Bom, estarei pagando um preço baixo por isso. Bem baratinho mesmo.

Já falei como Vallindra é demais? Oi? Muitas vezes? Azar seu. Vou repetir até o deslumbramento passar.

Vallindra é demais!

De quase qualquer ponto da cidade se consegue ver a Torre Amon. Na verdade, duas torres gigantescas que se inclinam e unem, na metade e no topo. É a maior estrutura construída na ilha, a segunda mais alta (só perde para Ghallamar) e um dos prédios mais altos do mundo.

Até dizem não ser só um prédio, mas algo chamado *arcologia,* ou "hiperestrutura autocontida". Não tem muitas dessas no mundo. Um prédio tão grande, com tanta gente, que pode ser considerado uma pequena cidade. Tem sua própria população residente, seu shopping, seu parque, fazenda hidropônica, pavilhão de eventos, colégio... enfim, se quiser você pode viver ali pra sempre, sem precisar sair.

Só mesmo alguém com dinheiro infinito para construir isso. E alguém que trouxe ao mundo as primeiras ligas de adamante sintético, chutando longe todos os limites da arquitetura. Pra ter uma ideia dos tesouros que Amon resgatou da Arca na primeira expedição.

(Não faz essa cara, eu *disse* que acompanho tudo sobre Amon.)

Fico pensando nisso tudo enquanto aquela muralha iluminada preenche a noite, vai ocupando todo o céu, conforme vou chegando no carro de aplicativo (não é carona de estranhos se preciso pagar, mãe).

São como dois prédios se unindo, dando as mãos, se beijando. "Símbolo de união entre Terranos e Viajantes, entre este mundo e o outro." Lindo demais.

Ou a maior letra "A" de todo o planeta. Megalomaníaco demais.

Bom, o cara que realizou tudo isso tem todo o direito de ser metido. Eu também seria, se tivesse mostrado como as Arcas são valiosas, diferente do que os quadradões sempre acharam.

Aliás, nem precisa. Já estou um nojo, minha *roupitcha* sob medida costurada por bruxaria, desfilando fora do carro feito estrela de cinema.

Obviamente mandei um milhão de fotos para o grupo que tenho com meus pais (minha mãe foi a única que comentou algo), para a Lynna e para meus quase dois mil seguidores (#VemAí #CatWalk).

Genevive tem sido um amor. Me deixou tomar banho nos fundos da butique, me alimentou com cookies e chá preto. Guardou minha outra roupa e até limpou Blazdall enquanto eu me arrumava. Não acho que espadas mágicas precisam ser oleadas, mas enfim. Hmmm, ficou com cheirinho de limão...

Mas vamos voltar a falar de mim porque, fala sério, estou muito linda.

Genevive fez uma capa soberba, azul e com bordado babado nas extremidades. Na frente, duas pontas descem pelos meus ombros até o meio das coxas. Atrás se estende quase até o chão, com uma fenda para a minha cauda ficar livre (gostei da preocupação). Ela fica presa em meu pescoço, como uma gola mais alta e elegante. Tem bordados em um tom roxo bem peculiar e seguem um padrão de traços e formas que, segundo ela, são runas. Duvido. Mas não muito.

Optei por um cropped bem luxuoso que vi de uma influencer que a Lynna curte, mas Genevive me aconselhou a usar algo mais simples para chamar atenção à Blazdall. Claro que aceitei e entramos num consenso de que um corpete acinzentado combinaria com meus olhos.

Sapato, não tinha muito o que fazer. Recusei gastar horrores com um novo par, então a Genevive se prontificou a personalizar meus tênis.

E a última dica mágica da bruxinha foi: *"ache uma loja de maquiagem e use os produtos de teste para dar um jeito nessa cara."*

Então, cá estou. Toda bonita, maquiada, cheirosa (também passei na perfumaria) e pronta para os paparazzi.

Só que não.

Saio do carro atordoada, confusa — não fosse o débito automático pelo celular, eu teria esquecido de pagar. Sigo vacilante pelo portal largo na base, estreito no meio, feito "A". Não parece ser uma entrada principal (se me lembro, a Torre tem seis pátios de recepção), mas ainda assim é grande. Teto muito alto, cristais luminosos levitando e bailando como móbiles. Piso espelhado de tão limpo. Muita gente circulando, quase todos em roupa de escritório, mesmo os minotauros e golens.

Até onde sei, parece um fim de expediente normal. Ninguém em traje de festa. Ninguém se amontando para ver influencers. Ninguém pra me receber.

Os engravatados passando por mim, sou a única ali sem lugar pra ir. Só olhando em volta, feito uma caipira tonta. Que sou mesmo.

Será que era trote? Digo, golpe? Fui enganada?

Se chorar agora vou borrar a maquiagem, que já não é aquelas coisas.

Tonta, tonta demais! Achar que eu, *eeeeeu*, a derrota em forma de gata, seria mesmo notada sem ter feito absolutamente nada relevante...

— Senhorita Badeaux? Ágata Badeaux?

(Insira aqui uma cauda eriçada e um miado esganiçado.)

— S-sim.

De onde ela saiu?

— Bem-vinda. Cecil. Muito prazer.

Ok, Cecil. Reconheço-a pela foto no perfil, isso me tranquiliza um pouco. Ela é bem alta e toda classuda. Rosto bonito, cabelo curtinho e brilhante, batom escuro, olhos cinzentos, terninho finérrimo. Isto é, metade de um terninho, na metade humana. Ela é centaura, cavalo (égua?) da cintura para baixo.

— Me acompanhe por favor.

Cecil trota lindamente — aham, elegantemente, com algum dispositivo em mãos. E desaparece.

Assim, ela some. No meio da recepção. Ninguém em volta parece estranhar.

Fico ali esfregando os olhos. Quando volto a olhar, uma mão bonita com anéis gesticula me chamando. Uma mão flutuante.

Tá, entendi. Alguma passagem mágica invisível. Deuses, sou caipira *mesmo!*

Sigo em frente, em uma tentativa esforçada de passar menos vergonha. Avanço por onde a mão estava. Um sopro de vento quente passa por meu corpo. Então me percebo em outro lugar.

Digo, não é outro lugar. Ainda estamos no mesmo pátio de recepção, mesmo piso de espelho, mesmo teto alto com cristais em movimento. Mas agora tem luzes coloridas e música!

As pessoas também mudaram. Sai o pessoal de escritório, entra muita gente em roupa chique, de festa. Estão em fila, diante de uma entrada, de onde chegam batidas puts puts.

Queria descrever o povo na fila, mas todo mundo me encara primeiro, como se eu fosse um alien invasor. Ou melhor, como se eu tivesse acabado de fracassar no teste para ser Arcanauta.

Onde fica o bueiro mais próximo para eu me enfiar?

Meus olhos assustados procuram a Cecil. Ela está perto, percebe minha dúvida e aponta para uma direção. Não, não é meu desejado bueiro, só o final da fila mesmo.

Sigo para lá, todo mundo ainda me medindo. Gente! Até parece que sou a pessoa mais exótica aqui!

Ok. Exercício de respiração.

O que me lembra de mandar mensagem para a minha mãe.

"Cheguei. Ainda viva. Não era trote."

Certo, se o portal me trouxe para outra dimensão, pelo menos tem sinal de *hypernet*. É o que importa.

Arrasto minha carcaça miserável (pelo menos é como me sinto) até o fim da fila, então ganho alguma confiança para olhar de volta. Deve ter umas vinte pessoas na minha frente, uma mais estilosa que a outra.

Tá, a minaura não tava lá aquelas coisas.

Pronto, minha segurança está voltando. Meu corpo começa a pulsar no ritmo que se aproxima. Cara, queria muito que a Lynna estivesse aqui.

Fico tentando reconhecer alguém na fila, mas ninguém parece familiar. Nem Arcanautas, nem influencers, nem nemes. Pelo jeito não é nenhuma festa de famosos — bom, *eu* fui convidada, certo? Quem será essa gente, então?

Espera. Ali adiante, aquele capuz e capa plásticas, sei que já vi...

Hitomi? É você? *Em uma festa?!*

A fila segue, mas não tiro os olhos dela. O teste da BUSCA foi um trauma, mas tão cedo não esqueço da androidezinha esbelta, o rosto de tela digital e os bracinhos que escondem armas aleatórias.

— Hey! Cuidado!

Acabo esbarrando nas costas da minaura e sorrio um pedido de desculpas. Ela bufa e joga a trança grossa, quase me acertando. Só o que me faltava, arranjar briga e ser expulsa antes de entrar no lugar.

Ah! Quase esqueço. Foto antes de entrar.

Chega minha vez. O segurança, que surpresa, é minotauro (sim, às vezes parece que *todos* os seguranças são minotauros). Vou pegando o celular para mostrar o convite, mas antes disso ele acena positivo para eu entrar.

Se prepara para meu próximo surto em três, dois, um...

Esperava um grito? Desculpa por desapontar, mas esta gata travada no choque está sem condições de ter alguma reação decente.

Você *obviamente* nunca foi convidado para um salão de festas da Torre Amon (hihihi, que nojo), então permita que eu apresente.

Vamos deixar de lado como chegamos até aqui — posso ou não ter ficado intimidada/deslumbrada demais para prestar atenção no caminho. Nem dá pra chamar de "salão", mal consigo ver as paredes, sumindo longe. Mais parece um pavilhão de eventos, com estandes de marcas grandes. Tem carros, robôs, máquinas agrícolas, coisas que devem ser satélites de comunicação. É alguma feira de negócios? Nunca estive em uma dessas, mas faz sentido. Explica a ausência de celebridades.

Mas ainda é uma festa. Ainda tem luzes mágicas e puts puts, ainda tem pista de dança, palcos, balcões e bufês.

Vou me acabar!

Aham, digo, vou procurar Hitomi, que acabei perdendo de vista. Distrações demais.

Lá vem outra distração, algo se movendo no alto. Dois homens voando. Isso não é tão — espera, não estão voando de verdade. São trapezistas. Cada um se pendura na barra pelas pernas e joga-se longe para agarrar as mãos do parceiro. São fortes, graciosos, de malha justinha... e humanos? Sem proteções? Sem rede de segurança nem nada?

Gente assim, com essa habilidade, acaba virando Arcanauta. Ou lutando com kaijus na América do Norte. Ou estudando na UniPotência. Ou se alistando no Exército da Luz, ou guerreando com os aliens. Enfim, você já entendeu.

Estou pensando nisso quando acabo chegando próxima de uma varanda envidraçada e levo um baita susto; estamos *muito* alto, pelo menos trinta andares, sei lá. Não lembro de nenhuma escada ou elevador, juro pelas unhas bem pintadas da Cecil. *Quando* subimos aqui?

Aliás, com essa vista espetacular da noite em Vallindra a meus pés, *quem é que liga?*

Sério, gente, não dá pra explicar. Ghallamar toda imensa e luminosa, com seus apartamentos nas pontas dos raios — quão podre de rico você precisa ser pra se hospedar ali? Os prédios iluminados por magia. Os boulevares de vários níveis, os riscos dos faróis de carros terrestres e voadores. Os parques e praças, entre e acima os prédios. Os barcos de passeio nos canais até o mar.

Vem um suspiro do fundo da alma. Sai uma lágrima.

Me recomponho. Volto para a festa.

Sigo cumprimentando algumas criaturas que me encaram. Parecem falar de si mesmas, segurando taças coloridas, empinando narizes e focinhos.

Empino meu nariz também.

Para um evento de negócios, essa é a festa mais *cool* em que botei minhas patinhas.

Uma pista de dança quadriculada e multicolorida brilha conforme a batida da música, dúzias de pessoas/criaturas fazem uma coreografia dessas do TekoTeko. Anões, elfos, Herdeiros do Coelho, dahllan, tem de tudo. Levantam os braços, viram de costas, sacodem a cabeça, descem até o chão, chutam o ar e levantam. Recomeçam.

Em um patamar mais alto está o DJ meio-orc. Vai ficar surpreso se eu disser que ele tem quatro braços? O cara é irado. Toca as melhores e faz um remixes muito bons.

A título de curiosidade: minha cauda balança ao ritmo da música enquanto sigo feito barata tonta.

Vejo um bar de balcão muito longo, curvo, iluminado por gemas azuis e vermelhas. Sentados no balcão, um grupo homogêneo de humanos, praticamente iguais. (Olha, se você é humano, não leva a mal, mas vocês são todos parecidos sim!)

Ainda não reconheço ninguém. Não sou ligada no meio empresarial, sabe como é.

Verdade verdadeira? Uma parte minha esperava encontrar os menestreamers que sumiram. Esperava que fosse tudo um golpe mesmo, que todos estariam aqui celebrando. Felizes. Seguros. Vivos.

Queria que fosse assim. Daria um murro na cara de alguém, pela aflição toda. Mesmo assim, queria muito.

Percebo um andar superior com mezaninos privados, protegidos por uma película. Deve ser quase imperceptível para olhos humanos, mas vejo alguma variação de cores. Não consigo identificar quem está lá, tem alguma magia de privacidade. Estariam ali os ricos e famosos?

Chego até o bar, sacudindo cabeça e cauda na batida perfeita. Apoio o cotovelo na pedra fria e fico olhando ao redor. Não vejo Cecil, nem Hitomi, nem ninguém conhecido. Será que Hermax e os outros estão aqui também? Será que os aprovados na BUSCA foram convidados, e por isso...? Ahn... er... Ok, esse não seria o caso, porque... né?

— O que gostaria?

A voz gentil me faz engasgar. Não esperava interação social tão cedo.

Atrás do balcão, o mocinho sorri todo simpático. Tento sorrir de volta. Posso ou não ter falhado miseravelmente; já falei, mas é bom relembrar, fico nervosa ao interagir sem pensar bastante no que vou falar. Sou tímida. Juro. Difícil de acreditar, eu sei.

Depois de uma travadinha no cérebro, digo o que me vem à cabeça.

Adivinha o que pedi.

— Uma água, por favor.

Não, não foi leite. Engraçadinho.

Ele me encara meio perplexo, acho. Sorrio sem graça.

— Vou fazer um especial para você — ele diz, de indicador erguido, então sai com uma piscadela.

Eita! Melhor que não tenha álcool. Nem nada que me faça apagar e acordar em uma banheira de gelo sem um rim.

Mando outra mensagem para a mamãe. Uso a localização e procuro posts sobre aquela festa. Talvez a barreira mágica camuflada fosse para enganar a imprensa? Talvez só convidados pudessem passar? Isso é magia cara, de alto nível. Acho chique.

Vasculhando as redes, encontro as primeiras fotos do evento. Vou fuçando perfis dos convidados e percebo serem como eu. Aspirantes a menestreamers.

Volto a olhar em volta, vou encontrando os donos dos perfis. Alguns estão até fazendo live.

Bom, não vejo nenhuma van com minotauros perseguir ninguém, então não é nenhuma festa supersecreta. Aproveito para tirar e postar umas fotos usando as mesmas hashtags.

As curtidas começam no ato. Chegam aos montes.

A fama, meus consagrados! A fama vem!

— Prontinho. Um *Vitória Bimi* para a moça.

Colada na telinha, claro que me assusto quando o barman está de volta. No balcão, uma taça bonita com guarda-chuvinha.

— Suco de laranja, energético, raspas de limão, canela, lascas de gorad e mel. Porque nada é mais doce que a vitória.

Espera, isso foi uma cantada? Olha, para uma recém-reprovada da BUSCA, não foi a melhor do mundo.

Isso é algo que eu até podia dizer em voz alta, mas acabo só devolvendo um agradecimento que sai mais como um gaguejar confuso.

Ele ri e vai para outro lado.

Posso colocar a culpa na música se ele não entendeu, mas agradeci completamente embasbacada.

Vou bebericando minha ~~laranjada gurmê~~ *Vitória Bimi* enquanto a festa continua. Perto de mim tem um gnoll — eles são muito altos, mas não parecem, de tão recurvados. Veste um casaco longo com gemas, esmeraldas eu acho. Também tem esmeraldas em piercings no focinho e orelhas de hiena. Ele dança um balanço desengonçado, muito vergonha alheia. Diante dele, uma tela flutuante com um bate-papo rolando.

Ao lado, uma qareen toda produzida, eu um macacão que imita o céu diurno. Acho lindo, até que ela mesma começa a voar, imitando os trapezistas humanos, rindo e filmando tudo. Que metida! Gente assim deixa os Viajantes de filme queimado.

Ela tem uma cimitarra às costas — muito menor e menos impressionante que Blazdall, claro. Outro qareen (nenhuma balada é completa sem meio-gênios) tem um cajado que só falta derramar magia pelo chão. Um sulfure bem bonitão passa com um par de adagas katar na cintura.

Você pode estar pensando em que tipo de festa aceita pessoas armadas. Pode estar pensando no motivo de *eu* estar armada. Então espera que eu vou...

— Visto que as Convergências trouxeram a este mundo seres com poderes e habilidades de combate incomparáveis, até mesmo sobrenaturais, o porte de armas pessoais deixou de ser restrito em muitas cidades, até países, e sobretudo em Vallindra. Além disso, não há motivo para receio. Todos neste evento estão sob proteção.

Oi? Quem roubou minha explicação do óbvio?

Me volto na direção da voz. Ao lado, junto ao balcão, um androide. O rosto-tela escuro com olhos acesos me faz pensar em Hitomi, mas só por um segundo — certeza que não é ela. O design é parecido, mas esse é masculino e tem uma roda, em vez de pernas. Usa terno riscado e cartola; não sei responder se é roupa mesmo, ou fazem parte do corpo. Além de olhos, o rosto-tela mostra um bigodinho inglês.

Mordomo, tá. Não devia ser surpresa, os androides foram inventados para servir às pessoas, trabalhar como empregados, garçons, copeiras e tal. Isso tudo antes da Terceira Convergência, golens mágicos com almas verdadeiras, robôs modernos com almas verdadeiras... Bom, isso é assunto complicado.

Mas tem algo diferente neste aqui. A voz toda elegante? O jeito que se move? O sorriso nos olhos pixelados?

— Ferdinan. Enorme satisfação em conhecê-la — ele gesticula como se erguendo uma cartola inexistente. — Senhorita Ágata, estou certo?

— É... sim.

Saber meu nome não é grandes coisas, ainda mais para um androide. Mas como ele sabia o que eu estava pensando antes?

Está lendo minha mente?

Os olhos sorriem mais. Ele ergue um dedo da mão enluvada em branco, chamando o garçom.

— A senhorita não é muito discreta, apesar da herança felina. Não, não leio mentes precisamente. Leio intenções. E sim, tenho expressões e talvez emoções. Complexo demais para uma conversa informal. Concorda?

Será que veio da Academia Maior de Intendentes em Akibara? Medinho!

Concordar, concordar é meio difícil. Tenho um monte de perguntas, ainda mais se ele trabalha aqui, mas acho o sujeito estranho. Acabo só acatando com um aceno rápido. Volto a bebericar, ganhando tempo para pensar no que dizer.

Cadê a Cecil que não volta? Aquela linda?

— Madame Liberi estará conosco em breve. Concordo que é uma centaura muito atraente.

Aiii! Se esse esquisito lê mentes ou intenções ou o que for, ele *devia* saber que está me estressando!

— Minhas desculpas. Bonita espada. Além-Convergência, percebo. Herança de família, presumo.

É isso aí. Não tenho mais o que fazer, além de deixar o mordomo adivinhão seguir percebendo e presumindo, no papo mais surreal da minha vida.

— Isso. De família — eu digo, só pra dizer algo, não deixar a conversa continuar unilateral. Até queria dizer mais, se soubesse melhor sobre minha própria espada.

— Não se preocupe, tenho plena confiança de que o artefato se revelará por completo no futuro próximo.

Ahhh! Parece que *todo mundo* conhece a Blazdall mais do que eu. Que ódio!

Olha, espero que ele não leia agora minha intenção de separar sua cabeça do corpo. Pensando melhor, espero que *leia sim.*

— Como queira. Apenas tinha a intenção de entretê-la por agora. Vou me retirar, se me permite...

— Espera — digo sem pensar.

O rosto digital ainda sorri, mas o tom de voz mudou, ele *ficou* chateado. Bom, eu estava sentindo falta de conversar com alguém, sim. Não dá pra culpar se ele tem poderes, sei lá, e acabou percebendo.

Ele acena afirmativo e fica ali. Não diz mais nada.

Até penso em pedir desculpas, mas fico sem graça. Enfim, o aceno dá a entender que ele já sabe.

Quero me desenroscar desse constrangimento todo. Já sei, nova mensagem para a mamãe. *"Tô viva!"*

Tem notificação, Lynna viu minhas fotos e tá surtando. Vou deixá-la curiosa até amanhã. Opa, isso me lembra do merengue que sobrou. Será que Genevive vai comer? Acho que sim, anões são comilões (ou eram os hynnes?). Se ela não comer, será que vai estragar? Pelamor, é feito com magia de dragão, custa caro, tinha mais é durar toda a eternidade!

(Você notou, minha mente segue por caminhos caóticos quando fico nervosa.)

— Já ouviu falar sobre como Vallindra nasceu?

Ai, sério?! Deixo cair o celular na bolsa e devolvo um olhar combo de indignação e preguiça. Porque são meus únicos sentimentos para essa conversa sem sentido.

— Não precisa me olhar assim — ele ri. Mesmo sendo feições pixeladas, tem qualquer coisa intrigante naquela expressão.

— Todo mundo sabe disso — eu cutuco pra ver o que sai.

— Não me refiro ao que estudou no colégio, viu em filmes ou pesquisou na rede. Conhece a *verdadeira* história da fundação de Vallindra?

Não preciso repetir pra você que a Arca de Vallindra mora no meu kokoro. Sei tudo que tem pra saber. Tudo, menos o motivo dos desaparecimentos.

E *isso*, biduzão, você não sabe.

— Será que não?

Eu recuo um passo. O lance de telepatia invasiva já nem incomoda mais. Mas esse assunto, aí sim, fomos surpreendidos novamente.

Curiosidade. Gato. Eu sei muito bem, me erra.

— Verdadeira história?

Ferdinan sorri. O bartender traz algo fluorescente em um copo. Ele leva até o rosto-tela, sob o bigode, e a coisa luminosa parece escoar. (Não, eu não vou dizer que o androide *bebeu*, me recuso.)

A música deve ter mudado umas duas vezes desde que aquela conversa começou, mas nem percebi. O lugar está mais cheio também. Uma moça com vestido de água-viva aparece do nada e sussurra algo no ouvido (?) de Ferdinan. Ele acena e ela vai embora.

— Foram três Grandes Convergências — ele mostra o número com os dedos, e então fecha o punho. — A Primeira, há pelo menos cinquenta mil anos. Criaturas com poderes inimagináveis vieram a este mundo. Monstros mágicos que respiram fogo e transformam em pedra. Seres que manipulam as forças da natureza e dizem ser deuses. Tornaram-se lenda, mitologia, folclore. Hoje conhecemos suas histórias, correto?

Aceno que sim, não tem discussão ali. Todo mundo concorda que os monstros míticos do passado, em vários pontos do mundo — dragões, gigantes, trolls, minotauros... — vieram com as Convergências. Eram poucos, mas muito perigosos. Podiam ter dizimado a humanidade.

Bom ter nascido hoje, quando o maior mal do mundo é wi-fi ruim.

(Mentira, claro que tem coisa bem pior, mas fica pra outra vez.)

— A Segunda — ele segue, ainda contando com os dedos enluvados — teria ocorrido no alvorecer da humanidade, por volta de dez mil anos atrás. Mais deuses e monstros, mas também grandes heróis do passado. Arthur. Jorge do Dragão. Beowulf. Momotaro.

— O carinha do pêssego — lembro bem desse, aparece muito em animes. Nascido de um pêssego gigante. Lutava com demônios. Era um favorito do Doido das Convergências.

Ferdinan acena provador e segue.

— Justamente. Todos se ergueram diante de ameaças ao mundo civilizado. Assinaram seus nomes na pedra da História, tornaram-se mais que heróis. Tornaram-se lendas.

Cruzo os braços, impaciente. Agora sei como você, bravo seguidor, deve se sentir me ouvindo explicar coisas que todo mundo sabe.

— E a Terceira — digo, tentando encurtar a conversa — foi no início do milênio, vieram os povos não-humanos, teve treta geral, depois acalmou, etecetera. O que tem isso a ver com "a verdade sobre Vallindra"?

— Mas é exatamente o ponto — ele mantém um único dedo em riste. — Com a Terceira Convergência, também vieram as Arcas. Trazendo consigo populações de criaturas e, pela primeira vez, *recursos naturais* de outro mundo. Ou mundos.

Pelo jeito ele vai ficar *mesmo* de enrolação, sem chegar a lugar nenhum. Me resta acenar concordando, no automático. Minha laranjada acaba, peço outra igual (isto é, o mordomo adivinha e pede antes). O balcão começa a ficar apertado; acabo aceitando um convite para continuar a conversa (isto é, a palestra dele) em uma mesinha no canto.

Sério que estou perdendo a oportunidade de conhecer gente interessante para ouvir um androide tagarela? Será que mandaram ele aqui porque eu estava sozinha? Enfim, a derrota social veio.

— Oh! Assim você magoa as minhas boas intenções! Não, não estou aqui apenas para lhe fazer companhia.

Imagino o que mamãe pensaria se me visse de papinho com esse esquisito. Falando nisso: *"Ainda viva e nenhum órgão roubado, mamis."*

O DJ tinha parado de tocar, agora uma qareen ocupa o pequeno palco. Ela flutua de pernas cruzadas e olhos fechados, tocando uma harpa. Cordas feitas de magia vibram e brilham ao toque dela. Não tem som de harpa, mais parece clássico com eletrônica, cheia de ritmo e puts puts.

Coloco a Blazdall sobre a mesinha e me ajeito como posso antes de sentar. Temos que falar sobre acessibilidade às pessoas com caudas.

Ferdinan não senta, só diminui o tamanho das pernas/suporte da roda, e parece divagar enquanto observa o público. Aproveito enquanto ele fica de boca fechada para fazer o mesmo.

Nada parece diferente. Trapezistas ainda voando, gente com pinta de empresários conversando, streamers streamando, outro Ferdinan, e mais outro... Opa?!

— Isso mesmo. Como pode ver, não sou o único. Minhas desculpas, estou entediando a senhorita?

Apoio a bochecha no punho fechado e suspiro, sem responder. Bom mesmo ele saber que estou ficando entediada.

— Não. Continue — eu minto. Ué, ele também não foi sincero ao perguntar, já que adivinha tudo, certo?

— Ótimo. Onde paramos? Ah, sim! A origem da Arca de Vallindra. E a semideusa élfica.

O coração até bate forte. Sei o que ele vai dizer, é outra coisa que todo mundo sabe. Mas Vitória, gente! Como não amar?

— Trazida pela Terceira Convergência, ou sua *causadora,* alguns dizem. Primeira grande heroína não-humana. Descendente de elfos e seres onipotentes, que só poderiam ser chamados de deuses. Meia-elfa, meia-deusa.

— Metade do infinito — eu deixo escapulir, quase ronronando.

Ele ergue um pouco a não-cartola em cumprimento.

— Portadora de Brenda, a espada-avatar. Destruidora do deus-monstro K'thanoa. Aquele cuja carcaça gigantesca e petrificada formaria as fundações desta ilha. Onde o selo para a Arca de Vallindra se manifestou.

Um sorriso estranho no rosto-tela. Ele ergue o copo para brindar.

— Por Vitória!

Eu brindo, logo pegando o celular para outra mensagem. Quanta notificação...

— Após estranhamentos e conflitos iniciais entre visitantes e terranos, Vitória se tornaria um símbolo da paz, harmonia e tolerância. Tornaria a vida melhor para os recém-chegados, que sequer vieram por livre vontade. Afinal, quem escolheria viver aqui, quando deve existir magia e reinos fantásticos além-Convergência?

A "conversa de bar" toma o mesmo rumo de milhões de outras conversas de bar pelo mundo. E palestras. E documentários. E fóruns. E textão nas redes.

Se além-Convergência é um lugar "melhor"? Pergunta difícil. Ninguém sabe como é o outro lado. Tem muitas pistas, fragmentos e teorias, mas nada certo. Aliás, se as próprias Arcas são uma amostra, então pode não ser um lugar tão legal assim.

Ninguém sabe, também, o motivo das Convergências acontecerem. São mesmo fenômenos cósmicos que ninguém controla? Ou algo intencional? Se sim, por quê?

Blazdall veio desse outro mundo. É um lugar onde se usa armas, então existe perigo, existe violência. Mas também existe gente que empunha essas armas, usa para ter aventuras mágicas, fazer jornadas, proteger as pessoas, combater o mal. Coisas que gente como eu sonha viver. Coisas que a gente só podia fazer jogando Tormenta Alpha e esses lances.

É um lugar onde existe gente como papai e mamãe. Como Vitória.

Meus dedos estão passeando nos relevos da empunhadura quando Blazdall parece vibrar, ou pulsar, ou algo assim.

Sim, minha linda, meu amor. Como você também.

Ferdinan percebe (claro). Os olhos digitais saltam de mim para minha companheira. Puxo ela para perto, e ele sorri mais.

— Ainda assim — ele recomeça —, muito ainda deve ser feito para que sejamos reconhecidos e aceitos por completo. Sim, digo "nós, mesmo que androides não sejam tecnicamente Viajantes. É um assunto complicado, talvez para outro dia, como você mesma colocou.

Não coloquei isso, eu só *pensei*, seu fuçador de intenções enxerido!

— O senhor Amon, como gênio que é, não viu covis de maldições nas Arcas. Ele viu o *futuro*.

Outra vez, novidade nenhuma. Arturo Amon ficou bilionário não só por explorar Vallindra e trazer tesouros, mas por *revelar* essas coisas. Antes, as pessoas tinham medo das Arcas, pensavam ser só tocas de monstros e demônios, pensavam ser o *inferno*. Mas adamante, mitral, cristais, gemas e artefatos miraculosos fizeram todo mundo mudar de ideia rapidinho.

Os olhos pixelados chegam a brilhar mais forte. Fico esperando, a qualquer momento, passar no rosto dele alguma propaganda das empresas Amon.

— Amon financiou o primeiro grupo Arcanauta, até mesmo concebeu esse título. Revelou que o suposto "antro de demônios" era, em verdade, uma fonte de tesouros. Tudo isso é de conhecimento público.

"Conhecimento público" é atravessar o eufemismo e sair do outro lado. A Primeira Expedição. Virou filme. Clássico. O reboot é péssimo e só a minha opinião importa.

— Até aqui, falamos do que você sabe.

Acha mesmo, Capitão Óbvio?

— Não acho apenas, tenho plena certeza. Mas agora chegamos ao ponto em questão.

Demorou, hein?

— Seus pais certamente não recordam de suas próprias vidas anteriores à chegada aqui.

— Espera, *como você...?*

— Seus pais são ambos Visitantes. Humana e Moreau, Herdeiro do Gato. Vieram com a Terceira. Está em seus perfis online e seu registro na BUSCA. Estou errado?

Affe, verdade. Fiz papel de tonta. Lógico que um androide teria acesso a essas coisas.

— Como dizia, nenhum Visitante tem memória plena do outro lado. Apenas vislumbres vagos, quando muito. Salvo uma única e notável exceção.

— Vitória? — digo no automático.

Dizem que Vitória conhece o além-mundo, que não poderia esquecer por ser semidivina, mas não é bem assim. Ela contou várias vezes em entrevistas. Lembra de lances genéricos sobre cidades de elfos e exércitos de orcs. Lembra que o pai era algum herói épico que ascendeu à divindade, ou algo assim. Por um tempo, achou que fosse tudo real. Mas descobriu que não. Talvez.

Então ela calou. Não fala mais sobre isso, já faz um tempo. Não quer que suas próprias lembranças erradas acabem levando a erros, prejudicando a descoberta da verdade.

— Ela não está sendo totalmente sincera.

Oi? OOOOOI?! Espera, dá um tempo!

— Calma, calma. Claro que compreendo sua indignação, peço apenas...

Nem vem pedir nada! Você *não diz* coisas assim sobre Vitória, *não diz* que ela mente ou tem qualquer plano secreto!

Ela é uma deusa! Um anjo! Se duvidar dela, precisa duvidar de tudo que veio ou nasceu de além-Convergência! Meus pais! Blazdall! EU!

Você não desconfia de Vitória! PONTO FINAL!!

E eu sei que nem preciso dizer nada disso em voz alta, seu engomadinho digital de merda!

— De fato, não precisa.

Ele se levanta. Tira a não-cartola e se curva, mais baixo do que um humano poderia.

— Expressei mal meu raciocínio e causei este desconforto. Peço mil desculpas.

— Expressou mal o quê? — eu rosno de volta, emputecida além do emputecimento. — Se não era isso que queria dizer, então o que era?

— O motivo dos desaparecimentos. E a solução. E a razão de você estar aqui.

Ah, falou! Até parece! Sabia de todas essas coisas importantes de verdade, e ficou esse tempo todo me engabelando com fofoca de blog ruim?

— Sim, pois não me cabe comunicar propostas e decisões finais. Fui sincero quando disse que vim entretê-la. Ainda não era chegada a hora de sua entrevista.

Ele recoloca a não-cartola na cabeça e estende o braço para mim. Oxe!

Desconfiada até onde se pode ser, nem saio do lugar. Estou pronta para enviar um SOS pra mamãe.

— Entrevista? Com quem?

— Com o senhor Arturo Amon, claro.

6

NÃO TEM NADA DE CLARO NISSO!!

Não. Você não terá uma única palavra minha. Nenhum comentário. Nenhuma observação. Nenhuma opinião, parecer, ponto de vista... nada.

Não estou em condições. Me deixe. Apenas um pequeno e poderoso surto ocupa minha mente agora.

Meu cérebro, minha massa cinzenta, agora é apenas massa mesmo. Coordenação motora? Mais para um zumbi movido a necromancia (quase um corpo sem vida aqui). De repente já morri, quando ouvi (pela terceira vez) que o próprio Arturo G. Amon, o mestre, queria me conhecer.

Quem sou eu na fila do pão?

Estou tentando puxar na memória se ganhei em algum concurso de aplicativo, ou achei um bilhete premiado na rua (isso ainda existe?), enquanto sigo Ferdinan rolando pelo salão de festas. Ainda consigo notar os outros Ferdinans em meio aos convidados, olhando e se retirando também.

— Por aqui, senhorita.

Uma grande porta nos fundos abre sozinha quando ele se aproxima. Continuo seguindo sem hesitar. Minha piadinha sobre roubarem meus órgãos já não parece mais tão engraçada.

Crianças, jamais sigam um estranho enlatado sozinhas.

Passamos por um corredor (preciso mencionar ser imenso?) muito iluminado e aquecido. Ferdinan está tagarelando algo, mas é como se fosse alguma tevê ao longe, dizendo coisas nada a ver comigo.

Muitos quadros nas paredes, cada um maior que meu quarto em casa. Cenas de lugares e batalhas fantásticas, castelos brilhantes, deuses acima das nuvens, dragões do tamanho do mundo, cavaleiros brandindo lâminas mágicas, magos de mãos iluminadas. São mitologia? Cenas de além-Convergência? Cenas de games? Não tem como saber a diferença.

No fim do corredor, uma parede de tijolinhos à mostra. Ferdinan toca um ponto, um círculo amarelo brilha. Uma porta que não estava ali, abre.

Um (nem tão) pequeno aposento de paredes aveludadas se revela. Um senhorzinho de uniforme azul, Herdeiro do Crocodilo, nos observa.

Ferdinan, com um sorriso paciente, espera que eu entre. Ainda estou tentando entender se aquilo é mesmo um elevador. Acabo entrando assim mesmo.

— Cobertura, senhor Ali — Ferdinan diz, após entrar.

A porta materializa/fecha. Alguma parte ainda racional da minha mente questiona: não tínhamos precisado de elevador para chegar até a festa, cinquenta andares acima: por que precisamos agora?

— A cobertura onde reside o senhor Amon é protegida por salvaguardas especiais. Não pode ser acessada por nenhum outro meio.

Claro que o mordomo continua respondendo perguntas sem que eu as faça.

Já entendi que isto não é um elevador qualquer. Não sinto se mover — isto é, não sinto o balanço, a inércia normal dos elevadores. Sei que estamos nos deslocando, mas não sei através *de quê*. Teletransporte? Tempo? Outra dimensão?

O fato de o mordomo falador *não explicar* isso, mesmo sabendo que estou curiosa, me deixa ainda mais assustada. Um friozinho aterrorizante sobe pela cauda até a nuca.

Exercício de respiração. Inspira... expi... *Mamãe!*

Por um instante maluco, penso em pedir permissão para ligar...

— Fique à vontade, senhorita — Ferdinan gira a cabeça para trás, eu deixo escapar um miado de susto. — Madame Badeaux ficará bem feliz, acredito.

Ele ri, o tiozinho jacaré chacoalha os ombros.

Que medo. Que medo. Que medo.

Tiro o celular e aperto o botão toda trêmula.

Tuuu...

Ateeeende!

Tu...

— *Filha?! Aconteceu alguma...?*

— Oi, mãe! Eeeer... Tá tudo bem. Viu, pode ser que eu atrase um... pouco...

Sinto o elevador, ou o que quer que seja, parar. Ou o que quer que seja.

— *Estou indo aí!* — é papai esbravejando ao fundo.

— Não, não precisa!

— *O que aconteceu?* — mamãe outra vez.

Puxo o ar com força e a porta abre/desaparece. Um pequeno saguão, outra porta imensa. Lembra o cheiro de eucalipto? Quase me derruba.

— Seu Arturo Amon quer falar comigo.

Silêncio.

Ferdinan não me pede para sair do (talvez) elevador. Espera impassível do lado de fora. O ascensorista escamado me olha de rabo de olho, mas também não fala nada.

— Mã...

— *Blazdall está com você?*

— Sim. Sempre.

Ela suspira. Começo a me desesperar real.

— *Vá conhecê-lo, querida. Viva sua aventura.*

Mamãe ri. Meus deuses, ela ri! Faz todo o meu nervosismo escoar e sumir.

— *Orelhas erguidas, pense antes de falar. Fique calma. Estamos aqui para você.*

Te amo, mãe! — eu queria responder, mas ter gente estranha em volta me impede.

Ao fundo, papai cheio de perguntas aflitas. Mamãe se despede aos risos.

Sinto uma vibração e um leve empurrão às costas. Blazdall.

Você também?!

Acho que eu disse *obrigado mamis!* antes de desligar. Sentindo como se tivesse bebido bálsamo restaurador (nosso vizinho diz que usa toda sexta), enfim saio para o saguão.

O elevador e seu Ali desaparecem atrás de nós. Estou ao lado do androide sorridente. Ele pisca, faz um gesto todo pomposo na direção da porta dupla imensa. É toda lisa e dourada, sem arabescos, símbolos ou runas. Nenhuma placa informativa. Bom, desnecessário, né?

As portas abrem, sozinhas, muito lentas.

O outro lado brilha, aquece, emana tanta magia que mal consigo respirar. (Pensando bem, não faço ideia se magia é algo *respirável*.)

Quando entramos, passamos por um tipo de cortina esverdeada — que não deve ser mesmo uma cortina, mas algum efeito arcano. Sinto como uma garoa fina, gelada.

Não sei bem o que esperava. Uma sala do trono, com tochas nas paredes e guardas de armadura perfilados? Um escritório executivo todo envidraçado, com uma poltrona enorme atrás de uma mesa muito maior? Alguma sala de troféus com todo tipo de tesouro, acumulado em anos de expedições às Arcas?

Não é nada disso.

Meus sentidos demoram a abarcar tudo. Primeira coisa que vejo e sinto é o céu noturno, aberto, estrelado, ao ar livre. A brisa me toca, sacode meu cabelo, suave; sei que estamos *muito* alto, sei que devia ventar muito mais aqui. Mas não.

O céu parece diferente. Mais colorido, mais estrelas. Será o mesmo céu?

Cheiros me atacam. Grama e flores. Rosas.

Aqui é um jardim. Enorme. Mais para um parque. A torre é imensa, eu sei; deve ter uma cobertura maior que vários quarteirões no meu bairro. Mesmo assim, aqui parece muito mais espaçoso do que deveria. Sinto que podia correr, e seguir correndo, e nunca chegar ao fim.

É bem silencioso. O burburinho urbano ainda chega, mas muito pouco. E sons de natureza. Folhagens ao vento. Insetos (grilos?). Água corrente.

Há um caminho pavimentado com mármore. Árvores, colunas e estátuas em volta. As esculturas são familiares; lembram aquelas na Arca, por onde os Arcanautas passam assim que chegam. Mas estas são diferentes, têm feições mais nítidas. Não parece que representam aventureiros anônimos, como na Arca. Devem ser pessoas reais. Não reconheço nenhuma, mas sinto que são.

Não vejo postes, ou luminárias, ou qualquer fonte de iluminação. Mesmo assim está tudo claro.

Demoro a perceber que Ferdinan apenas me observa. Parece que espera passar meu deslumbramento.

— Por aqui, senhorita — ele adivinha quando estou pronta para seguir.

Enquanto andamos, fico tentando olhar além, entre as árvores. Vejo o alto da Ghallamar, muito longe — faz sentido, exceto por este prédio, é a estrutura mais alta de Vallindra. Também algumas airships, pairando bem distantes. Certo, ainda estou na cidade. E agora tenho uma noção espacial melhor.

Passamos por cercas vivas com muitas rosas. Nesta luz, é difícil dizer suas cores. Muitas parecem brancas, outras têm tons violetas. O caminho dobra algumas vezes, passamos perto de córregos rasos — dali que chegam os sons de água. O fundo é liso e branco, de piscina, mas emanando luz. Tem peixes. Carpas! São carpas coloridas!

Chegamos a uma elevação. Degraus largos levam a um pavimento mais alto, flanqueado por mais colunas. Subimos; Ferdinan e sua rodinha lidam com os degraus muito bem.

É como uma praça. Gramado em volta, mármore no centro. A estátua de uma mulher humana em armadura, roseiras crescendo sobre ela. Grandes vasos brancos com mais roseiras. Bancos de jardim.

Tem alguém sentado em um banco. De costas.

— Boa noite, senhorita Badeaux.

Desculpa, obstinado seguidor. Bastam essas palavras para me arrepiar das garras nos pés às pontas das orelhas, me deixar mais petrificada que o basilisco deixou.

Arturo G. Amon está ali. A alguns passos de distância. Passos que não consigo dar.

Ele não se apresentou, eu sei. Nem precisa. Não tem como ser outra pessoa.

Imagino que esta praça fica próxima da borda. Daqui se consegue ver o horizonte, a cidade muito abaixo, muito longe. Contra o tapete de luzes noturnas, Amon fica em silhueta.

Claro, você espera que eu diga como ele se parece, a que raça pertence. Eu queria, queria muito. Mas não consigo. *Alguma coisa* me detém.

Digo, ele está bem ali, estou olhando pra ele — suas costas, pelo menos. Nenhuma máscara digital, nenhum efeito ilusório de desfoque. Nenhum encanto bloqueando minhas palavras. Vejo-o claramente. *Podia* dizer como ele é.

Talvez seja só *respeito* por ele? Talvez eu só queira... preservá-lo?

Não sei. Não sei mesmo.

— Ferdinan. Traga Cecil, por gentileza.

— Imediatamente, senhor.

O mordomo, que até esqueci estar ali, se retira. Trazer Cecil? Claro que estou muito a fim de voltar a ver aquela linda — cof, aquela moça tão gentil e elegante e prestativa. Mas imagino existir umas cem maneiras digitais ou mágicas de falar com ela, dizer que venha até aqui. Por que, tipo, sair para buscá-la?

(Ou, vai ver, só estou me perguntando isso tudo por medão de ficar sozinha com Amon.)

— Gostaria de se sentar?

Só então percebo que ele está mais perto de uma ponta do banco, deixando livre o outro lado.

Sentar ao lado dele?! Mal estou achando coragem para avançar mais um passo!! Todas as minhas forças estão focadas apenas em não cair morta!

Não, Blazdall, não adianta empurrar!

Sem chance. Eu não sou digna. Nem que minha curiosidade fosse maior que minha noção — como muitas vezes é o caso, mas não agora.

— Tenha a bondade — diz Cecil, pousando a mão em meu ombro.

Até os ossos da minha cauda arrepiam.

Não ouvi ela chegar. Não sei como alguém com cascos, em piso de mármore, podia ter se aproximado sem um ruído sequer. Ou talvez fosse eu, incapaz de ouvir qualquer coisa, mesmerizada pela presença do todo-poderoso.

Olho pra ela. Toda alta e classuda e deusa. Meu lábio treme, meus olhos devem estar enormes e molhados de um jeito que só mesmo anime, porque ela acena em incentivo e empurra de leve.

Algum poder de além-mundo faz minhas pernas moverem e, por milagre, estou sentada ao lado de Amon. Costas retas, mãos nos joelhos, cauda descendo atrás. (Bancos de jardim são convenientes para nós, caudados.)

Sabe quando a ficha (que nunca vi) finalmente cai? Então, caiu. E quase caio junto. Sinto como se toda a minha vida, até aqui, tivesse sido uma simulação. Só vale o que acontecer a partir de agora.

Não consigo olhar pra ele. Meu pescoço está mais duro que adamante. Fico vidrada com o olhar à frente, para a cidade.

Por um tempo que não sei medir, ninguém diz nada. O burburinho de Vallindra, o vento nas árvores, o cricrilar dos insetos. Meu coração tentando arrombar um caminho pra fora do peito. São os únicos sons ali.

Vamos, vamos, vaaamos! Ele não acha que *eu* vou começar uma conversa, acha?

— Espero que tenha aproveitado um pouco a festa, antes de Ferdinan a encontrar.

Voz grave, profunda, mas clara e limpa. Podia ser de um minotauro. Mas não, ele é... digo, a voz vem de...

Ele é mais baixo que eu!

— Ah... S-sim... Digo... — Se apruma garota! — Sim, senhor. Obrigada, senhor.

Minha visão periférica nota quando ele se remexe. Acho que mandei mal.

— Ótimo saber. Primeira vez em Vallindra?

Meu primeiro instinto é acenar rápido com a cabeça, antes de sacar que ele talvez não esteja me olhando. Ágata, sua tonta! *Quantas* gafes por minuto ainda vai cometer?

— S-sim. Fiz o tour virtual muitas vezes, mas sim, é minha primeira visita.

— Bom. Espero que esteja sendo bem tratada.

Na verdade — até cheguei a pensar, mas uma imagem mental da mamãe me cutuca com o cotovelo, tão forte que quase dói.

— Sua cidade é linda, senhor.

Uhú! Uma frase completa sem gaguejar. Minha primeira vitória do dia, senhoras e senhores.

— "Minha" cidade — ele ri.

Não foi riso de deboche ou censura. Mas ainda sinto que falei algo errado.

— Não é verdade? — tento consertar. — O senhor construiu tudo, começou tudo isso. A Primeira Expedição e tudo o mais.

Digo aquilo com convicção. Mesmo existindo *fake news* sobre absolutamente tudo (algumas até ganham consciência e vontade própria, ouvi falar), mesmo com negacionistas aqui e ali, ninguém pode duvidar de Amon e Vallindra *a sério*.

— Sim. Mas não foi uma conquista apenas minha.

— Financiou a missão. Reuniu e liderou o grupo. Arriscou a vida.

— Ah, percebe? — ele ergue o indicador em gesto professoral.

Então me dou conta, estou olhando diretamente para ele.

Sei que estou fazendo suspense sobre a aparência de Amon. Não entenda errado, não é nenhum segredo. Ele *não é* algum ricaço rabugento recluso que nunca aparece em fotos. Ele é... Olha, você vai descobrir cedo ou tarde.

— Está querendo dizer que não fez tudo sozinho?

— Você sabe que não. Sabe que tive ajuda.

— Arcanautas? Os... primeiros Arcanautas?

Ele abre as mãos em um gesto amplo, sorrindo.

— Sem eles... sem *vocês*... não haveria as Arcas. Não haveria nosso tesouro. Nosso futuro.

— As Arcas... não vieram com a Terceira?

— Sim e não. Você sabe disso também.

Penso um pouco e aceno, concordando. Entendi. Antes de ganharem esse nome do próprio Amon, Arcas eram só masmorras. Covis escuros de demônios. De medo.

Arturo Amon foi quem transformou esses infernos terríveis em fontes de riqueza. Progresso. Paz.

— Arcanautas não existem apenas para caçar tesouros — ele segue. — São nossa inspiração, nossa aspiração. Aventureiros. Fortes. Bravos. Desafiadores do desconhecido.

— Mas o senhor os chamou assim, os criou. Começou tudo.

— Apenas inventei nomes. De onde venho, é o que fazemos melhor. Inventar.

— De onde... vem?

Arturo Amon sabe o que existe além-Convergência?!

Até então, ele olhava para a cidade abaixo. Agora olha pra mim. Olhos de um vermelho muito vivo. Não de raiva, de sangue injetado. Vermelho quente, caloroso, confortável. Fogueira de acampamento. Enfeites de Natal. Pôr-do-sol.

— Vocês são o melhor que podemos ser. Vocês são heróis.

Sinto o rosto arder de rubor. Desvio o olhar, cheia de vergonha.

— Não sou nada disso — minha voz quase não sai. — Fui reprovada na BUSCA. Hoje de manhã.

Hoje de manhã! Agora parece toda uma vida.

Uma grande airship passa perto, sacudindo as folhagens. Tem o logo com "As" opostos. Expele ondas violetas antes de acelerar e sumir.

— Ainda assim, você está aqui.

— Estou aqui porque me convidou.

— Não — ele gesticula para a cidade. — Aqui.

Aqui em Vallindra, ele quer dizer? Bom, *quem* não queria estar? É a maior cidade do mundo, a mais impressionante, a mais colorida e divertida. A cidade de braços abertos para Arcanautas, a cidade que convida para aventuras. Lar do Glifo de Vallindra. Porta de entrada para o maior segredo do universo.

— Vallindra não existe apenas para fazer dinheiro — Amon diz.

Poderia me enganar eu penso, com um cuidado enorme para não pensar alto demais.

— Vallindra existe para atrair os corajosos, deslumbrar os enérgicos, seduzir os audaciosos e galardoar os ambiciosos.

Deixo escapar um risinho. São as exatas palavras em toda a publicidade turística sobre o lugar.

— Sim, eu mesmo inventei — um grande sorriso de dentes pontiagudos, mas ainda engraçado.

Não consigo segurar e dou risada. Ouço um som de casco, quase sinto o olhar de censura da Cecil furando minha nuca. Faço meu melhor para voltar a ficar séria.

— Coragem, energia, audácia, ambição. Vejo tudo isso em você.

A vontade de rir evapora mais rápido que água no deserto.

— O-obrigada.

— Vejo o futuro em você, senhorita Badeaux.

Parece um jeito gentil de dizer "melhor sorte no próximo teste". Mesmo assim, ouvir aquilo do senhor Amon tem um peso muito especial. Eu podia levar um ataque mata-tanque agora e nem me abalaria.

(Lembrete: Ver um médico depois.)

— Bondade sua — consigo responder, tentando imitar mamãe, porque ninguém é mais cordial que ela.

— Oh, mas falo sério! São uma grande dupla, vocês.

Preciso de um tempinho para entender que ele está falando de mim e Blazdall. Certo, *claro* que ele também deve conhecer a espada melhor que eu, como não?

Então algo me ocorre, e falo sem pensar.

— Como o senhor... Digo, quando me viu... Isto é...?

— Cecil. Mostre.

Me volto para trás. A deusa morena equina, digo (nem sei por que ainda estou tentando disfarçar), a secretária do senhor Amon desliza comandos em seu tablet. Ouço um som de tevê ligando, me endireito e olho à frente. Uma grande tela pairando diante de nós.

O teste da BUSCA. A câmara do basilisco. Eu ali, de costas para a câmera, onde quer que houvesse câmera.

Espera, ESPERA!! Arturo Fodão G. Amon viu meu teste?!

— Apareça, criatura imunda! — eu digo, erguendo alto a espada. — Sinta a fúria de Blazdall, forjada por anões e ungida em sangue de demônio.

Sinto que um elemental do fogo veio morar na minha cara.

— Agora vem minha parte favorita! — Amon diz, rindo.

Por *isso* Arturo quis me ver? Pra conhecer pessoalmente o maior desastre na história dos testes da BUSCA? É isso, acabei me tornando o que mais temia (e consumia): entretenimento por vergonha alheia.

Queria achar uma rachadura no banco de mármore para me espremer dentro dela e sumir.

Me vejo ali pulando na cabeça da estátua feito uma doida (mas uma doida atlética, olha meu mortal!). Àquela altura, Hermax e os outros já tentavam entrar. Fico em posição para atacar o basilisco. Na hora achei que seria uma pose bacana, mas agora só queria que isso fosse deletado.

Então Blazdall brilha. E o vídeo congela.

Sinto que Cecil pausou ali para me poupar do constrangimento épico que vem depois. Obrigada, linda.

A tela apaga, devolve a vista da cidade, onde acabo tentando me refugiar. A imensidão iluminada, o brilho das torres acesas, os veículos riscando através. Tão grandioso. Tão mais grandioso que eu, me acalmando, me colocando em meu lugar de insignificância (pausa para drama existencial).

Minha atuação no teste parece assunto encerrado.

— Cada ponto de luz nesta cidade — Amon começa — é alguém que acredita em nosso sonho.

— Nosso… sonho? — eu, surpresa.

— Meu e seu. O sonho que dividimos.

— Mas eu… eu não… eu quero só…

— Menestreamer. Não é esse seu sonho?

Uau. Como ele…? Eu nunca disse… Isto é, não perguntam nada sobre isso nos formulários da BUSCA. Não que seja um baita segredo, só olhar meus perfis nas redes, mas mesmo assim… Uau.

— Mas menes não… bom, o pessoal diz que…

— Não são respeitados como deveriam.

Meus olhos devem estar arregalados até o tamanho de pires.

Menestreamers. Aqueles que escolhem não só explorar as Arcas, mas também mostrar ao vivo pra todo mundo. Têm seguidores, são amados — mas também desprezados na mesma medida. Um monte de Arcanautas "sérios" os detesta. Exploração midiática de suas missões, falam. Colocar fama acima da luta contra o mal, falam.

Nunca pensei que Arturo Amon, pai dos Arcanautas, tivesse os menes em alta conta.

— Aventureiros exploram masmorras escuras e perigosas — ele começa. — Suas aventuras, suas batalhas e vitórias, ninguém mais sabe. Por isso são acompanhados por bardos. Menestréis. Aqueles que retornam, cantam e contam. Aqueles que transformam os atos dos heróis em lendas.

"Como um herói pode levar esperança às pessoas, se ninguém contar suas histórias?"

Ele está dizendo o que eu acho que está dizendo? Isso é coisa de RPG ou...?

O mundo além-Convergência também tem menestream... menestréis?

— Arcanautas são os exploradores do futuro. Resgatam tesouros que trazem prosperidade, progresso. São campeões. São heróis.

"Mas de pouco adiantam suas conquistas se ninguém testemunhar, ninguém souber. Para trazer esperança, confiança, na capacidade de todos os seres. Para mostrar até onde podemos ir."

Ele me olha nos olhos, tão fundo que até meus pais devem estar sentindo lá em casa.

— Realize seu sonho. Seja uma grande barda.

— Senhor Amon! *Por que os menestreamers estão sumindo?*

Pronto falei.

Não sei, *não pergunte*, não faço a mínima ideia! Não sei *onde* achei coragem — ou burrice — para cortar o discurso inspirador de Amon Arturo e fazer essa pergunta. Sim, claro que é uma pergunta importante. Gente que eu admiro pode estar em perigo, ou pior. Ferdinan disse ser o motivo desta conversa, no fim das contas.

Estamos aqui faz sei lá quanto tempo, jogando conversa fora, falando da Primeira Expedição, Vallindra, meu teste, menestreamers. Tudo, menos o que importa!

Fico esperando a maior bronca, ser expulsa, levar coice da Cecil.

Mas não. Os dois ficam em silêncio. Arturo parece se encolher, com frio.

— Desconhecido — Cecil vem trotando em volta, fica diante de nós. — Não catalogado.

Não catalogado. Palavras ditas todas as vezes, em todas as streams, quando os menes desapareceram.

Algo desconhecido. Algo novo.

— Mas se menes são os alvos — eu recomeço —, por que estão deixando que entrem? Por que a BUSCA está barrando os outros Arcanautas?

— Não os estão barrando. Estão *protegendo*.

Quê?! — meu rosto grita mais alto que minha voz poderia.

— Ainda não é de conhecimento público — Cecil ajeita os óculos e segue, toda sisuda e formal. — Foi divulgado como "erros de agenda" ou "requisitos não atendidos". Mas a verdade é que o Glifo não vem funcionando como deveria.

— Não vem...?

— Grupos Arcanautas capacitados, que antes teriam acesso sem problemas, não conseguem mais entrar. O Glifo os rejeita.

— Com resultados *dolorosos* — Amon acrescenta, triste, meneando a cabeça.

Não acho coragem para perguntar que resultados são esses. Amon me encara muito sério.

— A Arca de Vallindra está sob controle de forças desconhecidas.

— Desde três dias atrás — Cecil completa, — o Glifo aceita *apenas menestreamers*.

Três dias. Três dias! Quando rolou a live do Mestre KedroP!

— Mas... Mas são eles que... têm sido... — minha voz sumida.

Arturo acena aprovador.

— Sim. Os únicos que têm sido atacados. Isso leva a apenas uma conclusão.

Uma só conclusão.

Aquilo que controla o Glifo é aquilo que vem capturando os menestreamers.

Ou eliminando.

Arturo procura algo no bolso do paletó. Retira um cartão — não, um crachá, com o símbolo da BUSCA no verso. Ele segura com ambas as mãos e me entrega.

Sem fala, acabo demorando a aceitar. Tem meu nome e foto. Movendo-o, uma inscrição mágica aparece pouco acima:

"Autorização Extraordinária de Acesso"

— O papel dos menestréis... — Arturo retoma, cheio de indignação. — Trazer ao mundo as histórias dos heróis...

"Aquilo que controla a Arca se *opõe* a isso. Se opõe a *vocês*."

— Não sabemos quem é, o que é — Cecil continua, poupando Arturo de seguir com o assunto odioso, até doloroso. — Apenas especulações. Por enquanto o chamamos por um codinome.

"O Censor."

Gente, desculpa aí. Ouvir tudo aquilo me abalou — não, me chacoalhou. Minha cabeça ainda está confusa.

A conversa seguiu noite adentro. Eu tinha tantas perguntas quanto você deve ter agora. Vou contar o que lembro, do jeito que lembro, em ordem não muito cronológica, porque é assim mesmo que a gente conta lances da nossa vida, diz que não.

Mas não sou menestreamer de verdade. Nunca fiz uma live. Nem tinha conseguido minha licença da BUSCA ainda — quer dizer, ainda não consegui!

— Aquilo que controla o Glifo, pelo visto, não se atém a esses detalhes. Outros estreantes foram admitidos antes. Você será capaz de entrar.

Vocês sabem alguma coisa dos desaparecidos? Eles estão...?

— Estão vivos — Cecil linda me tranquiliza. — Pelo menos, assim esperamos. Magia divinatória tem alcance muito limitado no interior das Arcas, mas nossos adivinhos afirmam ainda existir estabilidade em suas conexões corpo-alma. Na verdade, seria *mais fácil* resgatá-los se estivessem mortos. Isto é, se as salvaguardas de ressurreição ainda funcionam como deveriam. Não há garantias.

Como assim, a Arca rejeita quem não é menestreamer?

— Outros grupos Arcanautas simplesmente não ativam o Glifo. Mesmo aqueles mais poderosos, ou que a tenham explorado com sucesso antes. Fizemos muitos experimentos, com diferentes combinações. Formar um grupo forte e experiente, com um menestrel qualquer incluso, não funciona.

Mas eu também não tenho um grupo formado!

— Estamos cientes. Você precisará reunir sua própria equipe. Isso não deve ser difícil, o Parque do Glifo reúne praticamente uma população de Arcanautas autônomos em busca de lugar em times. Sua Autorização Especial também deve ser útil como persuasão.

Hã... Não podem me ajudar com isso?

— Não podemos. Nossa teoria é que apenas você, e aqueles que você selecionar pessoalmente, serão aceitos pelo Glifo. Por isso não vamos influenciar suas escolhas.

O pessoal da BUSCA tentou forçar a entrada na Arca quando Amilca foi atacada. Não sabem como isso é perigoso?

— Claro, estamos muito cientes do Incidente Katharmek. Mas nossos técnicos estimaram que a chance de um evento similar na Arca de Vallindra é muito menor, ou mesmo inexistente — o que acabou sendo confirmado com a expulsão da equipe, em vez de... você sabe. Enfim, foi um risco calculado.

Não tentem de novo, pelamor!!

— Não será tentado.

Amilca e os outros eram... são... muito melhores que eu! Como sabem que não serei capturada também?

— Não esperamos que você confronte o Censor, nem tente resgatar os desaparecidos.

Não? Então que missão é essa, afinal?

— Apenas encontrá-los. Ou melhor, sua localização aproximada. Nível e mapa. Por agora, é tudo de que precisamos.

Como vou saber onde estão, sem vasculhar a Arca inteira?

— Você levará este dispositivo — Cecil me entrega algo do tamanho de um broche. — Ele detecta assinaturas bio-existenciais dos desaparecidos. Aqui, o brilho nesta gema será capaz de apontá-los em um mapa vizinho, sem que você precise de fato entrar ali.

O que mais vocês sabem sobre esse... Censor?

— Muito pouco. Sua própria existência é apenas especulação; estamos presumindo que alguma inteligência vem orquestrando os raptos, bem como a interferência com o Glifo. Você bem sabe, houve um tipo de aparição no momento dos desaparecimentos, antes que as streams fossem interrompidas. Um vulto humanoide. Pode ser o próprio Censor, ou alguma criatura que ele controla, ou mesmo uma ilusão destinada a enganar o público. Impossível dizer com certeza.

Vocês têm algo para me ajudar nessa empreitada?

— Equipar você e seu grupo com itens muito superiores também causará a rejeição do Glifo — isso já foi tentado. Mas vai, é claro, receber um suprimento de itens padrão para cura e recuperação. E também equipamento menestreamer à sua escolha; afinal, ser capaz de transmitir parece ser um requisito para ingressar na Arca.

Tá, mas o que eu ganho com isso? Fazer o bem é legal, mas não enche barriga!

(Mentira, não perguntei isso, mas Amon respondeu assim mesmo.)

— Será recompensada com sua credencial oficial da BUSCA, é claro. Em vez da autorização temporária que tem em mãos, receberá uma permanente. Considere como um novo teste de admissão. Além disso, quando retornarem, você e seus companheiros também serão compensados de acordo.

Por que eu? Quer dizer, sei que o Glifo talvez me deixe entrar. Mesmo assim, por que eu?

— Porque eu acredito que você pode.

Eu acredito que você pode.

Ouvir aquilo de Arturo Amon foi uma baita injeção de ânimo. Fiquei pilhada como nunca na vida. Se antes eu era uma gatinha assustada, virei uma pantera pronta para o bote.

Amon acredita em mim. Mesmo depois de ver meu desempenho "espetacular" no teste da BUSCA.

Sim, claro que aceitei a missão. Agir impulsivamente sem falar com meus pais antes. É o que sempre faço.

Tem uma cantiga que minha mãe costumava cantar pra mim. Sobre um goblin que, ferido em uma batalha, guinchou e fugiu para se esconder no cantinho.

Inho, inho, inho
Pobre goblin do cantinho

Estou aqui deitada, cantarolando, olhando para o teto.

Nunca parei pra pensar antes. Mas agora percebo como um goblin escondido em um canto conseguiu ser icônico. Sua rapidez para se esgueirar antes de ser morto.

Coragem em ser covarde? Covardia perante a morte? Ele foi apenas medroso, ou astuto? Fez o que era certo? Conseguiu ajudar seus amigos?

Ninguém nunca vai saber. Dizem ser parte de uma canção maior, de além-Convergência. Muita gente duvida disso: nenhum texto *tão longo* chegou dos outros mundos, nem em escrituras, nem em lembranças.

Por ser incompleta, o sentido verdadeiro pode ter se perdido. Mesmo assim, mães Viajantes cantam isso para que os filhos aprendam a se cuidar. Evitar perigos.

Eu não acho. Pelo menos, não minha mãe.

Ela queria me deixar com vontade de salvar o goblin. Proteger. Tirar do cantinho. Mostrar pra ele o mundo.

Bom, ela conseguiu.

Eu quero ver as Arcas e mostrar para o mundo.

Mas agora não é um goblin no cantinho. São as pessoas que eu admiro e sempre quis imitar.

Azz'ecos. Amilca. Mestre KedroP. Meus modelos. Meus heróis.

Não posso seguir os passos deles se não puder ajudá-los.

Opa, também não posso seguir seus passos sem um nome de mene! O que vai ser? Gata Guerreira. Gata de Moletom. Ágata, a Gata. Gata Lucky, a gata preta que traz sorte. Parei.

Pausa para rir de nervoso.

Sim, você adivinhou. Estou fugindo do assunto porque não quero contar como foi a conversa com a mamãe, depois de falar com seu Amon.

(Imitando a voz suave da mamãe.)

— Que ótima notícia, filha! É tipo um estágio?

(Posso não ter me expressado bem quando contei tudo pra ela. Também posso ter deixado de mencionar um detalhe ou outro.)

— Sim, mãe. Mais ou menos. Se fizer direito, consigo minha credencial Arcanauta.

(Ele me prometeu isso, não tô louca.)

— Fico feliz, filha. Mas deveria ter conversado conosco antes de aceitar.

Aqui, enquanto eu ainda tentava gaguejar uma resposta, papai entrou na ligação com um ataque de oportunidade.

— Ágata Moreau Badeaux! O que pensa que está fazendo...?

Seguiu-se quase uma hora de reprimendas lá, eu pedindo desculpa aqui, ele repetindo tudo lá, falando da espada, dizendo que vinha me buscar, mamãe tentando acalmar ele, castigo até nascer pelos brancos nas orelhas...

Foi um alívio poder desligar quando o carro de aplicativo me trouxe de volta à butique da Genevive. Sim, ela continuou sendo fofíssima e se ofereceu para me hospedar, em troca de ouvir a história toda tintim por tintim. Ela tirou uma cama de uma gaveta (magia, não pergunte), me emprestou pijama e serviu chocolate quente com biscoito de gengibre, toda empolgada com minha aventura.

Ela parece não ser a única. Só esta noite ganhei mais alguns milhares de seguidores.

Tanta gente comentando, mandando mensagem direta, que precisei silenciar tudo.

Fama. Meu público, minha comunidade. Tudo que eu sempre sonhei, sempre quis — sem sequer colocar as patas em uma Arca ainda. Síndrome de impostor, fala se não mereço.

Mamãe. Arturo. Cecil linda. Uma população de seguidores. Até Genevive. Todo mundo acreditando em mim.

Você também acredita? Começou a seguir agora, ou desde o começo? Jura? Awn, que fofo!

Enfim, você sabe que não durmo desde que cheguei a Vallindra. O cansaço me bate feito um martelo de guerra jogado por um minotauro. Depois de beber meu chocolate e pagar por minha hospedagem contando as novidades, eu apago. Se existe uma coisa que gatos fazem muitíssimo bem é dormir.

Ou deveria. Não consigo.

Inho, inho, inho
Pobre goblin do cantinho

Ainda é noite quando acordo. Fico encarando o teto todo ilustrado, um negócio bem abstrato, exotérico, confuso. O que é bom, me ajuda a viajar na minha própria cabeça.

Acabo pegando, na pochete, o "detector de assinaturas existencia-tal" que Cecil me deu. Pode até ser algum aparelho moderno, mas parece uma joia antiga; um escaravelho dourado, desses nos filmes de múmia. Deve ser disfarce, sei lá.

Tem uma gema oval incrustada nas costas. Grande, vermelha, escura. Deve mostrar alguma coisa quando estiver funcionando.

Fico sei lá quanto tempo olhando, então guardo. Não sei que horas são. Tenho medo de tocar no celular, medo que ele exploda de tantas notificações, medo que tenha vazado nudes meus (que não seriam meus, não faço essas coisas) ou que estou de *affair* com outro famosinho.

Sou famosinha nas redes. Vou entrar na Arca que tá sumindo com geral. Qual assusta mais?

Juro que eu preferia continuar aqui me abrindo com você. Mas já vai amanhecer.

Preciso achar um grupo Arcanauta.

Se tem algo muito bacana nisso tudo, é que o Sr. Amon viu em mim aquilo que o grupo do Hermax ignorou. Que sou uma líder, tenho iniciativa, habilidade e técnica.

Seu Amon me acha foda! Uhú!

Levanto com um pulo e pego a Blazdall perto da cama. Queria que ela tivesse uma bainha, só para poder tirar com aquele sonzinho maneiro. Mas a danada é tão grande que eu precisaria de, sei lá, mais dois metros de braço.

Empunho como se soubesse o que estou fazendo. Ela faz um arco, estoca o nada, e mesmo assim produz um impacto de onda-luz incolor, só pra mostrar que pode.

Trago para trás, giro o corpo, ela voa na diagonal. Um salto, e ela me acompanha à frente.

Nenhuma ilusão aqui. Blazdall é que faz tudo. Ágata é só um adereço.

(Pensando direito, que triste isso!)

Não fosse por você, belezinha, que me fez brilhar, não acho que seria escolhida.

Vou dar os devidos méritos à minha espada mágica sim! Sou uma felina generosa.

Devolvo minha neném para onde estava, vou lavar o rosto e encarar aquela coisa acabada no espelho. Preciso urgente de um café e uma pancada de realidade. Não necessariamente nesta ordem.

Chegam sons da butique. A música ambiente, vozes femininas casuais. Assopro o café que ~~furtei~~ peguei na cozinha e passo pela cortina de miçangas verdes que leva para a loja. Genevive está escorada no balcão conversando com uma dona. Humana.

Se fosse uma informação irrelevante, uma cliente genérica qualquer, eu nem mencionaria. Mas veja bem. Ela usa um chapéu grande e preto de madame, óculos redondos espelhados, camisão jeans, coturnos, e carrega um pato no colo.

Achei tendência.

— Boa tarde, gatinha — minha anfitriã bruxa anã cantarola. — Sabia que você ronrona enquanto dorme? Ouvi lá do meu quarto. Tão gracioso!

Buuu, claro que sei! Parei de dormir na casa das amigas humanas por conta da avacalhação que...

Calma. Espera. Boa tarde?!

— Que horas são?

— Ah, já passa das duas. Você tinha compromisso?

Conseguir um grupo Arcanauta em menos de vinte e quatro horas pode ser considerado compromisso?

Voltemos à Madame Pato.

— Ah, Tene! Essa é a amiga Moreau que te falei — Genevive dá uma piscadinha.

A tia baixa os óculos um pouco e, naquele sotaque melancólico de capital, me cumprimenta.

— Saquei. Prazer.

— Tene também é influencer. *Lifestyle* — a bruxinha, apesar da pouca altura, arremessa e acomoda a bundinha no balcão, ali sentando e cruzando as pernocas curtas. — Conta aí pra ela o que você faz.

Ergo as sobrancelhas fingindo interesse, mas você sabe que minha preocupação está longe de ser sociável (digo, presencialmente). A tal Tene e seu pato parecem tão abertos a isso quanto eu.

Ela suspira e pode (deve) estar revirando os olhos atrás dos óculos.

— Falo sobre prática de yoga, meditação, rituais noturnos, purificação, positividade... Essas coisas. Aqui meu canal.

Ela aponta o dedo indicador para mim e meu celular vibra. Quando pego, está aberto no canal dela, *"Tene Vibes"*. Vou rir.

— Segue aí.

Sigo, porque me sinto coagida.

— Mas então — Genevive se volta para a amiga —, quer um terno para o Cletinho? Alguma cor específica?

— Algo cabalístico. Cleiton está em vibes noturnas.

O pato responde com um *quack*.

Socorro.

E como se viesse mesmo para me salvar, a porta abre e alguém passa pela cortina de miçangas.

Duvido você adivinhar quem é.

DU-VI-DO.

Eu mesma não estou acreditando.

— Saudações, Ágata.

Uma reverência perfeitamente executada, olhos luminosos no rosto-tela escuro, voz cristalina de aplicativo.

— Hitomi? Er... oi?

— Estaria disponível? Identifiquei-a noite passada, mas não houve oportunidade para...

— Psiiiu — quieta, boquinha de lata! Não anuncia meus lances para a influencer patalógica, que coisa!

A conversa sobre o terno do pato até parou. Curiosas!

Aponto com a cabeça para a porta, mas Hitomi nem se liga.

— Vamos dar uma volta. Que tal?

A androide não responde, só vira o corpo e sai quase marchando. Faço o mesmo, só que menos comedida.

Ela me espera do lado de fora e então começa a andar. Realmente leva as coisas ao pé da letra. Será alguma configuração para parecer *mesmo* um robô de ficção científica das antigas?

— Hã, tem algum café por aqui? — pergunto, porque ainda tenho fome.

Ela interrompe o passo, caracteres correm no rosto-tela. Aguardo, porque né? Visita muito inesperada. Estou curiosa.

Um casal de orcs encara por um minuto, no maior julgamento. Oxe, nunca viram uma androide trabalhando?

— Destino localizado. Calculando rota.

— Isso não foi meio...?

— Minhas desculpas. A demora pouco usual se deveu a avaliar dados sobre suas preferências alimentares e recursos financeiros disponíveis online.

Meus olhos viram faróis, minha boca encolhe e aperta tanto que nem pensamento passaria. No futuro vou evitar julgamentos sobre o poder de processamento da moçoila.

Ela retoma a caminhada. Eu sigo e agradeço mentalmente por não puxar papo enquanto andamos. Ainda estou tentando imaginar o que ela quer, e o que pensa a meu respeito. Isto é, ela me viu toda plena no teste Arcanauta, né?

Ela dobra uma esquina onde um rapaz-tartaruga dança *break*. Ele gira, gira, gira sobre o casco até parar em uma pose desconfortável. Um pessoal joga moedas dentro de um chapéu.

— Chegamos ao nosso destino.

Já entendi que posso encontrar de tudo no centro de Vallindra, mas um café tocado por bichinhos não estava incluso. Vejo coelhinhos, raposinhas, ratinhos, guaxinins. Não são Moreau, se você está querendo me corrigir. Pois é, tem muitos outros povos ferais — mas vou chamar de bichinhos mesmo, porque nem em sonho alguém consegue dizer quantos seres diferentes chegaram aqui.

O lugar parece uma casinha de bonecas, todo trabalhado no azul clarinho e rosa. Tem uma cerquinha baixa e branca, um jardinzinho florido, mesas e cadeiras brancas espalhadas do lado de fora. Há flocos coloridos de neve falsa e borboletas ilusórias por todo lado.

A casinha de bonecas na verdade é um trailer, bem iluminado e cheio de utensílios em tons pastéis. Minha mãe piraria num lugar assim.

Todos os bichinhos usam vestidinho de *maid*, cheio de babadinho, em tons (adivinhe) rosas e azuis.

Uma coelhinha de rosa vem rápida nos atender. É tão pequena e fofa que tenho vontade de chamar o Conselho Mágico Infantil.

— Boa tarde e bem-vindas ao Delírios Açucarados, meu nome é Lully e vou servir vocês. Gostariam de ver o cardápio?

Aaaargh! Vontade de morder!

Ok, foco.

Hitomi falou sério sobre avaliar qual cafeteria eu gostaria mais. Esses aplicativos!

Ela, como você deve imaginar, não pede nada. Espera até que eu leia o cardápio e faça meu pedido, caladinha. Sentada de um jeito que demonstra não precisar sentar.

Ah, o tal Edouard. Como ser clara sem parecer grossa?

— Já fechei o grupo. Obrigada pelo interesse.

Não é que eu não goste de Terranos, até tenho amigos que são. O problema é não gostar muito *deste* Terrano. Nada pessoal. Instinto, sabe? Além do mais, agora só preciso de um curandeiro — tudo que ele *não parece ser.*

Estamos ficando sem tempo. Por mais que me sangre o coração, talvez precise chamar a Syndra. Hitomi deve ter o contato dela.

— Mas seu grupo não está completo ainda.

Por outro lado, agora sou eu que estou no comando aqui. O pensamento de dar ordens para a elfa esnobe me traz sorrisinhos diabólicos.

— Não sei o que faz a androide, mas suspeito que você ainda precise de suporte.

Oooou eu podia ver se uma das gêmeas medusas está por aqui! Droga! Por que não pensei nisso antes? Um grupo fechadinho e doido para entrar na Arca! Burra, burra, burra!

Ok! Não é hora para arrependimentos. Já tenho dois companheiros incríveis e as pessoas olham para nós enquanto andamos.

Estou um nojo, né?

— Você vai precisar de minhas habilidades — o humano, Edouard, surge à minha frente espalmando as mãos.

— Não, valeu, tô de boas.

— Valoroso! Por favor, diga a ela!

Meu tanque famosinho não reage. Segue marchando imperturbável.

— Alguém tem horas? — pergunto, porque não quero olhar o celular. Depois de desativar as notificações, tenho um pouco de medo de ver o que está acontecendo.

— Dezoito horas, quarenta e oito minutos, trinta e três segundos. — Hitomi, precisa como sempre, me faz engolir o desespero.

— Ágata, me escuta! Você precisa de mim!

Ele insiste. Eu duvido. Tenho até um palpite igual ao seu (você é esperto, já se ligou que eu sei). Mesmo assim ainda duvido.

Estamos entrando na Clareira do Glifo. Ouço grupos reclamando, lançando ofensas contra a Guarda e os fiscais da BUSCA, que formam barreiras e impedem a aproximação. Estão todos armados com lançadores de... Não, quanto menos se falar nisso, melhor.

Engulo em seco.

A cada passo vou percebendo como aquilo está quase fora de controle. Grupos seguram cartazes pedindo o fim da exploração aos glifos. Outros erguem armas e gritam por reconhecimento.

Flashes e câmeras-drones por toda parte. A imprensa está ali cobrindo a desordem, tentando entrevistar qualquer um que pareça revoltado o bastante.

Meu estômago revira.

Respira. Inspira.

Eu não vou conseguir.

— É aconselhável iniciar preparativos básicos pelo menos uma hora antes da entrada — Hitomi atrás de mim.

— *Não temos suporte* — devolvo irritada, então emendo. — Desculpa.

— EU SOU CURANDEIRO.

A frase me acerta na nuca feito uma pedrada. Eu e muita gente em volta olhamos o autor das palavras tão cobiçadas.

Tá de brincadeira!

Edouard ali, braços bem abertos, olhos arregalados. Como se estivesse expondo o fato mais óbvio no universo.

— Mentira — eu mando sem a menor hesitação.

Claro que é mentira, esse fulano não pode ser curandeiro. Nem acho que seja mesmo Arcanauta. Parece mais um... bom... não sei o que ele parece. Não tem armas, nem cajado, nem grimório...

Ele ergue um dedo, todo teatral. Enfia a mão dentro da jaqueta estilosa. Tira um crachá. Oferece.

Eu pego e vejo. Estou vendo e tocando. Mesmo assim não acredito.

K'Athanoa me carregue!!

Edouard Piton

Idade: 17 anos

Classe: Curandeiro

Naturalidade: Terrano

É um diacho de uma credencial oficial da BUSCA!

Esse mané é Arcanauta licenciado!!

— Isso aqui é de verdade? — Digo, de olhos apertados, segurando o crachá sem um pingo de confiança.

Sorriso largo no rosto de Edouard. Ele apanha uma varinha, não sei bem de onde, e exibe. Lembra um pouco o cajado da Syndra, em madeira natural, com algumas folhas vivas — mas muito menor e menos impressionante. Tipo uma versão de camelô.

Ele gesticula todo dramático, feito um maestro. A varinha brilha um tom branco-esverdeado, desenha linhas de luz quando se move.

Parece mágica de cura, até onde dá pra dizer.

Estou sem fala. Meu olhar pede socorro a Hitomi.

— A credencial é legítima — ela diz. — Consta no cadastro online da BUSCA. Pertence a um curandeiro habilitado.

Ainda em dúvida, procuro Vallos. Ele está ali de braços cruzados, emburrado, meio que esperando a discussão se resolver.

— Ele é meio *******, mas serve — resmunga a contragosto, com um gesto desleixado de "mais ou menos" da mão pequenina.

— Muito obrigado, Valoroso! — Edouard não perde a deixa.

Cruzo os braços também, medindo o Terrano de cima a baixo. Está bem longe do que eu esperava como curandeiro; pode ser que Syndra, Amilca e outros suportes que vejo nas streams tenham elevado demais minhas expectativas.

Por fim, deixo cair os ombros e solto um suspiro cansado. O fulano pode até ser meio oferecido mas, fora isso, não fez nada pra merecer minha antipatia.

Deixa de ser escrota, né, Ágata?

— Então... Edouard?

— Só Ed para os chegados.

— *Edouard* — sorrio mostrando as presas.

Ele entende ser brincadeira. Oferece a mão enluvada. Aceito e aperto.

— Bem-vindo ao time.

É o que tem pra hoje.

Lembra do Corredor da Humilhação para o teste da BUSCA? Quando o pessoal ficava zoando os Atrasados? Pois bem, está sendo quase isso.

Só que pior.

Meu coração quase não para no peito. Microfones começam a surgir na minha cara, câmeras-drone enxameiam em volta.

Edouard vai me protegendo na frente, afastando com ~~cara-de-pau~~ classe os repórteres e curiosos. Hitomi projeta avisos de advertência na tela-rosto. Vallos... bom, ele diz coisas que fazem microfones pifarem e drones caírem.

Sempre pensei em passar por isso quando ficasse famosa, mas na minha fantasia isso parecia algo empolgante, algo divertido. Não está sendo *nada* como eu imaginava. É como andar atolada em coisa muito pior que lama.

"Não estão com medo de desaparecer?"

"Ágata, esteve na Torre Amon noite passada?"

"Arturo é seu patrocinador?"

"Como seu grupo obteve uma autorização especial?"

"É verdade que foi reprovada no teste da BUSCA?"

Será que meus pais estão assistindo?

Devia ter escondido a autorização até chegarmos ao palco, mas acabei usando para cortar fila.

Algo atinge minha cabeça de leve, acho que um copo de papel amassado. Muita gente em volta, uns curiosos, outros zangados. Alguns gritam coisas que eu não entendo, outros são bem mais claros quanto às vaias direcionadas.

— Mene! Mene! Mene!

Não é simpático. Nenhum comentário que chega às minhas orelhas é.

Aquilo que eu sempre quis ser, gritado como insulto. Dói. Dói demais. Se consigo segurar o choro, é porque gente que eu amo pode estar assistindo.

Chegamos até o cordão de isolamento. Edouard abre espaço, sempre com uma confiança que não acho assim tão justificada.

Enfim, consigo apresentar ao Guarda do Glifo meu crachá. Ele examina com o único olho (nunca tinha visto um ciclope de perto), parece comparar meu rosto e a foto.

— Equipe? — Pergunta, seco.

— Hm... Ágata, Hitomi, Vallos, Edouard — meu polegar aponta os demais.

Ele diz algo perto de uma gema amarela perto do ombro, que zumbe alguma coisa em resposta.

— Autorizado.

Isso foi rápido. Não consigo dizer se ele conferiu mesmo nossas identidades, ou se a autorização épica do Arturo já bastou.

O ciclope abre passagem, nós quatro entramos. Os protestos atrás de nós aumentam, parece rolar alguma tentativa de passar pelos guardas. Decido não olhar.

Minhas pernas, sempre leves, estão pesadas. Está difícil respirar.

O cheiro doce de magia está me enjoando, ou é o nervoso?

Subimos até o palco. Estamos perto do Glifo, como nunca estive, como sonhei tanto estar. Todo imenso, todo cristal e luz, todo linhas e curvas bailando devagar. A coisa mais misteriosa e maravilhosa do mundo.

A banda toca a marcha de abertura, Convite aos Heróis. É meu toque de celular.

Cheguei aqui. De verdade.

Não dá mais pra segurar, uma lágrima escorre.

Queria ser como a Amilca agora. Sorridente e confiante, como quem vai para uma festa. Como quem embarca para uma viagem incrível. Mas não dá, fico lembrando que algo perigoso tomou conta da Arca. Não vai ser nenhum passeio. Posso não voltar mais.

Sinto calor e um leve empurrão. Blazdall. Me lembrando que não estou sozinha, me dizendo que vai cuidar de mim. Ela diz isso mesmo, não sei explicar como.

Eu sei, sua linda. Também vou cuidar de você. Prometo.

Agora entendo o motivo de papai não querer que eu a tivesse. Achou que seria má influência, me colocaria em encrenca.

Errado não tá. Ela me empurra para a aventura.

E eu não a tenho. Nós temos uma à outra.

Procuro os outros, vejo-os também olhando o Glifo. Edouard, de longe, é o mais emocionado. Chora em silêncio, as lágrimas correm feito rios. Ué, será a primeira vez dele também?

Ele percebe que estou olhando, sorri de volta, enxuga os olhos depressa.

O rosto-tela de Hitomi é tomado por símbolos e números que correm rápido. Não demora muito, os olhos pixelados voltam. Depois vou querer saber o motivo: algo bom em ter ela no grupo é poder perguntar esse tipo de coisa, para fins de estratégia, *não* por ser curiosa. Claro que não.

Sobre Vallos, não sei. Ele também contempla o Glifo, braços cruzados, pezinhos firmes no tablado, Korlon às costas. O capacete não deixa ver se está sentindo algo. Tudo bem que ele é experiente, mas sei lá: se fosse eu, acho que nunca cansaria de me maravilhar.

Claro que não estamos sozinhos ali. Tem dúzias de pessoas vestindo branco, com o logo da BUSCA em laranja nas costas. Muitos são tecnopatas, deslizam dedos em símbolos e telas luminosas suspensas no ar, recitam relatórios, conjuram aparelhos.

Até penso em mostrar a credencial, mas parece meio óbvio que eles já sabem quem sou. Arturo é foda mesmo.

Leva um tempo até que algum deles decida falar comigo. Como os demais, usa uma meia-máscara preta e óculos espelhados.

Ele me aponta algo em forma de pistola. Uma projeção mostra minha foto, seguida de uma animação 3D com a logomarca AA de Amon.

Um leve aceno afirmativo. Claro que me esperava.

— As expedições para a Arca — ele começa, mecanicamente —, incluindo safáris e excursões, estão suspensas por tempo indeterminado. Apenas autorizações emitidas pela BUSCA e patronos são admitidas.

Já estou sabendo disso tudo, mas deve ser protocolo, sei lá. Deixo ele seguir falando, mais robótico que a Hitomi.

— Por favor assine este termo de responsabilidade. Todos no grupo devem confirmar as respectivas classes e papéis.

Ele gesticula e projeta/conjura uma tela cheia de texto, que nem me ocorre ler. Isso está certo? Não era para meus pais assinarem esse tipo de — ah, espera. Vejo a assinatura digital deles bem ali.

Mãe. Pai.

Faço um gesto com o indicador, confirmo a assinatura digital. O documento brilha um sinal de confirmação. Vejo, de canto de olho, os outros fazendo o mesmo.

— A BUSCA não se responsabiliza por danos temporários ou permanentes, materiais ou pessoais, corporais ou espirituais, mentais ou emocionais, que não estejam sob cobertura do seguro de saúde oferecido aos credenciados. Entre estes, amputações sobrenaturais, maldições, necromancia, efeitos cósmicos, efeitos colaterais de ressurreição, ou qualquer condição negativa procedente de escala *Kiodai* ou superior.

Tá, *talvez* eu devesse ter lido o termo de responsabilidade.

Na real, sei que a BUSCA sempre conserta todo mundo que deixa as Arcas meio arrebentado, eles são muito decentes nessa parte. O problema é conseguir sair, né?

O cidadão segue dizendo coisas que minha mente saturada já nem registra mais, sobre uso de imagem, responsabilidade ambiental (?), blá blá blá.

Uma última olhada cautelosa no contrato mostra um espaço para o número de registro Arcanauta. Está em branco, claro. Sei que isso não é problema agora, mas incomoda. Espero que Arturo cumpra a promessa e garanta minha certificação se eu voltar.

Quando. Quando eu voltar.

Ele recolhe o contrato mágico/digital/algo-no-meio e pega outro aparelho. Parece um retângulo pequeno, com um ponto de luz vermelha no centro.

— Vou coletar sua assinatura bio-existencial para configuração com o sistema de inventário e a gema de comunicação emergencial.

Mal acaba de falar e já ativou alguma coisa. Sinto um leve toque no pescoço.

Percebo ser um colar. O colar com a gema de emergência.

A mesma que deixou de funcionar com o grupo do Mestre KedroP.

Engulo em seco.

— Qualquer anormalidade ou ameaça real pode ser sinalizada com o comando vocal S.O.S. Dúvidas?

— B-bom, não *qualquer* ameaça, né?

Ele não responde, mas entendeu muito bem o que eu quis dizer.

Todos recebem o colar, incluindo Hitomi. Como outros itens de inventário, ele deixa de ficar visível quando não é utilizado ou relevante.

(Hitomi *tem* uma assinatura bio-existencial? Não que eu saiba direito o que significa, mas "bio" não é para seres vivos?)

De repente tem mais técnicos por toda a volta, afivelando e ajustando coisas. São suprimentos e paradas de localização e transmissão. Quando terminam, tudo desaparece — vai para o inventário, algum lance de armazenamento dimensional, sei lá. Nem parece que estamos carregando um monte de tralha.

De vez em quando vem algum técnico e conjura alguma coisa em nós. Não manjo as palavras e gestos arcanos, mas leva jeito de proteção mágica. Deve ser bem moderada, para não provocar o Censor: mesmo assim, duvido que eu pudesse pagar.

É como disse seu Amon, não estamos recebendo nada muito diferente do que qualquer grupo padrão leva consigo. Água, rações, poções menores, encantos defensivos, itens de emergência.

Enfim, em algum momento todos se afastam. Parece que os preparativos acabaram. O tecnopata gesticula na direção do Glifo.

Nem preciso olhar o contador nos telões para saber. Já assisti à partida tantas vezes que reconheço o ritmo da música.

O Glifo está a poucos momentos de abrir.

Sei como funciona, sei bem demais. Quando chegar a hora, quando eu e os outros estivermos próximos, a luz nos envolve. E atravessamos.

A emanação mágica, aquela de quando os Joalheiros partiram, é muito mais forte aqui. Quase um vento.

Pensar na Amilca me faz lembrar. Meu rosto está nos telões, todo mundo olhando. Eu devia dizer alguma coisa para o público, para meus seguidores. Alguma coisa esperta, otimista, positiva.

— *Partiu Ágata!* — aceno e sorrio, com dentes demais e esquisita demais.

Hitomi e Vallos não dizem nada. Edouard sorri amarelo e aplaude sem muita força.

Tá de parabéns, tonta.

— Vinte segundos para a abertura — o BUSCA me resgata da vergonha. — Náusea, tontura e formigamento nos mindinhos são comuns. Boa sorte.

Achei que ele falava sério até chegar na parte dos mindinhos. Brincadeira para desestressar. Ok, achei fofo.

Os quatro nos juntamos — Vallos à frente, como ele parece fazer questão. Diante de nós, cristal e luz. Respiramos fundo, aqueles de nós que precisam.

Conta comigo para eu não surtar e sair correndo daqui!

Cinco... quatro... três...

Hitomi diz algo, mas eu não entendo.

Dois... Um...

Tudo que senti quando Amilca partiu foi uma carícia, uma brisa. Nem se compara a agora.

O cheiro vem e me empurra. Me agarra. Agarra e empurra.

Cheiro, mas também luz. Luz líquida, me sinto mergulhar nela. Me atravessa, me faz derreter, faz parte de mim. Eu faço parte dela, pertenço a ela.

Passaria dias descrevendo tudo que senti naqueles poucos segundos — que podem nem ter sido segundos mesmo, podiam ser dias, séculos. Fica pra outra vez.

O importante, agora, é que entramos.

8

SORTE A MINHA POR SER EQUILIBRADA (NO SENTIDO FÍSICO, porque mental...) e cair em pé.

Hitomi e Vallos também não fazem feio. Ela pousa toda leve e graciosa, como se fosse feita de papel; ele parece quase rachar o pavimento com um estrondo.

Quanto a Edouard, vejo ele de braços abertos em pose orgulhosa de ginasta olímpico, ofegante, mas fingindo não estar. Não vi direito, mas tive a impressão de que ele tropeçou três ou quatro passos, acabou com ambas as mãos no chão, então saltou de pé impulsionado pela velocidade do vexame.

Vou conferir o vídeo depois.

— Algum problema por aí? — pergunto, segurando o riso, profundamente agradecida por não ter sido eu.

— Problema? Nunca ouvi falar.

Isso nem faz sentido nenhum! — Penso em rebater, mas deixa pra lá.

Depois de conferir que estamos todos aqui, examino em volta. É a clareira de entrada. Como quando Amilca e tantos outros entraram, como quando assisti em casa e depois ali no Parque.

Mas agora não através de uma tela.

Se você não lembra mais, tudo bem, eu descrevo de novo. Pátio circular, piso de pedra cinzenta, símbolos e inscrições misteriosas em baixo relevo. Mais além, mata fechada, tipo floresta tropical. Troncos muito grossos e cobertos de cipó, copas de árvores fechando no alto, quase escondendo o céu lilás.

Não é floresta de verdade — ou melhor, não é floresta como conhecemos. Está mais para uma cenografia, uma barreira invisível de videogame. Não se pode passar entre as árvores. Nas Arcas, existem apenas os lugares que você pode percorrer; outros lugares não existem. Mesmo quando se pode vê-los.

"Mundo fechado" não é força de expressão.

Estamos seguros por enquanto. Não há armadilhas ou ataques de monstros na área inicial de uma Arca. Isto é, se o Censor não mudou isso também.

— Parece que chegamos todos bem — eu digo para a audiência, tentando ser uma menestreamer de verdade. — Daqui em diante, o único caminho é por — EEEEEII VOCÊ!!

Vallos já foi embora. Saiu correndo pela trilha pavimentada de pedras que deixa a clareira.

— Vallos! Espera! Aonde pensa que vai?!

— É papel tradicional do tanque decidir o ritmo da marcha — Hitomi recita.

— *"Você fica fora do caminho. Vallos escolhe a rota."* Ele falou tudo isso — Edouard completa, dando de ombros.

— Eu sei, *eu sei*, mas ele podia... sei lá...

Afe! Carinha abusado!!

— Tá, tudo bem — minha tentativa pífia de mostrar liderança. — Bora!

Os três seguimos correndo, tentando alcançar alguém com perninhas não maiores que meu antebraço, mas muito mais ligeiro que qualquer de nós.

A vegetação em volta tem cores carregadas — não é um efeito de vídeo, como eu suspeitava. Flores quase acesas de tão brilhantes, insetos luminosos que parecem mágicos. Queria mais tempo para desfrutar, tirar selfies, essas coisas. Baixinho apressado!

— Trinta e sete pontos de transmissão detectados — Hitomi decide me lembrar, sei lá por qual razão.

Muito obrigada, donzela cibernética. Eu estava *quase* esquecendo da multidão assistindo, no Parque e na rede. Obrigada por me enervar ainda mais.

Sabe os streamers que jogam games? Tão bons que, além de jogar pra caramba, ainda conseguem bater papo e entreter seu público? Pois é, ser menestreamer é parecido — exceto que, em vez de apertar botões em um controle ou teclado, você está lutando *de verdade* com hordas de kobolds e zumbis enquanto diz bobagem pra galera em casa.

Pois é, eu *pretendo* conseguir isso algum dia, mas não garanto que vai ser hoje! Não em minha *primeira* incursão. Então não repara se não fico dizendo trivialidades para a audiência.

Vallos é um pontinho lá longe, que estou tentando não perder de vista. Passamos reto pela trilha das estátuas de aventureiros que descrevi antes; meu antigo sonho de escalar uma e tirar selfie vai à merda.

Chegamos à encruzilhada. Embasbacada, vejo nosso tanquinho já desaparecendo em uma trilha *diferente* daquela que Amilca seguiu!

— Vallos! — eu grito esganiçada. — Não é por aí!

— *"Vallos escolhe a rota."* — Edouard repete.

AAAI que vontade de dar na cara desse folgado!

Ok, ok, calma agora. A boa notícia é que estamos ainda no primeiro nível, aquele quase todo mapeado. É bem seguro aqui, tem excursões e safáris com turistas e tal. Os monstros são fracos; nada que mesmo um grupo Arcanauta estreante não possa dar conta.

Ainda, eu conheço *bem demais* este nível e seus mapas, nem dá pra contar quantos grupos acompanhei aqui. Então sei que Vallos não está correndo abestadamente de encontro a algo perigoso.

Se bem que, como já falei, mesmo aqui no primeiro nível ainda se descobre passagens e mapas novos, como quando Mestre KedroP sumiu. Ainda, tem esse Censor do diacho mudando tudo...

Súbito, um sinal sonoro vem da gema de emergência.

Conheço esse som. Só não estou acostumada a ouvir fora de uma stream.

— Combate em andamento — Hitomi avisa sem necessidade.

— Valoroso! — Edouard se alarma.

Nossas gemas estão ligadas, sincronizadas, harmonizadas, esqueci como chama. Quando qualquer dos membros da equipe entra em combate, ou outra situação de perigo, todos ficamos sabendo.

Vallos já arrumou confusão!

Corremos mais. A trilha termina, alcançamos o mapa Planície Rosada, que tem esse porque a grama é toda — afe, precisa *mesmo* que eu diga?

Encontramos nosso tanquinho apressado parado no alto de uma colina, o Korlon ainda fumegando em suas mãos. Quatro lagartos-de-juba, grandes feito lobos, caídos em volta. Vallos já derrotou todos.

— Você... — tento falar, ainda arfando demais para conseguir, apoiando as mãos nos joelhos. — Você...

"Você tá bem?"

Não sei de onde veio isso, na moral. Lógico que não é normal um Arcanauta sozinho abater um bando inteiro de monstros em meio instante, sem sofrer nenhum arranhão. Mas, como falei, não tem bichos perigosos neste nível — lagartos-de-juba são bem fracos. E Vallos não é nenhum iniciante.

Nada a ver me preocupar com ele.

— Se o Valoroso não precisa de cura — Edouard, de repente —, vou cuidar da pilhagem aqui.

Sem cerimônia nenhuma ele puxa uma faca grande do casaco e começa a tirar o couro dos bichos.

Vou poupar vocês dos detalhes nojentos (até porque eu mesma virei o rosto); sei de gente que faz ativismo pelos direitos dos habitantes das Arcas, humanoides ou não. Vou confessar que eu mesma tive minha época de ficar bolada. Mas rola que, quando a gente sair deste mapa, os corpos vão sumir. E quando um novo grupo Arcanauta chegar, outros lagartos estarão aqui, vivinhos. Ou serão os mesmos, ressuscitados. Ninguém sabe com certeza.

É, sei o que estão pensando. Não faz *nenhum* sentido tirar o couro, ou qualquer outra pilhagem, e depois brotarem outros bichos com a *mesma* pilhagem. Mas é assim que funciona. Arcas são mágicas, são mundos diferentes, têm suas próprias regras. Se você acha absurdo, vai reclamar com quem as trouxe aqui.

Como diz Mestre KedroP, a vida tem dessas coisas.

Edouard vai atochando as peles no inventário, e eu fico esperando alguma reação de Vallos. Afinal, foi ele quem derrotou os bichos. E ele disse, lá no Parque, que escolheria as pilhagens.

Ele não fala nada. Pelo jeito, escolheu deixar pra nós. Faz sentido que, sendo veterano, couro de lagarto-de-juba seja ninharia pra ele.

O que *não faz sentido* é esse malinha sem alça correr desembestado em outra direção que nem...?

— É um atalho — Vallos diz para ninguém em especial, ainda parado ali, olhando o horizonte.

Oi? Como é?

— Como é? — pergunto agora em voz alta.

— É uma ******** de um ********* de um atalho.

Ah, *agora* entendi. Adicionar palavrão e sacanagem clarificou muito!

— Como você pode saber que é um atalho?! — eu protesto. — Ainda não falei *pra onde* vamos! Não falei *o que* estamos procurando!

— Disse antes que vamos achar os moleques sumidos.

Bem engraçado esse tampinha, com estatura de criança de cinco anos, chamando de "moleque" gente bem mais velha que eu.

Bem engraçado, mas não vou rir, porque dou valor à vida.

— Verdade. Mas eu não disse pra quem estamos trabalhando, e ele deu...

— Arturo Amon.

Meu queixo cai até a grama pink.

— Como... como é que...?

— *Tá de sacanagem, guria?!* — Vallos enfim para de curtir a paisagem e me encara.

"Você tem uma ****** de um ********* de uma autorização de acesso, quando tudo quanto é ******* está proibido de entrar!"

Fico completamente sem fala. Sim, eu sei, jogando assim na minha cara faz todo o sentido do mundo. Só não pensei...

Eu não sabia que tanques podiam ser tão *espertos*.

(Preconceito bateu forte. Feio, muito feio. Precisa melhorar, gatinha.)

Acuada, procuro Hitomi e Edouard. Os dois estão ali assistindo, ela solene e digna como sempre, ele curtindo de montão, só faltando um saquinho de pipoca.

— Fala sério! Não me digam que vocês também...?

— Era a conclusão lógica — Hitomi diz, em perfeita imitação de Spock.

— Tava meio na cara, né? — Edouard arremata. — Assim, Amon é o *dono* da coisa toda. Quem mais podia dar essa carteirada?

Está colocada a cereja no bolo da minha humilhação. Sinto Blazdall se remexer um pouco.

Blazdall! Claro que *você* também sabia, estava comigo o tempo todo, pitombas!

Ainda estou catando os caquinhos da minha dignidade quando, súbito, a ficha (preciso pesquisar essa tal ficha um dia destes) cai e me acerta sem dó.

Estamos online! Tipo, todos os meus muitos seguidores — não, *o mundo inteiro* agora sabe da "missão secreta" de Arturo.

Cecil vai me dar coice até a próxima vida!

— G-gente... — estou tremendo, possivelmente porque meu sangue virou refri sem gás. — N-não era pra falar ainda... Quer dizer...

A fome matinal está me devorando, e a curiosidade também. Visto que a moça cibernética não deve ser acometida por esse mal, preciso ter a iniciativa.

É a chance de refazer a minha imagem.

— Me viu ontem, então? Onde? Não lembro de ter visto você.

Cof. Cof.

Ela demora a responder. Que foi, vasculhando a rede atrás de alguma contradição?

— Na Torre Amon. Pavilhão de Eventos.

Ah. Ok. Isso vai ser difícil. Vou direto ao ponto.

— Como me achou, e por quê?

Ela inclina a cabeça ligeiramente e dessa vez responde mais rápido.

— Método: Rastreio através de dispositivo móvel. Motivo: Interesse por integração em novo grupo.

Oi? Não sei se entendi tudo, mas vou ignorar para seguir a conversa.

— Novo grupo?

— Afirmativo.

— Mas e Hermax? Syndra, Brutusk? Eles... Tudo bem com eles?

Vou falar, bateu um medão. O ruivo sumiu na Arca também?

— Não se alarme, todos passam bem — ela adivinha, ou computa, meu temor.

Pausa aqui porque, além de resfolegar aliviada, meu croissant com geleia de ameixas chegou.

Voltando.

— Legal saber. Mas por que, então...?

— Conflito de interesses.

Pausa para algumas piscadas surpresas. Então, sorrisão.

Treeeeta!!

Difícil acreditar. Hitomi parecia muito integrada com Hermax e os outros, eram uma equipe de verdade. Ou, pensando melhor, teve aqueles momentos que... Tá, Hermax tirou sarro dela uma ou duas vezes. Na hora achei normal, coisa de amigos. Não era? Tinha lances ruins por ali?

Imagina a Hitomi metendo o louco, batendo a mão na mesa e olhando feio! *"Não suporto mais vocês. Desagradáveis!"*

Sorrio pensando nas caras daqueles metidos. Lógico que só rolou assim na minha fantasia. Do jeito que ela é, toda robô vintage, deve ter dado as costas e foi embora. Ou enviou um e-mail.

— O azar é deles — eu mandando a real. — Você foi fabulosa no teste, mandou bem demais! Aposto que não mostrou nem metade do que sabe fazer.

— Isso é correto, minha lista de funções inclui... — ela se interrompe, então parece pensar um pouco e acrescenta. — Obrigada.

Socialmente desastrada. De repente até mais que eu. Que graça!

— Olha, eu preciso mesmo reunir um grupo pra... um lance aí.

— Devo então presumir que aceita minha proposta?

— Você disse como me achou e porquê. Mas não disse tudo.

— O que mais gostaria de saber?

— Tem toda uma população de Arcanautas por aqui. Quase todos são... (caham) podem ser melhores que eu. Nem sequer fui aprovada, você estava lá.

"Por que eu, então?"

Ela não responde. Ah, nada disso! Não vai vasculhar a rede mundial atrás de alguma saída esperta!

— Arturo mandou você, não foi?

Agora, pensando melhor, minha acusação não faz sentido. Seu Arturo disse que não podia indicar colegas, senão a Arca cospe a gente pra fora. Mas foi a primeira hipótese que me veio à cabeça.

— Você suspeita de mim — ela diz.

Minha garganta aperta, o bocado de croissant fica preso no caminho.

Eu magoei a máquina de combate?! Fala sério!!

— Minha proposta foi recusada?

— Não! Não! — Consigo falar após quase explodir engasgada. — Não é isso. Você é foda demais, quero *muito* você na minha equipe que nem tenho ainda!

— Minha proposta foi aceita?

— Não me respondeu ainda, criatura!! Arturo mandou você ou não?

— Não. Procurei-a por minha própria iniciativa.

— MAS POR QUE EU?!

— Sinto afinidade.

Nem sei quanto tempo fiquei só olhando de boca aberta, migalhas de croissant muito visíveis lá dentro, desculpa.

— É o quê?

— Um conjunto de algoritmos espontâneos sugere que eu deveria me aliar a você.

— Um... hã?

— Não tenho evidência para suportar a decisão. Não tenho base de dados. Sinto muito.

— Tá dizendo que só teve uma *intuição?!*

— Não sendo razão suficiente, compreenderei e aceitarei sua recusa.

Em todo um universo de desculpas furadas que alguém podia ter para me abordar assim, essa só pode ser a campeã.

Continuo sem saber o motivo real dela. Mas de repente estou achando que ela *também* não sabe.

— Você *viu* que fui reprovada — insisto, e então minto. — Por que se unir a alguém que nem é Arcanauta credenciada? Sem permissão para entrar na Arca?

Agora quero ver. Hitomi *não sabe* sobre a autorização especial de seu Arturo aqui na pochete, não tem como saber. Nem ferrando que essa informação esteja online.

— É uma situação temporária — ela diz de um jeito estranhamente cordial.

— Que quer dizer?

— Você conseguirá. Não pode ser detida. Acredito em você.

Eu, que me inclinava sobre a mesa para fazer pressão, devolvo a bunda ao assento com sonoridade.

— Assim é covardia — eu miando baixinho.

— Não tive intenção... — ela começa e logo corrige — Estou sendo sincera.

Androides podem mentir, claro. Mas não sei se Hitomi pode. Ou se ela sabe.

Só sei que *também* tenho uma intuição.

— Sua proposta foi aceita — digo, enfim.

Ela move a cabeça, os olhos pixelados piscam. Não espero nenhuma explosão de alegria, nem ela oferece. Mas se fosse comparar com meus dispositivos, é como se ela tivesse acabado de desfragmentar a memória e estivesse mais... leve?

Hitomi faz uma mesura toda graciosa, inclina a cabeça e leva uma mão ao peito. Eu, tonta, tento fazer o mesmo.

— Agradeço muito — ela diz enquanto se levanta. — Estarei disponível e acessível em seus contatos. Aguardarei a agenda de treinamento conforme sua conveniência.

— Espera! — cuspo outro pedaço de croissant. — Agenda?! Treinamento?! Nossa expedição é *esta noite!*

7

Eu e Hitomi.

Hitomi e eu.

Então você achou que, agora com trocentos gazilhares de seguidores, agora webceleb, era só estalar os dedinhos e aparecer uma fila de novos membros para o grupelho?

Nanã. Nope. Necas.

Até soltei a notícia de que estava procurando, mas esbarrei em limitações bem duras. Primeiro, *não sou* Arcanauta credenciada — e isso a rede inteira já sabe. Ninguém mais teve a "intuição" de que isso é uma "situação temporária" e que eu "não posso ser detida".

(Hitomi, caso esteja ouvindo — e deve estar, você vive xeretando a rede atrás de tudo —, não estou de zoeira contigo, viu? O que você disse me deixou de coração bem quentinho.)

Segundo problema: dizer que tenho uma missão urgente *hoje*, na Arca de Vallindra (sabe, aquela onde todo mundo some), sem explicar absolutamente nada sobre essa missão... digamos que não inspira muita confiança.

Nem rola usar o nome de Arturo; pelas regras não escritas da Arca (ou melhor, do Censor), isso seria influenciar a formação do grupo. E o Glifo trataria de espinafrar tudo mundo porta afora.

No melhor dos casos, geral acha que estou armando alguma pegadinha. Até porque menes *fazem* isso. E confiar em alguém que mal começou a bombar nas redes não seria inteligente.

Então, até recebi algumas mensagens diretas. Mas de ninguém *inteligente.*

Não precisa confiar só em mim, pedi para a Hitomi avaliar os perfis. O melhorzinho ganhou dela nota 2.3 de 10.

Me restou chorar à noite, ligar pra mamãe, ligar para Lynna, fazer um videozinho no Instagrimm (com filtro, porque a minha cara estava pior que de um trasgo gripado), chorar mais, provar a roupa nova que Gene (agora somos íntimas) fez, mais choro...

...e decidir que vou chamar pra Arca o primeiro tanque e suporte que achar pela frente.

Até joguei um verde na Genevive, ela leva jeito de quem sabe consertar gente, além de roupa. Mas sabe como é, nem todo mundo está super a fim de rastejar em masmorra e levar baforada de dragão.

Não dá pra culpar, né?

Tanque e suporte. São as funções mais difíceis, especialmente suporte curandeiro. DPS é fácil, só precisa bater ou atirar com qualquer coisa que tiver em mãos, ou com as próprias. Mas poder de cura, não é todo mundo. Um ou outro cientista inventou protótipos portáteis, máquinas doidas que você pode levar consigo para uma Arca, evitar que a galera caia. Conseguem ser suportes decentes. Tem também um mercado secreto, meio que você paga caro para ter um no seu grupo (a qualidade é questionável).

Mas *cura mágica verdadeira*... ninguém sabe direito como funciona, ou de onde vem. Lance especial mesmo, coisa rara. Então, curandeiros são os Arcanautas mais disputados. Achar um andando por aí, sem grupo ou patrocinador, é impossível!

(Só por isso Hermax suporta aquela elfa, claro!)

Sobre o tanque, é mais fácil. Serve todo brutamontes que puxa um ferro e não teve a chance de ir para a Ilha do Martelo. Só falta achar algum que não tenha equipe, e toparia receber ordens de uma Herdeira do Gato nanica. Hunf!

A regra é clara: sem um grupo completo — pelo menos dois DPS, um tanque e um suporte —, nem a super-autorização secreta de Arturo consegue me botar pra dentro.

Estou pensando nisso enquanto eu e Hitomi voltamos ao Parque do Glifo. Para supostamente embarcar com nosso suposto grupo na abertura das 20h.

Seguimos através dos brinquedos coloridos, quiosques cheirosos e famílias felizes. Ela me acompanha calada (ah vá), como se esperando algum comando.

Hitomi, analise todo mundo em volta e ache os membros de que precisamos!

Esse é o comando que eu queria dar. Mas tenho medo. Isso não é contra as tais regras do Censor? Eu sou a menestreamer, eu que preciso reunir o grupo. Não?

Já estou com ódio desse sujeito que nem sei se existe mesmo!

Pelo menos sei que tem Arcanautas de baciada no Parque, rondando o Glifo. Se rola alguma chance de completar o time, é por aqui mesmo.

Estou olhando em volta e para a hora, nervosa. Fico tentando baixar os pelos eriçados com a mão suada (você percebeu que eu sei).

Nem tenho a opção de chamar Brutusk e (eca) Syndra. Não pareceu que Hitomi largou eles em bons termos. Acho até que ela aceitaria voltar com eles, mas baita sacanagem com a coitadinha, né?

Você veio tão fácil, Hitomi! De mão beijada! Não podia ser assim com os outros?

Não! Vai dar certo!

Tem que dar.

Coloco as mãos na cintura e ignoro tudo que se pareça com uma família. Procuro alguém com capa, cajado, grimório, varinha, cara de esnobe... *Precisa* ter um tanque e um curandeiro por aqui!

Observar esse mar de criaturas e encontrar exatamente o que quero é procurar uma palha num agulheiro.

— Ameaça iminente — Hitomi fala, do nada. — Sugiro mudar de posição.

Ameaça?

Nem tenho tempo de perguntar em voz alta. Ouço gritos e criaturas correndo.

Um Terrano parrudo, barbudo, de tapa-olho e com uma cicatriz enooorme na face direita vem brandindo o machado e gritando:

— Vagabundos! Continuarão tomando o que é nosso até quando?

Viiiiixe.

Acato a sugestão de Hitomi e me afasto. Sei no que vai dar.

Uma Terrana com cabelão ruivo trançado grita como uma bárbara (o que ela deve ser, com aquele martelão). O braço dela é mais grosso que um tronco de árvore, juro.

— Sumam daqui! — grita outro Terrano. Este é menor, magro, jovem, óculos triangulares e cabelo azul.

Uma Terrana careca, alta, usando um colar de gemas coloridas, ostenta um livro grosso nas mãos. Ela parece ameaçar abri-lo se alguém chegar perto.

Eles marcham gritando contra nós, Viajantes, todo o tipo de ameaça e ofensa. Terrano ou não, todos se afastam.

— O que está rolando? — ouço um hynne perguntar atrás de mim. O coitadinho está todo encolhido sob um chapelão florido.

— A BUSCA restringiu ainda mais a entrada na Arca — uma moça responde com voz forte. Sua pele é escura como a minha, mas toda tatuada com runas douradas. Olhos brancos sem íris ou pupilas. Será curandeira? — Somente *alguns* menestreamers estão recebendo autorização.

Ela cospe algo ácido quando termina de falar, o hynne solta uma exclamação.

Ok, talvez ela não seja uma boa opção.

— Barrados por causa de adolescentes fúteis? — uma voz masculina firme se junta, mas nem arrisco olhar. — Para esses *Terranos* somos como lixo. Basta uma faísca e encontram argumentos para nos exterminar.

— Agradeça por estar em Vallindra, amigo — a tatuada que não gosta de mene, rindo. — Não sabe como a coisa é, de onde vim.

Não sei se alguém ali é curandeiro, mas esquece. Não quero mais gente estressada, já chega eu. Podiam ser todos calmos, pacientes e calados como Hitomi. Seria meu sonho?

Os Terranos continuam gritando, alguns Viajantes começam a vaiar, jogar coisas.

Isso vai dar meeeeeerda!

— *Ouch, viu aquilo?* — o homem atrás de mim gargalha. Por instinto eu tento encontrar "aquilo".

São segundos antes da confusão se generalizar, mas eu o vejo. E meus olhinhos alaranjados não acreditam.

— Aquele cara vai lembrar dessa surra por muito tempo — a tatuada se junta à gargalhada.

Antes que dois elfos, três sílfides, cinco goblins, um Herdeiro do Búfalo e uma lebre usando botas se juntassem à muvuca, alguém a começou.

Lá está ele outra vez.

Pequeno, como todo hynne. Ainda assim, de algum jeito, ele preenche tudo em volta. Mesmo com toda essa concentração de gente colorida e chamativa, *ele* é o mais colorido e chamativo. Não tem pra mais ninguém.

Vallos. O Touro Imortal chegou chegando.

O barbudo de tapa-olho? Vallos voa e pula no peito dele, acerta com os dois pés — pesado e compacto feito uma bala de canhão! Derruba também a bárbara com braços de tora logo atrás. Os dois caem já apagados, duvido que vão lembrar de onde a cacetada veio.

A careca de colar chega a esboçar uma reação, tentar conjurar alguma coisa. Korlon, o machado de Vallos, bem maior que ele próprio, desce direto em cima do grimório. O livro de magias explode em chamas, páginas chamuscadas voando pra todo lado.

Enquanto faz isso, Vallos grita alguma coisa pra ela. A maga/bruxa/sei-lá enche olhos enormes de lágrimas gordas. Não sei se pela perda do livro, ou pelo que acabou de ouvir.

Os Terranos atrás de mim se animam e vão contribuir com a treta.

Seguranças chegam. Terranos se juntam ao bonde dos arruaceiros. Viajantes se encorajam e entram para o meio. Puxão de cabelo, soco, chifrada, mordida, algemas...

É um turbilhão de luta, um furacão. Com Vallos bem no meio. Aguentando ou ignorando tudo que vem contra ele.

Que carinha incrível!

— Hitomi, é ele!

Ela me olha impassível. Deve estar processando (literalmente) toda a situação.

— Nosso tanque! Temos que ajudá-lo.

— Vallos não está registrado como membro.

— *Eu sei!* Quis dizer que ele *vai ser* nosso tanque.

— Também não me parece que Vallos necessite de qualquer assistência.

Nisso ela tem lá sua razão. O pequenino atrai todos os ataques como um ímã, mas ninguém consegue pegá-lo. Salta, rodopia, esquiva. Quando leva um golpe, é como se fosse nada. Como se fosse feito de ferro.

A Guarda do Glifo chega em seus uniformes vergonha-alheia. Vallos não parece se importar.

— Precisamos de Vallos em nossa equipe! — eu imploro para Hitomi. — Ele vai ser preso se não fizermos alguma coisa!

Os olhos acesos na tela parecem pulsar. Acho que a moça digital enfim captou a urgência da situação.

— Solicito que aguarde atrás do quiosque Tiro ao Dragão — ela diz e então desaparece na quizumba.

Assim, ela *literalmente* desaparece. Que foi isso? Invisibilidade? Teletransporte?

O que mais ela sabe fazer?!

A confusão começa a ficar maior. Mas não importa a quantidade de gente, existe Vallos e existem os outros. Ele é o centro gravitacional da briga, mesmo quando não se consegue vê-lo entre pessoas muito maiores. O machado flamejante é seu estandarte, o chamariz convidando a desafiá-lo.

O que ele quer, afinal? Por que está causando tudo isso?

Lembro agora de quando o conheci e... Não! Não é possível que...?

Acho que vejo Hitomi. Acho que ela tocou os ombros de dois carinhas da Guarda do Glifo. Acho que suas mãos soltaram faíscas e eles apagaram.

Está mesmo evitando que Vallos acabe na detenção.

Não sei como ela pretende tirar o baixinho do turbilhão. Mesmo assim, melhor tentar chegar até a tal barraca como ela mandou.

Sugeriu. Ela sugeriu.

Seguro a Blazdall firme junto ao corpo. Sinto a bonita toda serelepe, querendo entrar na briga. Agora não!

Faço o que sei fazer melhor. Salto por cima de todo mundo, pisando em uma cabeça aqui e ali.

Pego impulso no ombro de um minotauro que come algodão doce, piso na lona de uma barraquinha de algo fedido, corro e salto feito esquilo voador sobre a bagunça. Pouso com uma cambalhota do outro lado.

Alcanço o lugar. Me afasto da briga, dou a volta na barraca.

Pouca gente ali atrás. Quase todo mundo foi ver a confusão ou participar dela. Nem sinal de Hitomi.

Depois da manobra felina pouco discreta, faço meu melhor para não ser notada — o que acaba se mostrando bem fácil, Vallos monopolizou toda a atenção só pra ele.

— Sabe — alguém atrás de mim —, você pisou em minha cara logo ali atrás...

Ops. Um efeito colateral de meu método de deslocamento inovador.

Apesar do tom reclamão, não parece alguém zangado. Me volto para ele, preparando minha cara de pau e algum pedido de desculpas tão sincero quanto possível.

Mudo de ideia na mesma hora.

— Ah, você.

Rapaz negro, dreads, casacão maneiro, grevas de armadura. O mesmo que estava com Vallos na outra vez.

Até então, afagava o rosto onde posso ou não ter pisado. De repente aperta os olhos, então aponta o dedo, balbuciando. Também me reconhece.

— Você! A gata. A Ágata.

Eu mereço.

— A menina-gata fã do Vallos — ele segue, como se houvesse necessidade.

Começa a rir. Eu fecho a cara.

— Sou eu, Edouard. Lembra de mim? Tudo bem, não tenho um nome tão fácil de lembrar quanto o seu, hahaha.

Ignoro na cara dura e devolvo meu foco para onde importa. Durante essa distração, parece que a treta acalmou. Vejo outros caras da Guarda do Glifo levando Terranos e Viajantes algemados, ou contidos em coisas mágicas. Alguns estão meio machucados, mas nada sério. Bem que alguém podia estar curando e assim eu...

Espera, cadê a Hitomi? Por que ela pediu para esperar aqui? E onde foi parar o...?

— *Então o que demônios infernais das pústulas você quer com Vallos, guria?*

Susto. Meu pelo arrepia tanto que quase expulsa minha roupa toda. Minha cauda tenta se arrancar e fugir pra outro continente.

Me volto, baixo os olhos. Vallos está ali. Seu machado também. E Hitomi. Eu percebo todos exatamente nesta ordem.

— Aaahhhnnn... eeeeu... ooooi... ééééé...

Minha capacidade de articular frases lógicas meio que morreu.

— Fale a bosta do assunto logo de uma vez! Vallos tem mais o que fazer!

Ele fala em terceira pessoa, tô ferrada!!

— Você... é um... tanque — consigo dizer.

Vallos tem a cabeça toda selada em metal e plásticos de alto impacto. Mesmo assim dá pra ver o desprezo vazando pelas frestas.

— *Tá de sacanagem comigo, sua merdinha?* — ele rosna, entre dentes que não vejo, mas ouço.

(Notem que o filtro de insultos não está atuando. É porque Vallos ainda não disse nada comparado às outras vezes. Ele está sendo educado.)

Meus olhos buscam socorro em Hitomi. Ela só olha de volta. Acabo até olhando para o... Edouard? Ele estava andando com Vallos, não estava? Seja útil pra variar, caramba!

Não acho coragem para fazer o convite. Sinto que, se disser a coisa errada, vou virar gata fatiada.

— O que... foi aquilo? — minha tentativa xoxa de empatia. — Por que toda aquela confusão?

— Hah! — *Acho* que foi uma risada. — Vallos agora precisa de motivo para derrubar uns desgraçados que odeiam Viajantes?

Cada palavra dele é um soco. Nem acredito que uma voz tão forte sai de alguém tão pequeno. Tem algum amplificador no capacete, só pode.

— O Valoroso apenas está frustrado.

Foi Edouard quem falou. Onde achou coragem pra isso, nem desconfio.

Vallos se volta pra ele.

— ****** *****! ****** *****!!! ****** ****** ** ****!!

Pronto, os bloqueios voltaram com força total. Não vou repetir nem traduzir, você mesmo preenche aí com sua imaginação suja. Não, pensando melhor, esquece isso. Duvido que você tenha imaginação *tão* suja para sequer arranhar o que Vallos disse.

Acho que respingou um pouco em mim. Vou precisar de banho.

Vejo o rosto de Edouard derreter e escorrer do crânio — licença poética, mas foi como pareceu. Ele recua tropeçando, alcança apoio em uma murada, senta, quase cai no canteiro do outro lado.

Frustrado? Frustrado por quê?

Uma inspiração súbita me ilumina. Aquela lembrança de agora há pouco, da primeira vez que nos vimos.

— Você perdeu sua credencial!

Vallos se detém quando me escuta. Esquece Edouard e volta a me encarar, furioso, pisando duro com os pezinhos peludos.

— Vocês a estavam procurando quando os conheci — sigo dizendo, torcendo que isso leve a algum lugar exceto o hospital. — Aquela briga ali atrás teve... algo a ver com isso?

Edouard, ainda meio cinza, é quem responde com voz mole.

— O Valoroso acha que, se chamar atenção suficiente, aquele que encontrou sua credencial vai devolver.

— *Senão Vallos enfia este machado no ****** do ****** que roubou!!*

Quando grita sua revolta, Vallos se inflama. Não, tô falando sério, *ele pega fogo mesmo!* Vejo fumegar e soltar fumaça pelas frestas da armadura.

Espera. Ele queria intimidar o hipotético ladrão da credencial sem nem saber quem é?! Só esperando que ele estivesse casualmente ali, em meio a centenas de pessoas no parque?

Que raio de plano imbecil é esse?!

Imediatamente cubro a boca, com medo de ter falado isso em voz alta.

Edouard parece estar tentando se esconder dentro da própria jaqueta. Hitomi aguarda impassível, feito estátua, que em algum sentido ela deve ser mesmo. Vallos segue exalando vapor, já ensaiando para começar outro tumulto.

— Vallos — eu agacho em estilo gata para ficar na altura dele —, me escuta.

Por trás da viseira de acrílico blindado ele me fuzila com o olhar. Posso estar violando alguma norma de etiqueta hynne por me abaixar pra falar com ele, sei lá. Bom, tarde demais.

— Você sabe que só grupos menestreamers estão sendo admitidos. Bom, eu sou mene.

Mentira. Bom, nem é. Você está vendo aqui, não está?

Ele grita na minha cara.

— ****-** quem você é! Eu não tenho a ****** do ******* da credencial de ******!!

Suporto estoicamente a torrente obscena que chacoalha meu cabelo. Quando ela acaba e consigo respirar de novo, busco algo na pochete.

Mostro o cartão.

Ele faz um movimento brusco com a cabeça. Mesmo nas profundezas do capacete, vejo um brilho de interesse.

— Isso é a ****** de uma...?

— Autorização Extraordinária de Acesso. Para mim e aqueles que eu escolher.

Estou olhando para Vallos, ele tem esse poder de sugar toda a atenção em volta, então posso estar errada. Mas parece que algo mudou em Hitomi no instante em que mostrei o crachá. Bom, ela não sabia até agora. Acho que até androides ficam surpresos.

O machadão Korlon, de algum modo, vai parar em suas costas com um estalo metálico. Parece o jeito de ele dizer que está mais interessado no que eu disse, que em outro tumulto.

— Tenho uma missão na Arca — sigo explicando. — Preciso de um grupo para a abertura das oito, esta noite. Preciso de um tanque.

"Vem comigo?"

O baixinho (dá um pouco de medo chamá-lo assim, mesmo em pensamento) cruza os braços. Filetes de vapor vazam do capacete. Não sei dizer se ele está putaço da vida, ou só pensando muito. Ou ambos.

Minha visão periférica registra, sem muito interesse, Edouard alternando olhares entre mim e Vallos como se fosse um jogo de tênis.

— Vallos não vai pra ****** de ******* sem saber o ********-***** do objetivo da missão.

— É para ajudar os menestreamers sumidos.

Outra vez, um tremor leve da cabeça. Os chifres grandes tornam mais fácil notar.

— Ainda estão vivos. Presos. É tudo que posso dizer.

Sai um som baixo do capacete. Parece um rugido vindo direto do inferno, eu juro.

— Você fica fora do caminho — ele rosna de repente. — *Vallos* escolhe a rota. *Vallos* escolhe os alvos. *Vallos* escolhe as pilhagens.

Isso... foi um "sim"?

Só consigo acenar concordando, mesmo que nenhuma pergunta tenha sido feita.

Sorrio e faço joinhas para ele e Hitomi. Meu time! Nem acredito!

Tá, quase. Ainda falta suporte.

— Gata. Ágata. Essa autorização é de verdade? Está mesmo recrutando para a Arca?

Edouard abre um sorrisão desencanado. Te falar, não que eu o conheça bem, mas parece que virou outra pessoa desde que aceitei ele no grupo!

— Assim, tá preocupada que o público pudesse estar vendo?

— O público *está* vendo e ouvindo — eu aponto para onde os equips de transmissão foram afivelados, mesmo que não se possa ver. — Estas coisas funcionam, não?

— Negativo. Este é um mapa privado.

Hitomi me pega totalmente de surpresa. Por um instante fico olhando incrédula, achando que ela está com lentidão de carregamento, algo assim.

Mas então me dou conta. Ela tem razão!

A Planície Rosada não é aberta a menestreamers — isto é, podemos entrar, explorar, pilhar e até gravar, mas não transmitir ao vivo. É um mapa reservado para safáris, documentaristas e outros particulares, gente que paga bem caro pra entrar aqui sem licença Arcanauta. Gente que nem sempre curte aparecer em público. Lances contratuais, direitos autorais, privacidade, isso e aquilo.

Gravações posteriores são editadas por ~~goblins~~ algoritmos, censurando rostos de outros excursionistas. Tinha esquecido porque se tornou privado faz pouco tempo; antes acompanhei vários grupos mene rondando aqui.

— Certo — eu digo, respirando aliviada —, então ninguém lá fora está vendo.

— E por isso mesmo — Vallos acrescenta —, agora você vai dizer que ******** de ******** viemos fazer aqui, guria!

— Mas claro! Esse foi outro motivo para o Valoroso nos guiar pra cá — Edouard completa.

Devolvo ao tanque hynne um olhar de espanto. *Por isso você trouxe a gente aqui, seu alpinista de calçada, cavaleiro de hamster, lenhador de bonsai?!!*

(Só penso, não falo, pra não apanhar.)

Ele põe as mãozinhas na cintura, triunfante, para confirmar tudo. Me olha de cima. *Calaboca*, eu sei que é impossível, mas ele me olha de cima assim mesmo!

É isso. Você já entendeu. Todo mundo aqui sabe das coisas, menos a gata noob tonta.

Espero que a gente encontre meu orgulho caído em algum lugar lá nos níveis inferiores.

— Seguinte, seu Arturo... Aham, nosso contratante deixou isto comigo.

A Planície Rosada é bem bonita, na real. Como outros mapas grandes, nem parece ser uma área limitada — fica sob céu aberto, sempre claro e sem nuvens. Os campos de grama rosa e lilás se perdem ao longe, margeados por uma barreira de árvores, com um lago grande e cristalino no centro. Tudo cheira a orvalho, mó bom.

Mais bandos de lagartos-de-juba e uns bichos maiores podem ser vistos rondando à distância, sem (muito) perigo. Eles nos percebem, mas só atacam se chegamos perto. Há poucos lugares para emboscadas; evitar monstros é apenas questão de ficar longe deles. Dá pra entender o motivo de este mapa ter se tornado privado.

Nos afastamos das carcaças e seguimos até perto de uma árvore grande. Sentamos à sua sombra. Isto é, não tem sol, mas tem luz e calor assim mesmo. Vai saber como.

Se fosse uma stream normal, eu não ficaria tempo demais aqui — a esta altura os seguidores já estão procurando outros canais. Mas prioridades, né?

Assim, sentados em círculo, eu respiro fundo e começo a falar.

Mando a real pra todo mundo. Desde ver a última (tomara que não!) stream de Mestre KedroP e achar Blazdall em casa, até minha chegada a Vallindra e meu teste na BUSCA. Tento omitir as partes vexaminosas, mas Hitomi supersincera está aqui para me corrigir. Valeuzão!

Sigo contando de quando vi Amilca e os Joalheiros sumirem. O convite para a festa na Torre Amon. O mordomo bidu Ferdinan e a centaura classuda Cecil. O encontro com o todo-poderoso Arturo Amon. O Glifo barrando a entrada de grupos sem menestreamers. A missão que Arturo me confiou.

E o Censor. Conto tudão mesmo.

Mas essa tonta já sai confiando assim em gente que mal conheceu? — você pensou isso, nem vem negar. Olha, eles são meu grupo. Sei que pisei na bola no teste da BUSCA, quando larguei todo mundo pra me mostrar, posar de gostosa encarando o chefão sozinha. Não levei a sério, até porque era tudo simulação. Então me ferrei. Errei feio.

Posso até não conhecer esses três, mas — mesmo que já tivessem adivinhado ser uma missão importante para Amon — eles toparam vir comigo. Toparam vir a um lugar perigoso só porque eu pedi. Confiaram em mim. Então tenho que confiar neles também.

A gente *precisa* poder contar um com o outro. Aqui somos nós contra a Arca. Contra o mundo. É sobre isso e tá tudo bem.

E mais, eu sou (muito teoricamente) a líder. Tenho que dar o exemplo. Dar o primeiro passo.

— Quem é esse ****** de Censor?

Pronto, agora que Vallos já avacalhou meu momento de nobreza, bora seguir com a aventura.

— Não é uma entidade catalogada — Hitomi diz.

Aceno concordando e explico.

— É o seguinte. Pelo que Cecil me disse, os desaparecidos ainda estão vivos.

— Claro que os ******* estão vivos — Vallos xinga, pra variar.

— Se estivessem mortos — Edouard continua — a BUSCA podia ressuscitar lá fora.

Faço joinhas pra confirmar tudo que dizem e continuo.

— Pois então. O Censor, se existe mesmo, é algo ou alguém que está mantendo os menes prisioneiros. Viemos aqui pra descobrir onde estão.

Aguardo que alguém me pergunte "como?" só para poder fazer uma revelação dramática. Mas ninguém pergunta, só ficam me olhando, esperando que eu continue. Tá, entendi, óbvio que eu vou contar, dãã.

— Antes de partir, todo o grupo da Amilca, e outros antes dela, receberam do pessoal da BUSCA um encantamento. Uma magia que deixa mais forte... hã...

— Potencialização de suas assinaturas bio-existenciais.

— Isso, valeu — eu ia falar "almas", porque esqueci o que Cecil disse, mas Hitomi já sabia.

Eu mostro então o amuleto-escaravelho que Cecil deixou comigo.

— Isto aqui serve para detectar as almas... assinaturas deles.

Todos se inclinam para olhar mais de perto, mas ninguém tenta pegar. Primeira vez que me sinto, sei lá, respeitada como líder.

— Vamos achar o Censor com isso? — Edouard pergunta.

— *Espero* que não! — respondo, a cauda meio arrepiada.

Nesse instante todos me olham com estranheza. Trato de explicar logo.

— A missão é descobrir em qual nível e mapa os menes estão sendo mantidos. Sabendo disso, voltamos e avisamos a BUSCA.

— *Não* é para salvar os guris?

Vallos diz aquilo em um tom diferente. Contrariado. Pesaroso. O fato de pronunciar uma frase inteira sem nenhum palavrão, por algum motivo, deixa ainda mais soturno.

— Não vai rolar, Vallos — eu tento ser gentil, mas firme. — Não temos como. O Censor derrotou e capturou gente muito mais forte que nós.

— *Fale por você.*

Ele está ali sentado de cabeça baixa, braços cruzados, perninhas abertas. Sinto um risinho tentando se formar em meu rosto. Não dá pra evitar imaginá-lo como uma criança emburrada.

— Por maior que seja meu respeito pela força do Valoroso — Edouard diz, afetando um tom solene —, esse suposto vilão parece além de nossas capacidades.

— Retornar com a informação é imperativo. Derrota ou captura são incompatíveis com esse propósito.

Mas olha só! Os dois *concordam* comigo!

— Em posse das coordenadas certas — Hitomi ainda acrescenta —, a BUSCA deve ser capaz de conjurar efeitos mais específicos. Talvez até mesmo teletransportar os prisioneiros de volta.

— Ou então — Edouard ergue as mãos —, no mínimo, mandar uma equipe melhor preparada.

Dou um sorriso fraco. Tá certo, este nosso grupelho meia-boca não tem chance contra um arquivilão, não precisa ficar me lembrando.

— Então, todo mundo de acordo?

Hitomi e Edouard acenam afirmativos. Vallos não se mexe, nem diz nada.

— Todo... mundo? — eu insisto, olhando pra ele.

Devagar, Vallos fica de pé (o que deixa ele na mesma altura que eu sentada). Sei lá, ele parece mais lento e pesado que o normal.

Ele parece *denso*.

Segue calado. Mas, já que levantou, vou interpretar que ele topa ir em frente. Que vai continuar sendo nosso tanque.

— Bom — eu olho outra vez para a gema na joia antes de guardar —, o escaravelho não acusa nada neste nível. Vamos para o próximo.

Como que em resposta, Vallos segue na frente. Desta vez não corre feito doido.

— Mas não... viemos por aí — eu digo, incerta. — A rota para o segundo nível é aquela que Amilca...

— Eu *disse* que é uma ****** de atalho, *******-*******!!

Penso em retrucar, então mudo de ideia. Pensando bem, não tinha a menor chance de o Censor — ou qualquer ameaça "digna de Vallos" — estar aqui no primeiro nível. Isto é... sei lá.

Conheço bem os mapas de Vallindra, mas não sei de nenhuma passagem para o nível seguinte aqui nos Prados. Mesmo assim, Vallos nos conduz direto até um trecho que nunca vi.

É uma pequena clareira, meio escondida entre as árvores que delimitam a área. No fundo tem um pórtico de pedra, bem estreito, com um olho entalhado no alto. Não se pode dar a volta, está na borda do mapa. Também não dá pra ver o outro lado; como se estivesse cheio de nevoeiro, contido por alguma barreira.

Uma passagem de nível não mapeada. Maneiro!

Só podemos passar um por vez. Antes que qualquer debate tenha chance de nascer, Vallos está entrando.

— Espera, seu — e ele já foi.

Tenho quase certeza de que fiz um beiço muito ridículo, porque vejo de relance Edouard cobrindo a boca, segurando o riso.

É, meu momento de líder respeitada foi legal enquanto durou.

— Temos que ser rápidos — Edouard dispara estalando os dedos. Então passa pelo pórtico também.

Hitomi é a única que me aguarda entrar antes. Com a minha hesitação, ela faz uma mesura e estende a mão na direção da passagem.

— O-obrigada — acabo dizendo por reflexo.

Nem consigo passar ligeiro como os demais, porque Blazdall dá uma enroscada no batente de pedra. Sério, *como* as pessoas andam por aí com espadas gigantes?

Formigamento, não-existência momentânea, mente chacoalhada, transporte mágico, esses lances.

Passamos.

Verde. Tudo verde. Tão verde que atravessa o verde e sai do outro lado.

É outro mapa dos grandes. Planícies a perder de vista, com grama bem alta. Grama verde, desta vez — mas longe de parecer normal. Brilhante, saturada, fosforescente. Aposto que brilha no escuro, se tiver noite aqui. Não acho que tenha; o céu tem um tom alaranjado de entardecer, e deve continuar assim. Poucos mapas têm ciclos de dias e noites.

Estamos em um tipo de platô elevado, na encosta de uma barreira rochosa que delimita o lugar. Ponto de entrada seguro (espero). Tem uma boa visão dos arredores. Uma trilha desce e serpenteia rumo à vegetação, onde os monstros devem estar.

Vallos e Edouard já estão ali, olhando ao longe. Estão de costas, não vejo seus rostos, mas o humano acena a cabeça como se estivesse satisfeito, ou impressionado. Pelo jeito nunca esteve aqui antes.

Sei que ele é Arcanauta credenciado, mas esqueci de perguntar quantas outras incursões fez. Está na cara que já andou com Vallos, mas duvido que tenha sido muitas vezes.

A saída é um pórtico igual ao anterior, exceto que no alto tem uma rosa, em vez de um olho. Opa, espera! Essa passagem vai para a Planície Rosada, de onde viemos. Faz sentido estar sinalizada com essa flor.

Se o sinal para cá era um olho, então aqui deve ser...?

— Segundo nível. Prados dos Cem Olhos — Hitomi anuncia logo após passar.

Sim! Agora reconheço das streams. Caramba, sei que estou me repetindo, mas é tão diferente ver de perto...

— Ocorrência de encontro aleatório em 82,4% para escala *ningen*, 24,9% para *sugoi*. Inferior a 0.1% para escalas *kiodai* ou *kami*.

Olha, no meu humilde ponto de vista, 0.1% de chance de enfrentar um kaiju ou um deus já é alto demais!

Ok, não é um mapa privado. Depois da pausa, o pessoal deve estar voltando a assistir. Cuidado com o que digo agora.

Pego o escaravelho na pochete e examino com discrição. Nenhum sinal.

— Não está neste nível também — aviso os outros, dizendo o mínimo necessário.

Eu falo pouco, Vallos menos ainda. Machado Korlon já em mãos, começa a marchar.

Temos que atravessar mapas atrás de alguma passagem para o nível três. Todos sabemos disso, ninguém precisa falar, então ninguém fala.

Buscamos nossas posições. Não combinamos nada, mas tem formações padrão de RPG, sabe como é. Vallos na frente para aguentar qualquer dano, Hitomi em segundo para ataques à distância, Edouard protegido no meio para poder conjurar e curar sem interrupções, eu protegendo atrás.

Podia trocar com Hitomi, tenho bons olhos e ouvidos, e um DPS de longa distância como ela funciona bem na retaguarda. Mas pelo que presenciei antes, os sentidos dela devem ser bem melhores.

Mesmo assim, ficar no fim da fila sempre vem com aquela sensação de ser a piorzinha.

— Autorização para dano em área?

No teste da BUSCA, Hitomi fez essa pergunta para Hermax. Demoro um pouco a perceber que agora ela está perguntando pra *mim*.

Preciso pensar?

— Claro!

Nosso tanque avança pisando duro, empunhando o machadão. Deixa escapar uns bramidos baixos; pode ser só impressão, mas parece que as runas flamejantes no Korlon brilham mais forte cada vez que Vallos rosna. (Sério, acho que esse carinha é movido a ódio destilado.)

Hitomi segue pouco depois, braços erguidos. Sei que está varrendo tudo em volta com sensores ou radares ou aplicativo de navegação (*claro* que não tem GPS aqui, só estou de zoeira). Sei também que aqueles braços se transformam em artilharia muito capaz de demolir um quarteirão ou dois.

Edouard olha tudo em volta. Não tem muito a fazer enquanto ninguém se machuca (melhor que ele mesmo fique sem ter o que fazer!).

Cantarola alguma coisa, as mãos se movem no ritmo da música. Será algum tipo de bardo, como a Syndra? Nah, deve ser só nervoso.

De vez em quando ele vira e olha pra mim, dá um sorriso forçado, diz algo irrelevante. Acho que está tentando parecer descolado. Ou quer ter certeza de que eu não vou deixar passar nenhum ataque pelas costas.

Em algum momento a trilha deixa de ser uma trilha, estamos atravessando grama na altura da cintura. Vallos agora é só um machado, cruzando o matagal feito um periscópio de submarino. Como ele consegue se orientar, não tenho ideia.

Parece um mar de grama luminosa, ondulando sem vento algum. Andar por aqui dá muita agonia. Como se alguma coisa pudesse morder meus calcanhares!

Seguro firme a Blazdall enquanto sigo prestando atenção, olhos à frente, orelhas atrás. Posso até parecer *muito* forte e habilidosa (tomara que sim!) com todo este aço reluzente nas mãos, mas é como falei antes, quase não sinto peso algum.

O máximo que percebo, às vezes, são pequenos empurrões ou puxões da espada em direções aleatórias. É como segurar um cata-vento.

Será que está me avisando de coisas escondidas na grama alta? Tenho quase certeza de ter visto isso em algum filme de Parque Cretáceo.

Não demora, passamos perto de um dos Obeliscos Vigilantes.

Parece uma torre muito alta, negra, com fileiras de espinhos subindo ao longo das arestas. Em suas faces, centenas e centenas de pontos brilhantes. Vistos de perto, parecem e movem-se como olhos.

O lugar tem esse nome por um motivo, né?

Alguma lenda diz que esses olhos pertenciam a aventureiros que morreram nas torres — ainda quando a Arca pertencia ao além-Convergência. Mais um motivo para suspeitar que esse "outro mundo" pode não ser um lugar tão legal...

São nove Obeliscos, agrupados de três em três — dá pra ver as outras duas torres deste conjunto mais ao longe. Os monstros são mais fortes que aqui fora, mas ainda dentro de *ningen* e *sugoi*. Explico essas escalas outra hora.

Os Obeliscos são points bem famosinhos, já acompanhei grupos explorando ali. Escadarias imensas, armadilhas que levam para abismos, morcegos aberrantes e lesmas que engolem humanos inteiros. Mas também amuletos mágicos bem decentes.

Estão na minha lista de lugares que eu pretendia ~~saquear~~ explorar quando virasse Arcanauta.

Será que rola dar uma passadinha...?

Foco. FOCO.

Percebo agora que estamos seguindo o mesmo caminho percorrido por Amilca e os Joalheiros. Eles também evitaram os Obeliscos. Em condições normais, seria bem anticlimático fazer isso em uma live.

Tô nem aí! Quando virar menestreamer famosa vou encher todo mundo de exploração das torres. Os seguidores não vão aguentar de tanta selfie nas torres! Aaaaargh!

— Aquele bambuzal parece suspeito. Precisamos mesmo passar por ali?

(Note que não estou narrando *cada* comentário inútil de Edouard, porque são muitos e porque me irritam.)

Pela décima vez digo para ele fazer silêncio. A última coisa de que precisamos é atrair a assombração que some com os menes. Ou algo que tente devorar minhas orelhas (já vi casos).

Logo se percebe que Edouard não daria certo como ninja ou ladino; simplesmente não sabe ficar quieto!

Rumamos para o bambuzal. Sim, é escuro e sinistro, nisso Edouard tem razão. Mas também é onde fica a passagem mais próxima para o terceiro nível.

E também tocaia de monstros. Sei bem.

— Hitomi — eu chamo. — Algum sinal de problema à frente?

— Escaneando.

Paramos todos, até Vallos, por incrível que pareça. Não acerto o nariz nas costas de ninguém. Uhú, praticamente aventureira épica!

— Ameaça detectada em T-2.

Amada! O que diabos é T-2?

De repente, antes que eu consiga perguntar isso em voz alta, Vallos dispara e mergulha no bambuzal urrando. Hitomi o segue, já transformando os braços em coisas que atiram. Edouard ainda me olha em dúvida, mas então dá de ombros e desaparece ali também.

Saco! Justo quando eu pensava ter algum poder de comando sobre o grupelho!

— Hitomi, fica de sensores ligados, ok? Não quero surpresas.

— Positivo. Modo de escaneamento contínuo ativado.

Que bom, ainda um pinguinho de liderança.

Avanço já com Blazdall erguida, pronta para peleja. Sigo correndo através de bambus altos. Em alguns momentos fico perdida, sem saber pra onde ir, até algum rosnado hynne apontar a direção certa.

Encontro os três em uma clareira, que não consigo dizer se já existia, ou acaba de ser aberta por golpes circulares do Korlon. Brabo.

Por toda a volta, bichos alongados de pernas longas e olhos grandes, rajados de preto e amarelo.

Conheço. Gafanhotos-tigres. Monstro de nível baixo, mas não muito.

Nem preciso mencionar que assustam muito mais deste lado da tela, preciso?

Não consigo dizer quantos são. O bambuzal não os atrapalha, mesmo sendo grandes como... tigres. São também rápidos como... é, como tigres. E eles saltam como — olha, os bichos se chamam *gafanhotos-tigres*, não fica aí esperando outra coisa!

Vallos os provoca. Rosna. Xinga. Duvido que os insetos entendam uma só palavra, mas funciona. Praticamente todos avançam pra cima dele.

Golpes do machado derrubam dois ou três de cada vez. Mas quanto mais caem, mais aparecem.

— Iniciando protocolo de eliminação em área.

Ah, merda!

Algo acende sob a capa de Hitomi. Ela flutua, pairando coisa de dois metros acima de nós — nem desconfiava que ela podia fazer isso. Abre os braços, agora não mais braços, mas coisas com luzes azuis e sons de carregamento que ficam mais e mais fortes.

Recordações pouco divertidas do teste da BUSCA me dizem para abaixar.

Edouard, esse boca-aberta, não se mexe.

— Edouard! Abaixa!

Agarro ele pela jaqueta descolada e quase o derrubo.

Seguro a Blazdall entre nós e Hitomi, como se fosse um escudo. Sei lá, a lâmina é quase uma tábua de passar roupa, vai que funciona!

— Área liberada — Hitomi avisa. — Protocolo de ataque em área ativado.

Não vejo o que acontece, porque fecho os olhos assim que as não-mais-mãos da androide explodem em luz azul. O guincho dos gafanhotos me faz apertar os dentes e querer arrancar minhas orelhas.

Quando volto a olhar, vejo que a clareira ficou ainda maior. Vejo também uma dúzia de coisas fumegantes estrebuchando.

O ataque especial de Hitomi pegou um monte deles, mas não acabaram. Outros mais pulam do bambuzal feito uns — *pro diacho!*

Nossa DPSzinha aos poucos retorna ao chão, quieta, de cabeça baixa. Partes dela estão abertas, expostas. Parece que esse ataque drenou muita energia, ou seu corpo precisa resfriar, sei lá. Seja por qual motivo for, ela precisa de um tempo.

Vallos segue girando o machado. Podia jurar que ele *estava* na área do ataque; ou Hitomi tinha meios para não acertar ele, ou a onda de energia destruidora nem o arranhou. Brabo demais!

Não parece que ele precise de qualquer ajuda, mas não posso ficar aqui parada só olhando. Além disso, Blazdall só falta querer pular das minhas mãos e cair na peleja sozinha.

Beleza! Hora de trabalhar!

Avanço contra os bichos. Quase todos tentam abocanhar Vallos. (Será que os hynnes parecem mais saborosos para monstros? Será esse o segredo?) Mas, quando me aproximo, alguns resolvem acrescentar gata ao cardápio.

Por um momento tenho medo de atrapalhar Vallos, ou acabar decapitada — os golpes dele são amplos, varrem tudo ao redor. Mas é incrível como ele segue lutando do mesmo jeito mesmo quando me aproximo, o Korlon me evitando por completo.

Pensando bem, em todo o meu tempo seguindo menes, nunca vi um caso de fogo amigo. Ninguém nunca feriu um colega por acidente. Como será que conseguem? Parece o tipo de coisa que eu devia ter tentado aprender beeeem antes de entrar nessa vida!

Tonta que sou, acabo distraída com esses pensamentos nada a ver quando um dos gafanhotos-tigres salta direto em cima de mim.

As mandíbulas salivantes, mais do que posso contar, estão a um palmo da minha cabeça oca — mas algo me empurra e puxa. Achei que fosse levar um tombo. Quando percebo, estou ainda em pé, pernas afastadas, espada em riste. A lâmina gotejando alguma coisa branca nojenta. O monstro-inseto, caído à minha frente, cortado em duas metades simétricas.

Fico ali de olhos arregalados, boca aberta.

Blazdall fez isso *sozinha*.

Nem tenho tempo de me sentir um lixo inútil. Outro bichão vem pelas costas, minhas orelhas nada fracas percebem.

— *Nyaaaaaaaah!*

Faço um giro largo quase sem olhar. A lâmina cristalina atravessa tão fácil que nem sinto, e ainda atinge outro gafanhoto mais atrás. Não estava ao alcance. Foi cortado mesmo assim.

Mano do céu! Isso tá *fácil demais!* Será que *todas* as espadas mágicas funcionam desse jeito?!

Ficar deslumbrada está me atrapalhando, de verdade. Os monstros estão caindo, sim, mas só precisa um deles acertar uma boa mordida para estragar meu dia.

Percebo um novo bando chegando pelo lado. Me volto pra eles, pronta pra tudo — menos aquilo.

Os bichos só caem mortos, um por vez.

Que houve? Não vá me dizer que Blazdall também...? Não, desta vez eu estava prestando atenção, ela nem se mexeu. Foi alguma outra coisa.

Hitomi ainda está esfriando, reiniciando, ou seja lá o que for. Vallos está mais distante. Edouard...

Edouard! Cadê ele?!

Quando foi que sumiu de vista? Estava comigo quando Hitomi desintegrou tudo, tentei protegê-lo com a espada e depois... Não, não teve depois! Não o vejo desde aquela hora!

Edouard foi desintegrado??

— *EEEEEdouard!* — não vejo mais motivo para fazer silêncio, a luta aqui já deve estar incomodando até os deuses. — *Cadê vocêêê?*

Sigo lutando (isto é, Blazdall segue lutando enquanto eu sirvo de adereço pra ela) até que os bichos, enfim, param de chegar. Os últimos ainda espreitam de longe por um tempo, por entre os bambus que restam inteiros. Mas basta um balido assustador de Vallos para fugirem.

A luta acaba. Então ele cai sentado, a bundinha fazendo um barulho POC muito fofo quando acerta o chão. Não parece cansado ou ofegante. Só parece que, sei lá, resolveu sentar.

Como pode um matador de enxames mortíferos dar tanta vontade de pegar no colo?

Hitomi, como ela está? Quando penso em olhar se a androidezinha está bem, eis que vejo.

— Ahhhh! ******* *******-*******!

Não, esse não foi Vallos, fui eu mesma.

Edouard está agachado bem aqui ao meu lado, todo de boas, esfolando um gafanhoto.

Tomei um susto que minha cauda quer se juntar aos gafanhotos que fugiram.

— *Onde diacho você se enfiou?!*

— Eu? Por aí.

— Por aí uma pitomba! Procurei você.

— Estava escondido.

Mesmo emputecida além do emputecimento, fico sem reação. Não esperava uma resposta tão cara-de-pau com tanta naturalidade.

— Como assim *escondido?!* Os monstros estavam cercando a gente por todos os lados.

Ele termina de arrancar do bicho algo parecido com uma gema. Joga no inventário. Começa a cutucar outro com a faca.

— Escuta, gata...

— ÁGATA!!

— Hã, escuta. Minha função é suporte. Eu ajudo quando precisam de ajuda. Eu curo quando precisam de cura. *Ninguém* precisou. Nesses casos, o melhor que eu faço é ficar fora do caminho. Tentar não ser devorado. Essas coisas.

"Sabe que, se eu cair, tem uma grande chance de ninguém mais conseguir voltar."

Estou ainda com o indicador em riste quando acabo recuando, igual ao meme. Percebo que não posso argumentar. Tudo que ele falou é verdade.

Um grupo que perde seu curandeiro não tem muita chance de sair da Arca inteiro.

Aperto os olhos pra ele, mas fica nisso. Estar toda suja de gosma de gafanhoto também diminui minha vontade de continuar discutindo.

Acabo só bufando contrariada enquanto dou as costas e vou ver como Hitomi está.

Ela olha de volta. Parece bem. Mas por que não recolheu as armas ainda?

— Ameaça detectada em T-4.

— Hitomi, você está se sentindo — *como é?!*

O bambuzal começa a zumbir em volta. Zumbir, mas mais para *estremecer*. Não é outro bando de gafanhotos. Nem um enxame.

É uma *nuvem.*

— *Por que* esses bichos *continuam* vindo?! — eu, exasperada.

— Desconfio que exista um ninho por perto — Edouard palpita.

— Se existe, como Hitomi não detectou?

— Talvez falte a ela certa sensibilidade human... orgânica — ele pisca e sorri.

Se a gente sair dessa, juro que vou chutar esse mané bem ali onde ele tem mais "sensibilidade orgânica"!

— Reagrupar! — eu grito, tentando assumir o controle da situação.

— Mas já estamos... — Edouard começa.

— *Reagrupar e seguir em frente!*

Sabendo que será melhor para a saúde de seus dentes, nosso suposto curandeiro se cala. Vallos salta de pé, machado pronto e em chamas. Voltamos à ordem de marcha — desta vez eu assumo a segunda posição, atrás de Vallos, com Hitomi na retaguarda.

A clareira da luta logo fica bem distante, mas o zumbido dos bichos, não. Nuvens de gafanhotos-tigres não são pouca coisa. Uma dessas pode tomar um mapa inteiro.

Se passamos mesmo perto de algum ninho e causamos isso, foi um baita azar.

Novos bandos surgem em nosso caminho. Vallos os derruba, eu acerto os que sobram. Diferente da primeira vez, não ficamos para lutar; seguimos avançando.

Os bichos não param de chegar. Isto não é um encontro aleatório comum. É um *evento*.

Ouço disparos de Hitomi enquanto seguimos. Sei que não podemos mais contar com o ataque de área — mesmo que ela já tenha se recobrado, não rola esperar por isso outra vez.

Andar e lutar ao mesmo tempo cansa muito. Pela primeira vez sinto Blazdall pesada, mais difícil de segurar com minhas mãos suadas; será possível que ela *também* está cansada?

Ninguém aqui tem energia para lutar muito mais. O único incansável entre nós é Vallos — do jeito que ele avança, movido pela força do ódio, tenho a impressão de que pode manter esse ritmo até o fim da semana. Não, besteira. Tanques são resistentes, mas até eles precisam se recuperar em algum momento.

Alguns gafanhotos caem antes de chegar muito perto, sem que Blazdall ou Korlon cheguem a tocá-los. Como aqueles lá atrás. Algum ataque secreto de Hitomi, só pode ser. Preciso lembrar de perguntar.

Pra não dizer que Edouard está sendo um inútil completo, sempre que fazemos uma pausa, vejo ele saquear carcaças para arrancar aquelas gemas. Alguma parte minha especula se são valiosas, se podem comprar equips legais. Outra parte esbraveja com a primeira, isso não é importante agora.

Assim seguimos correndo, coração (quem tem) na boca, rosto açoitado pelas folhagens finas dos bambus. O chiado aumenta, os bichos não param de aparecer. Mas nossa vanguarda tem um hynne indestrutível, e na retaguarda um exército de uma só pessoa (androide, você entendeu).

O bambuzal parece mais escuro que antes. Por um instante acho que está anoitecendo, até lembrar que não anoitece aqui. *É a nuvem de gafanhotos encobrindo o céu!*

— Ameaça detectada em T-0.

— Hitomi, a gente *sabe* disso — eu grito de volta, por impaciência e porque o zumbido alto torna difícil conversar.

— Ameaça detectada em T-0.

Tem coisa errada.

— Você se lembra, gata… — Edouard começa.

— ÁGATA!

— Lembra de ter ordenado à nossa querida Hitomi para vasculhar tudo quando entramos no bambuzal?

— Sim, ela disse algo como "modo de *sacaneamento* contínuo".

Escaneamento. Errei de propósito.

— Não lhe ocorreu que isso foi exatamente quando começaram os ataques?

— *Claro* que foi! Os bichos estavam no bambuzal, nós entramos no bambuzal, qual o mistério nisso?

— Sim, isso explica o primeiro encontro, mas não o evento. A nuvem.

Termino de abater mais um gafanhoto-tigre dos grandes. Cuspo mais gosma, enojada e irritada.

— Edouard, você tem alguma ideia ou não?

— Hitomi pode estar atraindo-os.

— *Larga de ser burro!* Não acha que ela própria saberia…?

— Edouard Piton pode ter razão — Hitomi diz.

Arregalo olhos enormes pra ela. Minha boca encolhe até virar um ponto final, tipo este aqui.

— Tá de brincadeira, né?

— O modo de escaneamento maximizado contínuo demanda emissões na faixa infra-umbral. Conforme estudo divulgado pelos Laboratórios Xenocorp, radiações nesse espectro podem ser detectadas por certas classes de criaturas.

Preciso de um tempo para digerir a merda gigante que rolou aqui.

— Hitomi, amor, anjinho do coração — eu digo bem devagar, com uma calma que só o desespero traz. — Será que poderia, por favor, favorzinho, desligar isso aí?

— Positivo. Modo de escaneamento encerrado.

O zumbido infernal em volta diminui até sumir. O céu clareia. Vallos derruba o último gafanhoto-tigre.

Caio sentada, de um jeito bem menos fofo que Vallos, esgotada, encharcada de gosma, com cara de tonta. Cansada demais para pensar qualquer coisa.

Exceto em quanta gente deve estar assistindo e rindo agora.

Demorou um pouco, ainda, até a gente enfim alcançar a tal passagem para o nível 3.

Os gafanhotos-tigres não foram os últimos bichos tentando nos lanchar. Deixando o bambuzal, voltamos para uma parte aberta do mapa.

Passamos por outro trio de Obeliscos; eu disse que tem monstros mais perigosos lá dentro. Sim, mas nas redondezas também. Como diria Hitomi, as possibilidades de encontros aleatórios aumentam.

Vocês lembram da campanha "Inimigo sem Olhos" do Azz'Ecos? É antiga, mas vale muito a pena, vão assistir no canal dele depois. Foi quando passaram aqui para pilhar as torres, mas acabaram atacados por uns bichos sem olhos ainda não catalogados.

(Tá, bichos sem olhos, o mapa se chama Prados dos Cem Olhos, baita ironia, hahaha, parabéns, toma um biscoito.)

São humanoides verruguentos, lentos e estúpidos, mas imunes a muitos efeitos e magias justamente porque não enxergam e usam outros sentidos. Azz'Ecos fez uma enquete para dar nome a eles, acabaram chamados de *mhudras*. Não sei de onde saiu ou o que significa. Duvido que alguém saiba.

Enfim, tudo isso para explicar que um bando desses estava no caminho.

Vimos os brutos de longe, não chegaram a nos perceber. Edouard até tentou argumentar que eles podiam ter algum tesouro, mas todo mundo ainda estava cansado demais e melecado demais. Fizemos a volta e evitamos.

Quer dizer, foi o que pensei. Os miserentos surpreenderam a gente do mesmo jeito que o Azz'Ecos — de repente já estavam na nossa cola, brandindo clavas feitas de alguma coisa cristalina, com jeito de algo que machuca.

— Isso vale uma nota! — Edouard animado, de olho na pilhagem.

Te falar, para um curandeiro mágico, ele é bem chegado a tesouro.

Lutamos. Não era para ser difícil mas, como eu disse, todo mundo estava esgotado. Até Vallos rosnava menos que de costume.

Mesmo assim conseguimos derrotar todos. Sem ninguém se machucar.

Começo a achar que andei aturando esse suporte mequetrefe a troco de nada.

Por falar no diabo, nem acredito quando vejo Edouard, com aquela faca, perto de um dos mhudras caídos.

— Você vai desossar esses caras, por acaso?! — eu mando, indignada. — Achei que só queria as clavas.

Até eu sei que corpos humanoides não têm nada valioso, exceto para uns contratantes da área médica (e outros que é melhor nem falar), mas não é o caso aqui.

Ele me olha de volta, sorri e guarda a faca, sem insistir.

Guardamos as clavas no inventário já bem recheado e deixamos os mhudras para trás. Como eu disse antes, vão desaparecer quando deixarmos o mapa, e estarão de volta quando outro grupo Arcanauta chegar.

Seguimos por um trecho de grama mais comum, mais baixa e menos brilhante, com árvores espaçadas. Sei que pode ter predadores de emboscada escondidos nas copas, então evitamos. Marchamos direto para o ponto de saída.

Fico pensando em quem está assistindo, pensando que deveria falar mais, mas não consigo. Cansada demais, esgotada de corpo e mente. Suando em lugares que nem sabia poder suar. Suja de gosma em lugares que nem sabia ter.

Os bons menestreamers sempre descrevem as sensações que não podemos sentir pela tela, o clima, as texturas, os cheiros. Mas nada que falaram me preparou para tanta inhaca de inseto.

Daria todo o nosso inventário por um banho.

Ali está o que procuramos, em uma clareira. Se isto fosse um videogame, certeza que agora teria luta contra um chefe. Algumas coisas nas Arcas parecem mesmo com games (*Tormenta Alpha*, estou falando com você), mas nem tudo. Aqui é real. Ou tão real quanto possível para uma dimensão mágica.

Sem chefe de fase. Ainda bem!

A passagem para o nível seguinte é parecida com a anterior, um portal de granito com entalhes, mas maior. Em vez de olho ou rosa, o símbolo no alto é alguma runa ou caractere estrangeiro, não consigo ler — ninguém consegue. Mas reconheço de streams e tutoriais. O próprio grupo da Amilca passou por aqui.

Foram atacados e sumiram logo após.

Engulo em seco.

— Vocês precisam descansar — Vallos diz, e POC, senta a bundinha.

(Tenho medo e, ao mesmo tempo, vontade de morder!)

Tá certo, precisamos de descanso, sim. Mas fico pensando *se ele* também não precisa e está disfarçando. Posar de durão o tempo inteiro faz parte de ser tanque, acho.

Nem vou discutir. Seria mesmo uma baita burrice atravessar o portal no nosso estado, sem saber o que esperar do outro lado.

Preciso pensar, ser estratégica! Conheço bem esta Arca mas, com os acontecimentos recentes, minha graduação de onze temporadas no "Explore!" está defasada.

— Vamos parar um pouco — eu também procuro um lugar na grama, deitando Blazdall ao meu lado. Nunca tinha achado ela pesada até agora.

Por um instante pensei que Hitomi só ficaria ali em pé, esperando entediada pelo descanso das pobres criaturas orgânicas. Mas não. Ela senta sobre os joelhos como uma gueixa, pousa as mãos nas coxas. Os olhos apagam; o rosto-tela mostra um ícone de bateria em recarga.

Que coisa! Até ela está cansada.

Edouard, sem cerimônia nenhuma, desaba no chão como se tivesse acabado uma maratona de mil quilômetros. Justo ele, que não tem motivo *nenhum* para estar cansado!

Pronto, olha eu aqui outra vez, me enchendo de má vontade com alguém que — na real — não fez nada de errado.

Tenho que ser melhor.

O tempo passa. O silêncio incomoda.

Acho que eu devia dizer alguma coisa.

— ...aí o Flavius me convidou para visitar na casa dele. Tô dizendo, Valoroso, o cara é humilde pra caramba!

(Posso ou não estar intencionalmente omitindo a maior parte do papo-furado de Edouard.)

— Desculpa interromper... *Ed* — digo, com um sorriso tão simpático quanto felinamente possível.

Ele me olha espantado, acho que não esperava o apelidinho. Vallos, até agora imperturbável, move o elmo em minha direção.

Vou presumir que Hitomi também pode ouvir, mesmo em modo de descanso. Assistentes virtuais fazem isso, não fazem?

Deixa ver, preciso lembrar o que li no "A Arte da Guerreira". (Que foi? Eu leio *livros* sim, não precisa fazer essa cara besta!)

— Sei que somos um grupo novo, ainda tentando nos ajustar. Mas até agora mandamos muito bem! Passamos pelos primeiros obstáculos com louvor...

Edouard deixa um riso escapar.

— Mals.

Respira. Inspira.

— Tudo vai bem. Ninguém caiu, ninguém se feriu — pausa para olhar feio o Edouard. — O próximo nível é onde Amilca e outros sumiram. Quase certeza que, entrando ali…

Hesito. Estamos online, melhor não citar o escaravelho de Amon.

— Entrando ali, aposto que podemos descobrir onde estão os outros. A missão acaba. E acaba bem.

— A ******* da missão acaba… — Vallos repete em um tom zangado.

Ele ainda está contrariado, não faz muita questão de esconder. Mas também conformado em seguir. Acho.

Agora não dá, mas queria falar mais. Falar muito.

De repente Hitomi ergue a cabeça, olhos acesos de novo.

— Recarga completa.

Ela não precisou enfiar nenhuma tomada na parede, caso esteja se perguntando. As baterias dos golens e androides de hoje são cristais de energia elemental, extraídos das Arcas. Puxam carga de outros planos, sei lá. Lances metafísicos e metamágicos.

Ela levanta, toda graciosa. Nem parece que também está encardida de inseto.

Estamos todos uma lambança só.

Ah, quer saber?

— Gente, quero guardar o momento — eu digo, puxando o celular.

Disse que faria uma selfie na Arca e *vou fazer!*

— Vallos não quer tirar ****** de foto nenhuma!

Escolho ignorar a reclamação em terceira pessoa de Vallos — não é fácil, nem inteligente, mas faço mesmo assim. Ele faz que vai escapar, mas Edouard exerce sua cara-de-pau, o agarra e segura. (Olha nosso curandeiro brincando com a morte!)

Corro até os outros. Vallos esperneia e pragueja, Edouard segura firme e sobe um tiquinho no meu conceito. Hitomi não diz nada, mas também chega junto; seus olhos pixelados sorriem.

Me enfio no meio, estico o braço e tiro a foto.

— *Xiiiiiiis.*

Primeira foto da primeira equipe. Feliz demais!

(Está no livro em algum lugar, procura aí.)

— ******-******* ******* ****! *********!!

Vallos pula fora, reclamando e xingando. Mas ele não resistiu muito, sejamos sinceros. Fala sério, ele podia transformar Edouard em purê se estivesse furioso de verdade.

Ainda estou botando filtro na foto quando percebo Vallos e Hitomi já passando pelo portal. Edouard olha pra mim, encolhe os ombros e os segue.

Droga!

— Me esperem!

Tremulação, tontura embaçada, coração embaralhado, ossos afogados, transporte mágico, tcharans. Será que em algum momento a gente se acostuma?

Apesar de gata, quase caio um tombo chegando ao outro lado.

Mudar de nível ou mapa para outro totalmente diferente é sempre chocante. Alguma parte nossa não aceita rápido a mudança; tipo um *jet lag*, mas mexendo com lances diferentes de fuso horário, entende? Não? Bom, é isso.

Deixa explicar, não é como se Arcas tivessem mesmo "níveis", como andares em um prédio. Não ficam acima ou abaixo — isto é, acho que não. São mais como regiões dimensionais, ou universos compactos, ou semiplanos, ou outros nomes quânticos aí. São conectados por esses portais mágicos. Cada nível tem um conjunto de áreas que chamamos "mapas", ligados por trilhas e passagens comuns, mundanas.

Então, deixamos o verde infinito que eram os Prados dos Cem Olhos para chegar a uma região rochosa e ensolarada. Duplamente ensolarada, já que tem dois sóis, um azul e um branco.

A Lagoa de Savagon. Confesso, um dos mapas que eu mais queria ver.

Rochas enegrecidas e imensas dividem os céus com nuvens pálidas. Inúmeras cachoeiras despencam dessas rochas, diretamente do céu, como se fossem chuvas isoladas.

Um arco-íris imenso, de cores diferentes do normal (nem vem me perguntar como funciona o espectro luminoso aqui), parece atravessar o mapa inteiro para terminar na lagoa que dá nome ao lugar. É lindo demais.

Foi aqui que Vitória fez aquele ensaio sensual antes de... Ah, aposto que você sabe! Hehehe!

Bichos voadores passam em bandos perto das quedas d'água. Tem de todas as formas, cores e tamanhos. Não são perigosos. Alguns eu reconheço das streams, outros de documentários sobre a vida selvagem nas Arcas.

Queria ter lembrado de trazer óculos escuros. Quase não consigo olhar a Hitomi, toda branca, refletindo essa luz.

Quando percebo, estamos cercados de criaturinhas parecidas com bolinhas de algodão, com asas douradas. Têm bicos pequeninos que quase não se consegue ver, e olhinhos como sementinhas pretas. São *nainas*. As coisinhas mais fofas que...

(Espera, será que vi de relance Vallos *brincando* com um deles?! Ou estava tentando espantar? É, acho que foi isso.)

Puxo o celular. Nem ferrando que saio daqui sem umas selfies com uns nainas sentadinhos na cabeça, nhom-nhoim!

Claro, a falta de sinal é sempre aflitiva. Mas vale lembrar que eu me enfiei nessa, preciso mostrar o valor de meu sangue Badeaux!

Seguimos devagar até perto da lagoa. É tão limpa e cristalina que podemos ver boa parte do fundo, cheio de corais e peixinhos tropicais coloridos. Hmmm, peixinho...

(*"Ain mas coral é coisa de água salgada!"* sei que algum "especialista" vai resmungar nos comentários. Vá se danar. Depois eu apago e bloqueio.)

Eu admiro, mas com prudência. Apesar de achar tudo lindo, sei de cabeça todos os monstros que espreitam no meio dos corais, camuflados ou disfarçados com ilusões. Coloca o pezinho ali para ver se vai ganhar massagem de peixinhos!

Depois vai procurar o vídeo "Mergulho na Lagoa de Savagon" no canal dos Neptunes, um grupo Arcanauta especializado em expedição submarina, que desceu para explorar as cavernas no fundo. Foda demais!

— Bem bonito aqui — Edouard de repente ao meu lado, relaxado, mãos atrás da cabeça.

— Né? — eu ainda tirando fotos, tão deslumbrada que nem me aborreço.

— Sim, aham... Sem querer interromper a contemplação paisagística, mas...

Um calafrio desce e me arrepia a cauda. Esqueci total!

Que vergonha! Que ódio!

Guardo o celular, apanho o escaravelho. Faço meu melhor para mantê-lo fora de vista, mesmo sabendo que as câmeras/sensores/bolas-de-cristal/sei lá transmitem tudo de vários ângulos.

A grande gema escura que ocupa todo o dorso do escaravelho não está mais escura. Tem uma luz alaranjada.

Cubro a boca para não gritar. Olho para os outros. Pelo espanto em meu rosto, eles já entendem o que rola.

— Estão *perto* — Vallos aperta as mãozinhas no cabo do Korlon.

— No próximo nível — eu digo, com cuidado para não falar demais.

Sei que muita gente na audiência deve estar desconfiada. Sim, menestreamers existem para *mostrar* o que acontece aqui, não esconder. Mas não é raro fazer suspense ou manter algum segredo. Um pouco de mistério faz parte.

Edouard sorri e soca a palma da mão, como se fosse entrar em uma briga, justo ele!

— Então bora! Temos que passar por ali? — ele aponta.

Meu olhar segue seu indicador até a Passarela de Cristal.

Sinto o esqueleto estremecer em uma tentativa muito justificada de escapar do meu corpo.

A passarela é como o nome sugere, mas também diferente. Uma grande ponte ou arco de material cristalino, cruzando um estreitamento da lagoa. Mas não é uma estrutura única, sólida — acho que algo assim nem poderia se manter firme sem desabar. É toda feita de pranchas transparentes, pairando próximas umas às outras, mantidas em formato de arco por motivos de vai saber.

Falei que ficam levitando próximas? Pois então, não ficam próximas o *bastante*.

Ou seja, atravessar aquilo envolve pular de uma placa a outra, arriscando cair na lagoa. Onde tem coisas esperando para engolir gatinhas sem mastigar.

"Ain, nada a ver, você é gata, tem equilíbrio e reflexos felinos e o escambau!"

Vem cá fera, por que você não...? Afe, esquece!

Ok, foi mal, vou explicar. Não tem nada a ver com gato ter medo de água, é um lance mais complicado.

A lagoa tem esse nome porque é covil de Savagon. Monstro dos graúdos, quase escala *kiodai* — deve ser o único tão grande neste nível. Apareceu em algumas streams e não foi bonito.

Isso sem mencionar toda uma variedade de outros predadores aquáticos que escolhem exatamente aquele lugar para emboscadas.

Então, quando um grupo Arcanauta sem noção começa a pular nos degraus de cristal, é o mesmo que tocar a sineta do jantar.

Para chegar ao nível quatro, temos que passar por ali. Tem outras passagens em outros mapas, mas este foi o caminho feito pelos Joalheiros. Conseguiram atravessar de boas, sem acordar Savagon ou atrair outros bichos, porque a Amilca...

— Não tem uma magia de silêncio aí, tem? — pergunto para Edouard, meio que já sabendo a resposta.

Ele sorri amarelo. Claro.

— Teletransporte? Voo? Levitação? — ainda insisto. — *Qualquer* coisa?

— Tenho muitas habilidades, mas não essas.

Reviro os olhos. Devia ter adivinhado. Se pudesse lançar alguma magia prestativa, ele seria *útil*. E o universo não faria mais sentido.

Vejo nosso objetivo do outro lado. Uma das maiores quedas d'água, encobrindo uma câmara secreta (ou não mais tão secreta, está mapeada), onde fica o pórtico para o nível seguinte. Está longe. O caminho extra-perigoso faz parecer dez vezes mais longe.

Sem silêncio mágico, sem voo, teletransporte ou outra magia prática, vamos precisar de uma estratégia diferente.

Atravessar correndo na maior vula? Eu consigo, acho que Hitomi também. Vallos é ligeiro, mas duvido que as perninhas curtas sejam boas para pular. Além disso, com toda aquela armadura, se cair na água ele afunda feito um martelo sem cabo.

Edouard, se cair, vai boiar, porque — esquece, ia fazer uma piada suja, mas desisti a tempo.

Não vai dar certo. Tenho que pensar em outra...

— Gata... posso te chamar de gata?

Edouard tá ficando corajoso, né?

— Não se quiser viver.

— Tá. Mas pode me chamar de Ed, eu deixo.

Por que, *por que* não chamei a Syndra?! Pelo menos ela só cantava!

— Então, estava aqui conversando com a Hit...

Hit, Valoroso, "gata", Ed, já vi que ele não consegue tratar ninguém pelo nome verdadeiro, nem ele próprio.

— ...e pensamos em um plano para atravessar. Isto é, sujeito à aprovação da líder, claro.

Aqui pode ser só minha insegurança falando, confesso. Edouard disse aquilo sem um pingo de ironia ou condescendência, mas não consigo deixar de achar que, em algum nível, ele está me avacalhando.

— Vamos ouvir — digo, de braços cruzados. Eu sei, minha linguagem corporal é tudo menos sutil.

Para minha surpresa, é Hitomi quem conta o plano.

— Tenho capacidade de voo. Limitada, mas suficiente para esta distância. Entre nós, Vallos parece ser aquele com mais dificuldade para fazer a travessia. Considerando meu limite de carga...

— Mas nem ********-****** ******** que Vallos será carregado por essa ***********!!

— Valoroso! — Ed escandalizado.

E assim o plano morre, atolado em excremento.

Hitomi cala. Os olhos dilatam por um instante: deve ser seu equivalente para espanto ou constrangimento. Acho que nem uma parede de tijolos ficaria indiferente àqueles xingamentos.

Então ela se aproxima de Vallos, ajoelha e abaixa a cabeça, toda humilde.

— Minhas mais sinceras desculpas, honrado companheiro Vallos, o Touro Imortal. Não tinha conhecimento de seu temor por altitude elevada. Essa informação foi adicionada ao meu banco de dados, asseguro que o erro não se repetirá.

Misericórdia!! Ela chamou Vallos de covarde!

Juro por todos os deuses e deusas que, se tivesse uma árvore perto, eu já estaria lá no alto.

Por um momento interminável, Vallos só fica ali parado. Quem está vendo a stream pode até achar que não tem nada acontecendo, mas pela tela você não percebe os lances sutis. Não pode sentir o chão tremendo. Nem ver os fiapos de fumaça saindo do capacete. Nem ouvir os estalos no cabo do Korlon enquanto as mãozinhas apertam.

Quando percebo, Edouard está tentando se esconder atrás de mim. Em outra situação o acharia abusado, mas agora dá pra entender.

Então Vallos rosna.

Vai até Hitomi, devagar, machado em mãos. Dá a volta, fica atrás dela. Ela, ainda ajoelhada, não se mexe.

Hitomi, linda, foi bom te conhecer!

Ainda estou me despedindo mentalmente quando Vallos guarda o machado, sobe nas costas de Hitomi e senta em seus ombros.

— *Ninguém* carrega Vallos — ele resmunga, cruzando os braços.

— Mas isso é o mesmo que — OUF!!

Edouard se encolhe, gemendo, com lágrimas nos olhos. Pode ou não ser resultado de meu cotovelo afundado nas costelas dele. É um mistério, nunca saberemos.

Hitomi fica de pé, Vallos ainda de cavalinho. Ai que cuti-cuti!!

— Vai nos levar um por vez? — pergunto a Hitomi, certa que que não vou parecer tão fofinha naquela mesma situação.

— Desaconselho dividir o grupo. Em caso de ataque, estaríamos vulneráveis.

Ela tem razão. Menina digital esperta. Aliás, muito mais esperta do que eu pensava, engambelando Vallos daquele jeito. Hihihi!

— Então vamos — eu comando, porque líder.

Algum tipo de onda luminosa quente emana sob os pés/botas de Hitomi e ela começa a levitar, quase sem ruído algum. Vallos não mostra reação. Se ele tem mesmo medo de altura, como Hitomi provocou, está disfarçando bem.

Devagar, os dois flutuam até a ponte.

— Você consegue? — eu pergunto a Edouard, apontando a ponte com queixo.

Ele bate as mãos nas coxas e suspira alto.

— Se alguém cair eu salvo. Fica *relax*.

Devolvo um sorrisinho de deboche. Pergunta se tenho um fiapo de confiança nisso!

Bom, eu me garanto no equilíbrio e os outros vão voando. Se ele próprio não cair, tá ótimo.

Agora sem a formação padrão, Hitomi segue na frente, pairando logo acima dos degraus — seus sensores de curta distância devem avisar de qualquer problema.

Sigo logo atrás, testando as pranchas de cristal; são mais escorregadias do que pareciam. Mantenho a Blazdall guardada para poder contar com as mãos, se precisar.

Dou uma olhada de esguelha para Edouard. O olhar é cauteloso, mas fora isso vem saltitando de boas. Não é que ele sabe mesmo se virar?

A ponte é longa e seguimos devagar, com cuidado. Devagar demais. Tentamos fazer silêncio — Edouard fica de boca fechada, milagre! —, mas é impossível não produzir algum ruído quando saltamos no degrau seguinte.

Mesmo voando, dá pra ver que Hitomi não se movimenta com facilidade. Vallos é pequeno, mas compacto; ele e o machado juntos devem pesar feito um ogro.

Temos que passar logo. Separados, talvez a gente estivesse vulnerável, mas assim também estamos.

Estou pensando nisso e não é engraçado quando Edouard (ah, vá! O humano chamando atenção!) belisca o meu tornozelo no meio da travessia. Eu grito, lógico. Quase corto a cabeça dele com a Blazdall. Sorte que o garoto é rápido.

Vallos me ajuda a xingar Edouard enquanto o engraçadinho gargalha.

No meio dessa bagunça, não ouvimos o aviso de Hitomi. Não ouvimos o borbulhar da água. Não vimos a iminência de um ataque.

— ***********!!!

Outra vez, não é o Vallos. Sou eu.

De repente meu antebraço direito queima. Como se tivesse sido atravessado por uma lança em brasa.

Procuro pela lança enterrada na carne, mas vejo algo bem menor. Um espinho. Do tamanho de um palito de dentes.

Não era pra algo tão pequeno doer *tanto*.

Aliás, de onde veio isso?!

Olhando em volta, estamos cercados de pequenos balões brancos, manchados de verde, cinza e preto. Dúzias deles. Cobertos de espinhos iguais.

Olhando ainda melhor, e lembrando de streams anteriores, percebo não serem balões. São baiacus. *Baiacus voadores*. Isto é, só eu os chamo assim.

— *Espinictes?!* Que merda! — Edouard faz o favor de apresentar o bichinho a você.

Estão espalhados por toda a volta. Voam como balões, mas movem-se vibrando as barbatanas curtinhas, como asas de beija-flor.

Meu braço está pegando fogo. Penso em arrancar o espinho, mas agora preciso das mãos para empunhar Blazdall, com cuidado para não perder o equilíbrio.

Minha sorte é que Blazdall, doida por uma lutinha, praticamente faz tudo sem ajuda.

Alguns bichos se aproximam. Expelem mais espinhos. Consigo esquivar ou bloquear com a espada (ou melhor, ela que entra no caminho e me protege). Hitomi e Vallos são atingidos por alguns. Edouard meio esquiva, meio dança, meio quase cai, mas se safa.

Faço um giro largo com a lâmina faiscante. Um bom número de baiacus cai — Blazdall alcança mais longe do que parece —, mas ainda sobram muitos mais.

Vallos puxou o machado e está tentando acertar alguns, mas ele não parece habituado a lutar montado.

Cercados de peixes voadores agressivos. Quando foi a última vez que isso rolou mesmo? Ah sim, foi *ontem!*

— Protocolo em área contra aquáticos indisponível — Hitomi diz, trazendo lembranças ruins.

No teste da BUSCA tive que recuar para a androide ninja poder incinerar os bichos. Agora sabendo disso, pulo alguns degraus para me afastar. Edouard já está longe o bastante.

— Hitomi! Pode atacar agora!

— Protocolo em área indisponível — ela repete. — Aliado em alcance de efeito.

Ai, pitombas!

— Vallos! Ela tá falando de você!

O hynne interrompe suas tentativas raivosas de golpear os peixes, parecendo entender a situação.

— Faz seu lance — ele grita para Hitomi. — Vallos aguenta.

— Negativo. Causar dano a aliados não é opção.

*— Faz logo essa ********* sua ********* de uma ********!!!*

Vejo uns peixes que estavam muito perto de Vallos caindo, com cruzinhas nos olhos. Tadinhos!

O braço dói pra caramba. Hitomi e Vallos estão cheios de espinhos, não sei quanto mais eles aguentam. Edouard, de algum jeito, continua esquivando de tudo.

Fecho os olhos por um instante, tentando controlar a dor. Quando volto a olhar, percebo tarde demais um baiacu vindo pra cima de mim — certeza que está tentando cravar todos os espinhos na minha cara. Mas antes que isso aconteça, de repente o bicho estoura, como um balão de gás, sozinho.

Não, não sozinho. Algo o atingiu.

Consigo ver Edouard ainda com a mão estendida, olhando pra mim. Tem uma expressão de quem foi pego no flagra.

Ele *fez* alguma coisa!

Sem tempo pra isso agora. Os baiacus não param de chegar, mais deles emergindo do lago a cada momento. Mas não é isso que me preocupa.

A peleja já durou demais e fez barulho demais.

O fundo do lago de repente fica escuro.

Um urro vem das profundezas. Faz a água borbulhar tanto que parece ferver.

Savagon.

— Vermelho em T-2 — Hitomi avisa, outra vez sem precisar.

— Hitomi! — eu aflita. — A gente precisa vazar! Você precisa fazer seu ataque!

— Aliado em alcance de efeito.

— *Aliado é a ******** que te *******!!!*

Vallos salta de pé. Ele entende que Hitomi não ataca por causa dele, e que *precisamos* desse ataque. Está agora equilibrado nos ombros dela, ensaiando pular dali de cima.

Se o chumbinho cair na água, adeus.

— Não! — eu grito, apavorada. — Hitomi! Não deixa!

Ela entende rápido e me obedece. Segura os tornozelos de Vallos com força, mantendo-o preso no lugar. Ele rosna, xinga e empunha o machado. Ergue alto.

Você está pensando o mesmo que eu?

— As armas de ataque em área estão nos braços — eu grito com força. — *Não corta os braços dela!*

Vallos bufa, baixa o machado e volta o elmo na minha direção. Torce a cabeça como um cachorro, parecendo confuso.

Um gemido alto. Olho para trás. Edouard está com o rosto contraído em dor, segurando o ombro. A jaqueta está rasgada ali. Acho que um baiacu acertou ele com o mesmo ataque que o outro tentava em meu rosto.

A água, que antes só borbulhava, agora também está *subindo*.

Certo. Sei o que fazer.

Odeio cada centímetro de mim. Mas não tem outro jeito.

— Hitomi! — eu grito de novo. — Você ainda está seguindo as regras do teste da BUSCA.

"Aqui não tem penalidade por atingir aliados."

Agora é Hitomi quem olha pra mim confusa.

O nível da água sobe mais, quase alcança a ponte. Como se tivesse algo gigantesco subindo. *E tem.*

— Vallos é forte! Ele aguenta!

Digo isso, mas estou chorando. Uma voz na minha cabeça diz que eu não presto.

— Acredita em mim! Acredita nele!

— *Faz seu lance* — Vallos rosna.

Acho que vejo Hitomi acenar com a cabeça. Ela liberta os tornozelos de Vallos, ele volta a sentar onde estava.

A androide abre os braços. Eles se despedaçam e se reconstroem em formas diferentes, já conhecidas pra mim. Fileiras de cilindros brilham calor.

Me protejo atrás da Blazdall. Também tento ficar entre eles e Edouard pra dar cobertura a ele.

Hitomi explode em fogo azulado, como uma estrela. As chamas engolem ela e Vallos. A onda de calor quase me derruba.

O lugar se enche com cheiro de peixe frito. Queria estar zoando, mas é verdade.

Os bichos caem devagar, esturricados. Desaparecem na água agora bem mais alta.

Quando consigo olhar outra vez, os braços-armas de Hitomi estão fumegando. Vallos ainda está em seus ombros. Também fumegando.

Ele está quieto.

Com um estrondo, uma coisa emerge bem ao lado da ponte, perfurando a superfície do lago. Alta e comprida como um mastro de navio, mas feita de osso, com ponta afiada.

É um raio de uma barbatana dorsal.

Eu grito, mais aterrorizada do que achava possível.

— TODO MUNDO CORRE!

9

ESCAPAMOS.

Para encurtar a história (e quanto mais curta, melhor), nós corremos/pulamos/voamos até o fim da ponte com tudo que pudemos. Alcançamos o outro lado, atravessamos a cachoeira que encobre a próxima passagem. Agora estamos ali em alguma grande caverna, largados no chão, arfando. Aqueles de nós que precisam.

Não olhei para trás, não vi Savagon. Não vi, mas *senti* quando chegou, senti o próprio mundo se contorcendo e revirando em sua presença. A vida, a energia, a *selvageria* que ele emanava. Uma radiação quente e gosmenta atravessando o corpo. Você não tem noção de como é ficar perto de um kaiju, até acontecer.

Depois vejo a gravação, se tiver coragem. E se tiver depois.

Por um bom tempo fico só tentando respirar, os pulmões queimando. Outras sensações voltam aos poucos. Primeiro um barulhão, que logo entendo vir da cortina trovejante de água encobrindo uma face da caverna.

A dor fervente no braço vem em seguida.

— AAAI, não mexe aí — eu ataco com as garras, por reflexo.

Percebo tarde demais, era Edouard. Estava tentando olhar meu ferimento. Agora recua, olhar espantado, mãos erguidas em pose apaziguadora.

Não cheguei a acertar. Ele ainda tem os dois olhos. Ainda bem.

— Desculpa — eu resmungo, meio choramingando, dignidade já era.

O pessoal assistindo deve estar rindo muito. Ou preocupado.

Ele encerra o assunto com um sorriso e um meneio rápido da cabeça.

— Deixa eu olhar isso — ele volta a cutucar, me fazendo ver estrelas.

Acho que rosnei, então olhei zangada para ele. Ele olhou de volta.

— Não tinha reparado bem na cor de seus olhos. Bem bonitos.

Ok, eu não estava preparada para isso.

Tanto não estava que mal tenho tempo de sentir o rosto queimar, quando ele puxa o espinho com um movimento ligeiro.

Grito. Chego muito perto de pular e grudar no teto da caverna.

— Hehe! Foi mal, eu precisava te distrair para não apanhar. Você é toda arisca. Doeu?

— Não. Tá de boa — digo entredentes, sem dar o braço a torcer.

Estou envergonhada? Talvez. Me envergonho de estar envergonhada? Muito!

— Não se mexa — ele avisa —, ainda não acabei.

— Já fez o bastante! — Curandeiro assim, até eu!

— Espinictes são venenosos, sabe.

Arregalo os olhos ao lembrar que ele tem razão! Tinha esquecido esse detalhe meio importante.

O braço, que antes só queimava, começa a inchar. A região em volta da ferida ganha uma corzinha azulada nada tranquilizadora. Veneno de baiacu voador!

Estou ficando zonza.

— Eu vou morreeeeeer?

— Relaxa, eu cuido disso — Edouard fala com uma seriedade que eu não tinha visto ainda.

— Vou perder o braço? Fala logo!

Estou tão assustada que mal vejo quando ele busca a varinha de camelô dentro do casaco e gesticula uma conjuração. Murmura nomes que não entendo, com uma voz solene que não reconheço. Mesmo sem conseguir prestar muita atenção agora, Edouard parece que virou alguém totalmente diferente.

Então, a sensação mais deliciosa do mundo. Ausência de dor logo depois da dor.

Piscando muito, como se estivesse acordando de uma soneca, olho espantada para o braço. Ainda tem uma ferida, mas o inchaço e o azul nojento diminuem, conforme a ponta iluminada da varinha despeja sua cura. Também percebo algo azulado sendo sugado para fora, como filetes de vapor que se dissipam.

(In)felizmente um espinho vai deixar a minha primeira cicatriz numa Arca.

Tô viva!

Estou feliz e penso em agradecer — mas então a luz da varinha apaga e um pouco da dor volta.

— Já está fora de perigo. O resto vai sarar sozinho.

Edouard apanha um kit de primeiros-socorros padrão no inventário. Faz um curativo.

Ok, já percebi que a cura dele não é *mesmo* das mais fortes. Tirou o veneno mas não fechou a ferida. Sim, olha eu aqui sendo implicante de novo.

Agora lembro — e vejo — que ele também foi ferido. O casaco ainda está rasgado no ombro. Por baixo, um curativo.

— Bom que você está aqui — eu falo, o elogio saindo com uma sinceridade que nem eu esperava.

Ele abre um sorriso satisfeito e faz sinal positivo, como se já estivesse me esperando dizer aquilo. Metido!

Agora sem dor, me sinto toda encharcada. Edouard também está gotejando. Não só porque passamos pela cachoeira para entrar aqui, mas porque o lugar é todo úmido, a queda d'água muito próxima e pesada respingando o lugar inteiro.

Então lembro, assustada, que não somos só nós dois neste time.

Olho em volta, examino o que antes eu não percebia por causa do medo e dor. O portal de pedra para o próximo nível está bem ali, na parede oposta à cachoeira, mas isso é o que menos interessa agora. Hitomi está afastada, outra vez sentada como gueixa, recarregando ou algo assim. Não dá pra dizer.

Vallos está ainda mais afastado, em um canto escuro. Não. Ele é que está escuro.

Com horror, lembro que ele recebeu o ataque especial flamejante da Hitomi.

— Vallos! — eu grito e vou até ele.

Alcanço o pequenino em um pulo, mas só fico de mãos erguidas, pairando sobre ele, sem saber o que fazer. Está sentado de braços cruzados, perninhas abertas, cabeça baixa, o machado largado ao lado. Todo coberto de gotículas, feito um carro que passou a noite ao relento. Elas escorrem e deixam riscos na sujeira.

Não se mexe. Não parece que respira.

Não! *Não!* Ele não pode...

— Está vivo — Edouard aparece de repente ao meu lado, me assustando mais do que já estou. — Curei ele antes de você.

Fico encarando Ed e depois Vallos, meus olhos pedindo respostas. Se está vivo, por que não fala, nem se mexe? Edouard entende minha confusão, mas apenas soergue as sobrancelhas e dá de ombros. Pelo jeito, ele também não sabe.

Tenho medo de tocá-lo. Fico procurando algo atrás da viseira do elmo, alguém com quem falar. Não acho ninguém. Só escuridão.

Ele está puto comigo. Só pode ser.

— Vallos, desculpa!

Claro, tem que ser isso. Lá atrás, mandei Hitomi fazer o ataque em área mesmo sabendo que ele seria atingido. Sabendo que ele se machucaria.

Sim, *eu sei* que ele é um tanque. Sim, *eu sei* que ele aguenta. Eu sei que ele concordou.

Saber disso tudo não ajuda nem um pouco. Não me faz sentir menos culpada, vendo-o ali todo torrado ou sei lá.

Hitomi *não queria* ferir ele e *eu a convenci.*

Que bosta de líder! Bosta, bosta, bosta!

Meu rosto, que não sei onde enfiar de tanta vergonha, já está lavado de lágrimas.

— Me perdoa... por favor...

Estou estendendo a mão trêmula, criando coragem para tocar a dele, quando ouço Ed chamar.

— Gata, vem cá. Tem alguma coisa errada.

Nem notei quando ele saiu de perto, claro.

— Ágata — eu corrijo choramingando, sem pensar. Já virou ato reflexo.

Vejo que ele está diante de Hitomi, olhando atento. Hesito em deixar Vallos, mas me sinto sem opção. Vou até eles, enxugando a cara e engolindo o choro.

Hitomi está ainda ajoelhada, toda digna, mas também orvalhada. Não vejo nada estranho. Isto é, nada diferente do habitual para ela.

— Dá um ligo — ele aponta o rosto-tela molhado.

Então percebo, não tem o mesmo ícone de bateria da outra vez, quando estava recarregando. Agora são caracteres correndo.

— Ela já fez isso antes — eu digo. — Quando executa algum algoritmo ou coisa assim.

— Mas o que pode estar executando *agora?*

Boa pergunta. Fico encarando a tela, tentando decifrar alguma coisa. Letras e números sem sentido. Barras de tarefa que completam rápido demais para ler. Mas pelo menos uma palavra aparece em repetições constantes.

Reenviando. Reenviando. Reenviando.

Tá, reenviando o quê?

Então quase caio de costas quando a tela apaga com um efeito sonoro, e os olhos pixelados reacendem.

Olhos vermelhos.

— Hitomi?

Ela torce a cabeça com jeito de cachorrinho atarantado, olhando de volta. Com os olhos azuis-neon de sempre. Ué, será que vi aquilo mesmo?

— Tudo bem por aí? — insisto, recuando um passo. Espaço pessoal é tudo.

— Sim — ela se levanta como se não tivesse peso algum. — Uma reconfiguração de rotina. Peço desculpas.

— Não está ferida?

Lembro que ela recebeu vários ataques de espinhos lá atrás, mas não vejo nenhum arranhão na superfície branca. Está até mais limpa, depois de passar pela cachoeira.

— Agradeço a preocupação, mas é desnecessária. Tenho capacidades de auto-reparo.

Ah... ok? Preciso ler o manual do usuário uma hora dessas.

Resolvo acreditar que Hitomi está bem e quero voltar para Vallos — quando levo o maior susto da minha vida. De novo.

Ele está de pé. Machado às costas. Braços ainda cruzados, cabeça ainda baixa.

Ainda parecendo putinho.

Quero correr até ele, mas medo e vergonha me colam no chão.

— Você tá legal? — Só o que consigo gaguejar.

— Vallos acabou aqui — ele resmunga, ignorando minha pergunta.

E segue para o portal, pisando duro. Ok, é oficial, ele tá *mesmo* bravo comigo.

Minhas orelhas murcham. Não dá pra culpar.

O machado e seu suporte bravinho atravessam o pórtico, que tem outro símbolo indecifrável no alto. Hitomi vai em seguida. Edouard, como antes, me deixa um olhar solidário antes de passar também.

Ser deixada sozinha, encharcada e com uma tonelada de culpa não traz muito bem-estar. Então trato de segui-los.

Assim acaba minha primeira visita à Lagoa de Savagon. Não foi bem como eu esperava, nem preciso dizer.

— Faz seu lance.

Portal mágico, transporte dimensional, revira estômago, blablá. Chegamos. Nível quatro.

Se isto fosse um anime, seria um mau agouro danado. No Japão, quatro é número de azar. Embora se pronuncie de várias maneiras, uma delas é *shi*, que também quer dizer "morte". Sim, eu manjo umas paradas de otaku, dá licença!

O mapa se chamar Ermos da Desolação também não melhora nada.

— *Faz logo sua ************ de lance!!*

Nem tenho tempo de me recobrar da passagem e absorver o que existe em volta, já cheguei levando bronca.

— Meu... lance?

Vallos falou isso lá atrás, sobre o ataque em área da Hitomi. Bom, não tem inimigos aqui, e na última vez que conferi eu não podia borrifar fogo com as mãos! O que ele espera que...?

Então percebo. Hitomi e Edouard também estão olhando pra mim, como se esperando alguma coisa.

Ah. Tá. É isso.

Toda sem graça, eu alcanço o escaravelho na pochete.

Então esse é "meu lance", penso deprimida. É pra isso que eu sirvo. Legal. Virei o mago inútil sem magia, que agora só pode segurar a tocha e traçar o mapa. (Isso é referência a RPG old school, se não entendeu, vai pesquisar.)

A gema, antes toda alaranjada, não está mais. Ficou escura de novo. Mas agora tem uma luz vermelha acesa em uma das beiradas.

Ela se move quando eu rotaciono a joia, feito agulha de bússola.

Estar boquiaberta revela aos outros o que vejo. Nem preciso perguntar pra saber que chegaram à mesma conclusão.

Este é o nível certo. E a luz aponta na direção do mapa certo.

Na direção dos menestreamers sumidos!

Finalmente consigo dar uma boa olhada no lugar. O portal está erguido no meio de uma planície empoeirada, desértica. Por toda a volta, grandes rochas escuras como ferro, com pontas afiadas com cristais negros, como se fossem mãos de monstros com garras e tudo. As rochas são cercadas de dunas cinzentas, de algo que não sei ser areia, cinza vulcânica ou whatever. Ao longe, tempestades rugindo; devem ser aquilo que delimita o mapa.

As rochas têm cavernas. As cavernas têm olhinhos acesos que piscam e nos vigiam.

Boa coisa a gente não precisar entrar em nenhuma delas para chegar ao próximo mapa.

Seguimos pelas dunas, cada passo na areia funda custando muito esforço. Vez por outra achamos terrenos mais firmes, mas também irregulares. Difícil pisar sem tropeçar.

O sinal continua indicando para seguirmos. O que me faz pensar em como essa coisa funciona. Se existe algum esquema de radar que indica onde estão, por que...?

— Então os guris eram iscas.

Eu paro, surpresa. Estou logo atrás de Vallos quando ele diz aquilo de repente.

— Como assim? Que quer dizer?

Minha voz sai estridente, medrosa. Estou mais nervosa do que queria transparecer.

Achei que Vallos fosse me ignorar de novo, seguir marchando, mas ele para. Pousa o machado no chão pedregoso.

Fala outra vez, sem se virar.

— Iscas. Como Vallos. Como vocês.

Acho que tenho mais medo de Vallos quando ele fala sem palavrões.

— Vallos, não estou entendendo. Como assim, iscas?

Edouard e Hitomi se juntam a nós.

— Na moral — Ed diz —, também estava aqui pensando nisso.

— "Nisso" o quê? Vocês estão falando *de quê?!*

Edouard suspira muito fundo, pesado. Parece até que vai anunciar a pior notícia do mundo.

— Essa sua joia. Ela percebe as tais... auras... almas...

— Assinaturas bio-existenciais potencializadas — Hitomi corrige.

— Valeu — Ed nem se incomoda, de tão tenso. — Pelo que entendi, a joia detecta essas assinaturas porque o pessoal recebeu magias próprias, certo?

— Positivo. Encantos com o propósito de potencializar as emissões.

— Pois é. E vocês lembram que a gente...

Cubro a boca do Edouard com a mão.

— Para.

Percebo aonde isso vai acabar.

Sinto a vida fugir do corpo, fico gelada por dentro. Meu olho esquerdo está tremendo. Minhas mãos também. E sei que a minha cauda balança descontrolada. Já viu um gato nervoso?

Não. Isso não rola. Sem chance.

Não é o que vocês estão pensando.

Ele não se altera, só devolve um olhar sério, triste. Devagar, segura meu pulso e afasta.

— Não fala isso — eu peço.

— A gente também recebeu magias antes de entrar aqui.

— Eram magias de suporte padrão — retruco. — A BUSCA conjura em todo grupo que entra.

— Sim. Mas podem ter feito outras.

— Não dá pra saber. Nenhum de nós é mago, feiticeiro, arcanista.

— Podem ser as mesmas que Amilca e os outros...

— *Não dá pra saber!!*

Eu protesto, mas nem adianta. Todo mundo já entendeu, todo mundo já disse o que pensa, o que suspeita. Todo mundo está na mesma página. Até eu.

Meu mundo cai.

Lembro da Amilca na Arca. Lembro que ela às vezes se detinha para olhar algo que segurava, discreta, sem mostrar para as câmeras.

Ela também tinha um escaravelho.

Arturo mandou a gente aqui para achar os menestreamers. Essa parte deve ser verdade.

Mas não mandou a gente aqui esperando que a gente consiga.

Somos só uma porcaria de farol sinalizador para o próximo grupo Arcanauta. *Para um grupo melhor*.

Abano a cabeça com força. Não, claro que não é isso!

Quero gritar, gritar o mais alto que posso. Gritar que estão errados, gritar que o grande Arturo Amon não faria isso como, não me trairia. Arturo, Cecil, até aquele Ferdinan chato. Tudo aquilo sobre o valor dos bardos, dos menestreamers, sobre ser importante parar o Censor e salvar todo mundo. Ele se importa de verdade! Não me mandaria aqui só pra ser mais uma peça em algum... plano...

Quero gritar isso tudo, mas tem gente assistindo.

Arturo está assistindo. Confiando em mim. Torcendo por mim.

(Rindo de mim?)

— Gata...

Dou uma bofetada em Edouard que até tira ele do chão.

— CALA A BOCA!!

Ele se afasta tropeçando, segurando o rosto, olhos arregalados. Acho que dei um passo ameaçador na direção dele, fazendo menção de bater mais. Devo ter feito isso mesmo, porque Hitomi avança e fica entre nós, protegendo-o.

— Vai ficar do lado dele? — eu grito no rosto-tela. — Também desconfia de mim?

— Estamos do mesmo lado.

Ela não respondeu à segunda pergunta. Meus dentes travam.

— Desconfiam de Arturo só porque ele acreditou em mim? Porque ele apostou em mim? Acham que eu *não mereço?*

Essa parte, não sei se gritei mesmo com essas palavras, ou apenas mandei algum escândalo confuso. Seja como for, eles não respondem. Só olham de volta.

O silêncio dói mais que qualquer coisa que pudessem dizer.

É isso. Não sou líder. Não somos um grupo, um time. Nunca fomos.

Sei lá que bosta nós somos.

Sozinha, eu berro minha frustração para o céu poeirento e retomo a caminhada, chutando areia. Vallos, de costas, não se moveu durante toda a conversa. Passo reto por ele, tão brava que nem tenho medo. Sigo marchando, sem saber — ou me importar — se estão me seguindo.

Mesmo com o coração batendo nos ouvidos, minha audição felina teima em perceber os passos deles atrás de mim. Ainda estão comigo. Mas não é como se estivessem de verdade.

Alguma parte ingênua e otimista em meu cérebro diz que, se eles me seguem, é porque me ainda aceitam como líder. Então outra parte, bem mais inteligente, me acha uma tonta. Lembra que sou a única com o escaravelho localizador. Sem ele, ninguém saberia para onde ir. Ninguém tem nenhum outro motivo para me acompanhar.

Esse é "meu lance".

Danem-se! Vão se danar todos!

Tem coisas perigosas por aqui — mas nada neste mapa, *nada mesmo*, é mais perigoso que eu neste instante! Nenhum encontro acontece, nenhum monstro surge no caminho. Vai ver, estão farejando meu ódio e fugindo. Sabem o que é bom pra tosse.

Quase queria que viesse algum. Quase queria matar alguma coisa.

Blazdall estremece nas minhas costas. Não sei o que isso quer dizer. Não sei, nem quero saber, e tenho raiva de quem sabe.

Descobrir onde estão Amilca e os outros. Escapar daqui com a informação. Cumprir a missão. É tudo que importa.

Assim a gente segue — *eu* sigo emburrada, sem olhar para trás, até o outro lado dos Ermos. Encontro entre as rochas, sem dificuldade, a passagem estreita que leva para o mapa seguinte.

Floresta dos Ossos. Vocês já conhecem, né?

De floresta, não tem nada. Nada de árvores, nada de vegetação, nada verde. Céu noturno, cinza-chumbo, sem estrelas.

O que dá nome ao lugar são conjuntos de formações alongadas que até lembram árvores imensas e secas, mas são ossos. Costelas, fêmures, outros que não sei os nomes. Se pertenciam mesmo a bichos gigantes, ou são alguma formação necromântica macabra, vai saber.

É bem escuro aqui. Só tenho uma boa visão dos arredores porque gata. Nas streams, usam câmeras de visão noturna para o público ver melhor. Já os próprios Arcanautas precisam dar seu jeito.

O lugar é todo montanhoso, difícil de caminhar. Subidas e descidas íngremes, vários trechos de escaladas. Alguns pedaços de trilhas, mas poucos.

Nada disso é problema para mim. Os outros, não sei. Ainda os ouço seguindo atrás.

Penso se deveria diminuir o passo, perguntar como estão se saindo. Então lembro que estou com raiva.

Posso até ser a mais jovem (exceto por Hitomi, talvez) e baixinha (exceto por Vallos, certeza) neste grupelho, mas e daí? O próprio Pai das Arcas me escolheu para estar aqui, para liderar. Fazer parte de algo importante. Ser Arcanauta. Vou mostrar para eles que eu posso. Que eu *mereço*.

Estamos no nível certo, agora é questão de achar o mapa de onde vem o sinal. Pelo que entendi deste escaravelho, não deve ser aqui. Também não deve ser um mapa vizinho; a luzinha indicadora parece pequena e fraca. Suspeito que deve ficar mais forte — ou virar um sinal diferente, disparar um alarme, tipo isso — quando chegar perto.

Conheço bem a Floresta dos Ossos. Já conhecia antes dos desaparecimentos, mas depois passei a prestar ainda mais atenção. Aqui, embora seja ainda um nível moderado (menestreamers poucas vezes vão até os lugares mais hardcore), não se pode atravessar sem passar por território de monstros. Não só esqueletos e zumbis, como o visu sugere, mas também bandos kobolds, tribos de homens-lagartos, aberrações das profundezas.

E coisas que nem deviam estar aqui. Teve o kaiju-zumbi não catalogado que veio pra cima dos Joalheiros. Vocês, não sei, mas eu lembro *muito bem.*

Muito mais preocupante, além disso, é que todos os ataques do Censor rolaram por estes lados.

Deve ser exatamente essa ideia, de um vulto-fantasma descendo do céu tempestuoso pra capturar geral, que agora me leva para a entrada de um túnel. Sei que parece absurdo, mas — depois do que rolou com Amilca e a galera — um monte de passagens cavernosas e infestadas de monstros pode ser mais seguro que ficar em campo aberto.

Vou até a borda da entrada. É ampla, mas leva para uma escuridão densa demais até pra mim.

Ouço os demais parando atrás. Esperando.

Me volto para eles. Hitomi tem o mesmo olhar, Vallos tem a mesma falta de olhar, e Edouard... voltou a mover as mãos e os lábios, no ritmo de alguma música tocando em sua cabeça.

Não sei o que estão pensando. Não os conheço.

Pois então, vocês tinham razão naquela hora, quando me abri com todos eles. Eu estava errada. Fui muito ingênua. Achava que todo mundo seria amigo, seria família, só por matar uns bichos juntos. Como nas histórias de espada e magia, como nos livros, games e animes.

Até parece. Só em meus sonhos mesmo.

Achar Amilca e os outros. Escapar com a informação. Cumprir a missão. Pegar minha licença. É isso.

— Alguém aí tem...? — começo a perguntar, tentando parecer indiferente. E fracassando, claro.

Antes que eu termine, Ed... digo, Edouard... digo, o humano faz um gesto, e uma luz aparece pairando acima de sua mão. Magia bem básica, qualquer conjurador sabe. Até eu podia aprender.

— É tão bom poder enxergar, se algum amigo meu se machucar — ele cantarola. Pode isso?!

Eu olho feio. Ele dá um sorriso fraco de volta. Eu dou as costas. Que foi, tá querendo uma medalha?

Quando termino de me voltar na direção da caverna, Vallos já está ali. Machado em punho, seguindo na frente. Em sua posição de tanque.

Ok, posso até estar emputecida e ser teimosa, mas não idiota. Aqui o lance é sério, ficar na frente do tanque seria burrice. Melhor manter a formação padrão.

Empunho Blazdall e sigo Vallos. Ouço os outros vindo atrás. Neste silêncio é fácil diferenciar os dois; Hitomi, mesmo sendo robô, pisa muito mais leve. Ela vem no final, com o curandeiro em terceiro. Fico incomodada por ele estar muito perto.

Caminhamos pelo túnel, que segue descendo. É muito largo e alto, em alguns pontos a magia de luz não chega. Tem espaço para brandir armas grandes. Sorte minha e do nanico com machadão.

As paredes não parecem naturais, nem escavadas. Têm partes salientes, segmentadas, como se fossem tubulações, mas crescidas naturalmente — ou sobrenaturalmente. Como a parte dobrável de um canudinho.

Ou uma traqueia.

Ou costelas.

Pelo bem de minha sanidade, vou ficar com o canudinho.

Fios de alguma meleca escorrem dos ossos e paredes; o chão é nojento, todo coberto com uma camada de gosma transparente, gordurosa, indecisa entre ser escorregadia ou grudenta. Tudo cheira a sanduíche de atum apodrecido (eu sei porque às vezes esqueço — deixa pra lá).

Bichos que espero serem só baratas correm e se escondem quando a luz os alcança. Não, eu *não tento* pegar nenhuma e levar pra casa, vá se lascar!

Juro, parece um filme de aliens. Com formações ossudas nas paredes que podem ser demônios de tocaia, só esperando você dar as costas para atacar salivando.

Penso em falar pra Hitomi manter o detector de monstros ligado. Mas mudo de ideia, não quero admitir que estou com medo. Além disso, também lembro que o tal escaneamento atrai coisas.

(Espera... e se ela fez aquilo de... propósito?)

Não, não, NÃO! *******, Ágata! Isso tá virando paranoia!

Chacoalho a cabeça tão forte que todo mundo deve ter percebido, mas Vallos não diminui o passo. Nem eu. Dane-se o que pensam. Sei que já não me acham grandes coisas.

De vez em quando dou uma olhadela no escaravelho. A luzinha ainda aponta à nossa frente. Pelo que lembro, é a direção certa para sair deste mapa. Mas ainda temos muito labirinto necromântico pela frente.

O silêncio é tanto que o eco dos passos soa ensurdecedor em meus ouvidos extra-sensíveis. Dá pra ouvir até as baratas correndo. Já falei que não vou pegar nenhuma, e daí se voltei a tocar no assunto, seu xexelento?

A boa notícia é que, de acordo com o escaravelho, os menes parecem estar perto de onde rolaram os ataques.

(Pensando bem, será mesmo boa notícia?)

Chegamos a uma intersecção entre túneis, os caminhos se dividem. Estou para pegar o escaravelho...

— Ameaça em T-2.

Ah, pronto!

Antes que a minha própria espada pudesse me jogar para cima da tal ameaça, Vallos berra (aqui, no túnel, soa *mesmo* como um mugido de touro bravo) e desce o Korlon no chão, com uma brutalidade sem tamanho. Por um instante, acho que ele só está posando de fodão. Então percebo, o choque faz a gosma ondular em anéis que se afastam como, sei lá, um radar?

Ele está *detectando* inimigos? Não sabia que podia fazer isso. O que mais eu *não sei* sobre ele?

A técnica de Vallos funciona. Em vários pontos nas paredes, vejo pequenos movimentos. Coisas do tamanho de caveiras, e que *parecem* caveiras, mas com corpos alongados e anelados de vermes. Emergem por toda parte, nos cercando.

Minhocrânios. Conheço, são comuns neste mapa. Estamos com sorte, esses são fáceis.

Vallos já está girando o machado e dizimando os mais próximos, que insistem em atacá-lo primeiro — outra vez essa duvidosa habilidade de parecer o mais apetitoso do grupo. Hitomi e um braço já transformado em arma acertam outros mais distantes.

Eu salto até outro grupo e Blazdall, com uma só estocada, despedaça todos.

Edouard não faz coisa alguma. Traste.

Em menos de um minuto, os bichos param de chegar. A área está livre.

Sorrio com uma mão na cintura, feliz com a vitória, mas dura pouco. Porque lembro estar pistola.

E porque escuto alguma coisa. Na direção do túnel de onde viemos.

Passos. Vozes. Não sei.

— Tem alguém ali — eu aviso, sussurrando.

— Não ouvi nada.

— Porque é humano. Quieto!

Tá, mesmo levando em conta estar brava, isso foi bem babaca. Mandei mal.

Espada encantada em riste, recuo bem devagar, tentando ouvir mais alguma coisa. Mas sou interrompida.

— A Hit tá fazendo aquilo de novo.

Fico um tempo indecisa sobre o que é mais importante, averiguar o túnel ou Hitomi. Estou desconfiada de tudo e todos, difícil fazer essas escolhas. Por fim, acabo só olhando feio para o túnel e voltando até junto deles.

Edouard disse a verdade. Hitomi está outra vez imóvel, com caracteres ilegíveis correndo no rosto-tela.

— Será que é normal — Edouard coça o queixo, como se tivesse qualquer vestígio de barba — uma androide fazer tanta "reconfiguração de rotina"?

Deixo sem resposta. Não, não acho normal. Nem meu laptop em casa precisa atualizar tanto assim!

Aliás, nem *poderia*. Como já mencionei, não tem sinal de hypernet aqui. Não tem como baixar atualizações e tals. Nossas transmissões saem, mas nada entra.

O que ela está escondendo? Por que ela está fazendo isso de *verdade?*

Não demora até que ela desperte, outra vez se desculpando, alegando algum "procedimento" ou whatever.

— Sei.

Não acredito mais, nem faço muita questão de esconder. Edouard dá de ombros, Vallos segue sendo Vallos.

Retomamos a marcha. Como você deve adivinhar, o clima entre a gente tá horroroso. Deve ter mais energia negativa nesta droga de grupo, que em todo o mapa necromante.

Achar os menes. Escapar. Cumprir a missão. Fim.

Chegamos ao final do túnel/traqueia/canudinho. Reconheço o lugar das streams, sei que vai abrir em uma grande câmara. Sei também que é onde rolam emboscadas de monstros.

Vallos para na entrada e aguarda, machado firme nos pequenos punhos. Ele sabe que precisa esperar até que o grupo esteja preparado antes de atacar. Sim, teve aquela correria desabalada lá no começo, mas eram níveis fáceis. Não é mais o caso. Bom mesmo que ele faça direito sua parte.

Eu tomo a dianteira, Blazdall em uma só mão. Faço um gesto com a outra para que os outros esperem. Corto o nada com um movimento (que admito ser desnecessário, tá?) e entro, atenta a tudo.

Exceto pelas diferenças entre ver pela tela e ao vivo, o lugar é quase como eu lembrava. Uma caverna imensa e circular, com jeito de catedral, mais ou menos iluminada por cristais púrpuras incrustados no alto. Apesar do tamanho, tem muitos desníveis e poucas superfícies planas. Estalactites de ossos descem do alto, mantendo a estética macabra do mapa.

Por toda a volta, junto às paredes, muitos focos de vegetação — ou não. Na real são vários tipos de fungos e cogumelos, alguns bem parecidos com flores. Bonitos, até.

No ponto mais central e baixo tem algum tipo de padrão circular no chão. Parecem ossos dispostos em simetria radial (falei chique, diz aí!). Quase como se alguém tivesse tentado desenhar um mosaico, deixar o lugar ainda mais parecido com um santuário.

Não lembro disso nas streams. Melhor não pisar ali. Tem bastante espaço para dar a volta.

Fora isso, o lugar está vazio. Sem monstros. Nem um osso de aventureiro para contar história. (Que horror, Ágata!)

— Tudo limpo aquiAAAAAH!! — eu grito, levando um susto do diacho quando percebo Edouard logo atrás, a cara meio centímetro distante da minha.

Ele tinha desligado a luz mágica, por isso não o percebi. Sempre chegando perto sem que eu ouça, disgramento!

— Estava curioso — ele ri, coçando a nuca.

— Fica na posição! — Aponto o dedo na fuça dele (talvez eu tenha ficado na ponta dos pés), sem um pingo de paciência. — Vai ser culpa sua se algo acontecer e estiver fora do lugar!

— Foi mal, foi mal. Ei, o que é aquilo atrás de você?

Até penso em dizer "esse truque é velho" — só pra lembrar que, nos filmes e desenhos, 100% das vezes isso *não é truque,* e tem *mesmo* algo atrás de você.

Então eu vejo.

Pequenos movimentos coloridos nas moitas de fungo. Parecem borboletas, com vários pares de asas. Ou mariposas, nunca soube a diferença. Acho que, no subterrâneo, deve ter mais mariposas que borboletas.

Como eu falei, nem tudo na Floresta dos Ossos é morto-vivo. Nem tudo é horrível, também.

Parece que nossa presença as alvoroça, muitas levantam voo. Tem mais delas do que parecia, se espalham pela caverna. Algumas chegam perto; agora posso ver como são bonitas, azul-prateadas, refratando cores metálicas mesmo nesta luz fraca.

Uma delas pousa no capacete de Vallos. Ele não parece notar, ou se importar. Ficou muito fofo, queria tirar uma foto.

Queria que ele fosse mesmo meu amigo.

Minha raiva acumula e faz combo com a tristeza. Procuro consolo nas borboletas, agora mais numerosas. Lindas demais. Queria estar com um astral melhor para poder curtir. Ai, que vontade de chorar!

Hitomi oferece a mão, um monte delas repousa ali. Edouard olha em volta embevecido, de braços abertos, no meio de outra nuvem colorida.

A caverna necrótica, aos poucos, não é mais. A luz lilás descendo dos cristais parece suave, tranquila. As risadas bobas do Edouard por algum motivo não me irritam, ecoam gostosas, festivas.

Até o cheiro está diferente. Terra molhada. Conforto. Brisa.

Tudo aqui parece tentar me alegrar.

Penso em minha antiga casa, meus pais, minha infância. Correndo pequena no jardim da mamãe, achando estar escondida até a minha cauda escapar fora do arbusto e me denunciar.

As cócegas ao ser encontrada, o calor do colo dela.

— Quem é minha guerreirinha? — ela sussurra, acarinhando atrás da minha orelha.

— Eu! — Salto de seu colo e pego um galho caído no chão. Papai aparece com as mãos feito garras, urrando e segurando o riso. Faço pose de combate, mamãe finge estar com medo do "monstro".

— Vou te defender, rainha!

Parto para cima do papai, balançando o galho e acertando suas pernas. Ele reclama, mamãe aplaude. Largo o galho quando percebo que o "monstro" está vulnerável, salto sobre seu peito. Os dois caímos.

Ergo os bracinhos finos em vitória. Derrotei o monstro, salvei minha rainha.

— Vamos entrar, gatinha, antes que a chuva venha encharcar sua glória — e foi papai dizer que a chuva caiu.

Estou gargalhando, fugindo deles, deixando a chuva me ensopar. Atravessando o jardim, girando com os braços abertos, ignorando o chamado deles ao longe.

Ágata... Ágata... Ágata...

Cheiro de chuva, cheiro de infância. De felicidade.

— ÁGATA!

Meu braço machucado lateja, eu abro os olhos. Espera, estavam fechados? Levanto devagar, tonta, suja da gosma que eu queria tanto evitar. Estava caída? Algo muito errado não está nada certo.

O fedor de comida estragada voltou.

Ouço guinchos e bater de dentes, ouço servomotores e disparos de armas.

Vejo Hitomi, lutando. Vejo um grande bando de minhocrânios em volta, mais longos que aqueles no túnel. Vários estão enroscados como tentáculos em seu corpo. Ela ainda luta com as partes livres que restam, mas está quase toda imobilizada.

Eita!

— Ágata! — Hitomi eleva a voz robótica em um tom alarmado que nem achei ser capaz. — Acorde os outros! Não toque nos insetos!

Minhas mãos voam buscando Blazdall, ela vem ao encontro. Salto de pé, ainda atordoada, tentando lembrar como cheguei aqui — mas a urgência me obriga a agir antes de pensar. Deixo a espada me guiar enquanto a cabeça clareia.

Aquilo foi um sonho? Uma ilusão? A voz dos meus pais me chamando era, na verdade, Hitomi tentando...?

Espera, acordar os outros? Então percebo Edouard e Vallos caídos ali perto, inconscientes. Bem onde antes estavam brincando com as borboletas. Algumas ainda estão sobre eles.

Outros minhocrânios rastejam em sua direção, os corpos gordos pulsantes, as cabeças ossudas com órbitas vazias e bocarras arreganhadas.

Mexe essa bunda, gata!

Um salto longo me leva até entre os monstros e meus amigos — meus amigos *sim*, depois a gente resolve isso!

Alcanço Vallos primeiro, bem a tempo de evitar que seja mastigado. Um golpe em arco despedaça vários crânios de uma vez. Achei que morreriam ali mesmo, mas algo estranho acontece. Os corpos decapitados recuam, rastejam de um jeito que... nhé, sem tempo pra isso! O importante é que eles fogem e eu ganhei tempo.

Preocupada, vou olhar Vallos. Ele está... todo encolhidinho em posição fetal! Balança como um nenê sendo ninado. Uns ruídos saem abafados de dentro do capacete. Gente, *acho* que ele está rindo!

Como será um sonho feliz de Vallos? Deve estar desbaratando uma legião de orcs, no mínimo!

Um voleio da Blazdall espanta as borboletas. Mas ele não acorda.

— Vaaallos!! Tooouro!! — eu berro, perto de onde *deve ser* sua orelha. — Hora de trabalhar!

Não funciona.

Me assusto com um som de chamas. Vejo Hitomi despejar inferno sobre os bichos com seu único braço livre. Destrói vários, que mesmo mortos fogem recuando daquele jeito estranho. É como se fossem...

Sem tempo! Vallos precisa acordar!

Estou sem opções aqui. Não vejo outro jeito. *Vallos, por favor não me mata!*

Com uma face sem corte da Blazdall, acerto um golpe bem pesado no capacete. O estrondo metálico ecoa como um sino de igreja, juro. Meus frágeis ouvidos felinos só faltam sangrar.

Quando volto a abrir os olhos, Vallos está sentado. Nem sinal de estar tonto ou confuso como eu, quando acordei.

Ele olha em minha direção. Alterna olhares entre a espada e eu.

— Vallos! Pega! — eu aponto para Hitomi, em uma tentativa de salvar a vida dela e *também* a minha.

Não faço ideia se me ouviu (eu, pelo menos, estaria totalmente surda), mas ele entende o gesto.

— ******** *******!!! ********** ********!!

Vallos agarra o Korlon e corre, xingando e rosnando. Se transforma naquele motorzinho giratório de destruição.

Para os minhocrânios agarrando Hitomi, é o mesmo que cair no moedor de carne.

Medo. Alívio, mas medo também.

Certo, agora ajudar Edouard.

Ele está mais afastado, perto de um dos canteiros de fungos. Braços e pernas abertos, cabeça levemente inclinada. Muitas borboletas sobre ele, quase cobrindo-o todo — espero que isso não deixe o sono mágico ainda mais pesado.

Tem várias em seu rosto. Os insetos que antes pareciam lindos agora me agoniam.

Agito a espada, espanto e mato tantas quando consigo. Despedaço crânios de dois ou três monstros próximos, os corpos decapitados rastejam e desaparecem em buracos.

Olha, acho que *entendi* o que eles são. Mas estou rezando pra estar errada.

Termino, ajoelho ao lado de Edouard. Ele dorme pesado.

Mas também está *chorando.*

Ué. Sem sonho feliz? Ou será choro de alegria? O que ele está vendo?

— Edouard! — chamo alto e chacoalho. Não adianta nada. — EEEED!

— Tio...

Tio. Acho que ele disse isso. Talvez. Mal reconheci sua voz.

Ergo a mão para tentar acordá-lo com uns tapas. Então vem a lembrança ruim de ter esbofeteado ele não muito tempo atrás. Desisto, me achando horrível.

— Ed, você precisa acordar — eu peço.

— Tio... eu não...

— Sou eu. Ágata. *A gata.*

Tá, posso ter amolecido, vendo-o ali todo indefeso e chorando. Posso estar semi-morta de vergonha pelo jeito escroto como o tratei antes.

— É a gata! A GATA! ACORDA, SEU METIDO! — Chacoalho com mais força, mas não muita. Melhor não machucar (mais) a pessoa que nos cura.

Ele faz uma careta e abre os olhos devagar. Confuso e com o rosto molhado, tenta falar, mas engasga e não sai nada.

Até que ele acordou bem mais fácil que Vallos. Talvez porque o sonho dele não fosse do tipo que você quer continuar sonhando.

— O que aconteceu? — Ele sussurra e funga. Percebe que estava chorando e fica envergonhado. Seca o rosto nas luvas e se levanta, sem olhar para mim.

— A borboletas nos fazem dormir e os minhocrânios nos jantam, esse é o esquema — eu tento ser natural, mas sou péssima nisso. — Sorte que Hitomi não caiu nessa.

Dá pra ver que Edouard está abalado. E nem é porque escapamos por pouco de ser devorados vivos. Foi alguma outra coisa.

— Firme aí — eu aviso, recuperando a Blazdall. — Acho que não acabou ainda.

— Mas parece que Hit e o Valoroso já derrotaram todos.

— Não. O pior está por vir.

O chão treme. A caverna toda treme. E rosna.

Eu sabia. Rolou um lance parecido em uma stream da Kalendra. A transmissão foi ruim, não tinha como ver bem os monstros — mas, pela narração dela, já dava pra sacar tudo. Mesmo assim, demorei pra reconhecer que está acontecendo igual agora.

O diagrama circular feito de ossos no centro da caverna. Ele se mexe, arreganha e ergue. *Não é um diagrama.*

Os minhocrânios se recolheram depois de perder as cabeças porque *não eram minhocrânios.* Não era um bando de criaturas-serpente.

Eram *tentáculos.*

De algo muito maior.

O piso em volta despedaça enquanto a criatura tubular emerge — o que parecia um mosaico macabro se separa em fatias, arreganha mandíbulas, revela uma bocarra descomunal que mais parece um fosso recheado de dentes. Por toda a volta, alinhados como se fossem escamas de uma cobra, centenas e centenas de crânios. Quando alguns se movem e esticam como vermes, todos percebemos que cada monstro nos atacando era apenas um membro daquela coisa.

Isso tem nome. Foi Kalendra quem deu. É um monstro catalogado.

— *Primevore* — Hitomi avisa, outra vez alarmada de um jeito que mal parece ela. — Escala *sugoi.* Repetindo, escala *sugoi.*

Sei que prometi explicar as escalas depois, mas vou fazer isso agora porque pode nem ter depois. Então, rapidão. *Ningen* = gente normal, monstro fraco. *Sugoi* = gente muito foda, medalhista olímpico, campeão mundial, monstro muito forte. *Kiodai* = monstro gigante tamanho kaiju. *Kami* = deuses, seres cósmicos.

Tá certo, não é a medição mais acurada do mundo. Tem subdivisões que não lembro agora. Mas pra ter uma noção, cada escala é mais ou menos *dez vezes* mais forte que a anterior.

Nem preciso dizer que não sou medalhista de porcaria nenhuma, né?

Então tá. Chega de drama, chega de ser birrenta, insegura, carente. Já deu.

Blazdall! Hora de fatiar um polvo demoníaco! (Com todo o respeito ao Sr. Feijó, meio-demônio dono da vendinha perto de casa. Você também, se for, nada contra. Questão de estética, sabe? Vixe, só tô me enrolando.)

Hora de dar um show para os seguidores!

A coisa se ergue alto — não sei o tamanho total, grande parte fica enterrada, mas não deve ser menor que o trem-bala pra Vallindra. As caveiras encimando tentáculos emergem, se espalham e preenchem toda a caverna. Nem dá pra contar. Alcançam todos os lugares, tentam nos agarrar e abocanhar.

Eu disparo correndo e esquivando e cortando para abrir caminho. Salto até uma parede e sigo correndo nela, só pra mostrar que posso. Alcanço uma coluna de osso e subo, pisando nos crânios que tentam me alcançar, tomando impulso. Certeza que você já entendeu meu plano. Espero que Primevore não seja assim tão esperto.

No chão, Vallos urra mais alto que o monstro. O machado em chamas traça círculos largos à volta, ele parece estar no olho de um furacão de fogo. A maior parte das caveiras-tentáculos segue em sua direção, atraídas para o alvo enganosamente mais fácil, mas nada consegue tocá-lo. Não demora, ele está lutando sobre uma colina de crânios e pedaços de verme. Que demais!

Me ocorre que nunca olhei a certificação Arcanauta dele.

Quando falei que o Censor era mais forte que todos nós, Vallos retrucou "fale por você". Talvez ele não estivesse se gabando; talvez Vallos *também* seja *sugoi*. Caramba, será?!

Hitomi também não faz feio. Achei que pudesse estar esgotada, sem energia, depois de lutar sozinha com os vermes — mas que nada!

Os braços e pernas desdobram conjuntos de lâminas luminosas, que não tenho certeza do que são feitas, mas atravessam carne pulsante e osso com a mesma facilidade. Ela corre pisando sobre os tentáculos, faz rolamentos, piruetas, até melhor do que eu.

Não vejo Edouard. Pode estar do outro lado, fora de meu campo de visão. Ou escondido, como ele mesmo já disse que faria, esperando para ajudar quem precisa. Tudo bem. Não vou mais implicar.

Cheguei até onde queria, bem acima do monstro. Vejo a boca circular do tamanho de um poço, os dentes afiados rotatórios dentro. É um liquidificador gigante do inferno!

Nem se preocupem, não tenho a *menor* intenção de pular ali dentro!

Me deixo cair, segurando Blazdall com toda a força que gostaria de ter. Ela sente minha intenção (ou eu sinto a dela) e brilha mais. A lâmina se alonga, expande — não, *a magia* na espada se expande, feito coisa sólida.

Deve ter agora o tamanho de uma asa de avião!

Desço com ela na horizontal, atravessando a bocarra do monstro de lado a lado. Cortando no comprimento como um pepino.

A coisa grita, a caverna estremece. Os crânios enlouquecidos tentam me pegar. Sigo pisando entre eles, descendo ao longo do corpanzil ainda pendurada na espada, forçando a descer mais.

Como eu sabia que Blazdall pode fazer algo assim?

Os tentáculos são muitos, sei que não consigo escapar de todos. Estou pronta para levar mordidas de presas enormes, perder pedaços queridos. Mas toda vez que algum deles chega mais perto, algo o atinge e ele desaparece. Desmancha em cacos de osso, deixa só o toco decepado.

Desta vez, agora sabendo o que procurar, consigo prestar atenção. Vejo aquilo que atinge e fulmina os crânios. Vejo o que também atingia e fulminava alguns dos gafanhotos-tigres. E mhudras. E baiacus voadores. E minhocrânios.

São adagas.

Adagas iguais àquelas que Edouard usava para pilhar os bichos mortos. Isto é, que ele *fingia* usar para fazer isso.

Na real, ele as estava *recuperando*.

Ah, Edouard! Uma parte minha fica pensando na conversa muito séria que vamos ter quando isso tudo acabar. Outra parte está ocupada fatiando o Primevore de cima a baixo.

— Nyah! — Pouso com um joelho e um punho no chão, bem super-heroína (alô, academia SAVE), estendendo a Blazdall que brilha imensa como um raio prateado.

Viu isso, Sr. Amon? Mandei bem, ou não?

Hã, talvez não! Quando Blazdall recolhe a magia e volta ao tamanho normal, achei que o bicho tombaria em duas metades feito melancia. Mas não acontece. Ele está muito ferido, mas ainda vivo e quase inteiro. O corte não foi fundo o bastante, ou ele regenera, ou outra coisa que não sei.

É, *ningen* disse que *sugoi* é fácil. (Piadinha de Arcanauta, desculpa gente!)

Não derrubei Primevore, mas deixei muito ferido. Não deve faltar muito mais para acabar com ele. De volta à postura de luta, faço um voleio com Blazdall, preparando outro ataque.

Roooooooooawr! Outra onomatopeia, porque tô ficando boa nisso.

Mas o bicho não é totalmente estúpido. Enquanto mantém a maioria dos tentáculos lidando com Vallos e Hitomi, o corpo principal se inclina sobre mim. Recurva e mostra a boca circular, que parece muito capaz de moer uma baleia.

Percebeu que eu sou a maior ameaça!

Bom, tava mais que na hora de ser respeitada, né? (Desculpa!)

A coisa mergulha em minha direção. Empunho Blazdall à frente, colocando no caminho. Não sei, não sei mesmo, se ela pode parar aquilo.

Minha cauda está espichada. Sei que Edouard, de onde estiver escondido, está vendo e vai me zoar depois. A esta altura, *espero* que isso aconteça.

A torre de carne e crânios e dentes me alcança. Vou morreeeeeer!!

Não. Hoje não.

— Vallos?!

Não vi quando ele entrou na minha frente, entre Primevore e eu. Segura o machado com as duas mãos, acima da cabeça. Alguém diria que isso não é muito alto. Mas o machado *emana* alguma coisa. Não; é o próprio Vallos que emana!

Vallos urra, um urro maior que todos os outros. Seu urro é *sólido*. Não, eu *não* estou falando em sentido figurado!

Por um instante, muito rápido mesmo, vejo a imagem de uma muralha de placas de aço! Alucinei, só pode.

O verme gigante se choca com o escudo de ódio puro — e *explode!* Vejo partes se quebrando, vejo a carne lacerando com a colisão frontal. Não sei quanto disso foi causado pelo próprio peso e força imensos, impelidos contra uma barreira indestrutível, e quanto foi pela raiva concentrada de Vallos. Acho que a raiva machucou mais.

Ele recua. *Ainda vivo*. De que é *feito* esse bicho?!

Vallos baixa o machado, toca um joelho no chão. Ele arfa pesado, como um búfalo ferido. Primeira vez que o vejo cansado. Imagina o quanto de força (e ódio) ele reuniu para criar aquela barreira!

Certeza que não consegue fazer aquilo de novo. Mas Primevore ainda consegue lutar.

Tentáculos-caveiras voam em nossa direção de todos os lados. Querem se vingar do pequenino.

Não, nada disso! *Minha* vez de te proteger!

Eu e Blazdall atacamos tudo que se aproxima, fraturando, decepando. Cortes limpos, precisos, brilhantes. Cada movimento desenha um arco de luz, tantos e tão rápido que logo formam diagramas.

Essa Blazdall é mais exibida que eu. Gosto.

Mas os tentáculos não acabam, nunca acabam. Não sou como um tanque, estou cansando rápido — mesmo que venha de Blazdall quase toda a força dos golpes. Também não posso pular e evadir pra sempre, não com Vallos ainda ali, combalido. É certeza que cedo ou tarde...

Foi cedo. Uma caveira me acerta.

Ela não morde — em vez disso, golpeia como uma pedra na ponta de uma corda. Bem no estômago.

Me joga longe. Minhas costas acertam uma coluna. Deslizo até o chão, moída por dentro. Não acho que sobrou nenhum osso inteiro. Esqueleto virou farofa.

Queria estar exagerando, queria de verdade. Mas é assim que me sinto.

Vou apagar. Não tem mais vida em mim para sustentar um ácaro. Mas, antes que aconteça, ouço Hitomi.

Ela diz as palavras mais doces e lindas em todo este mundo.

— *Protocolo de eliminação sugoi habilitado.*

Hitomi, sua linda. Te amo tudo.

Então morri.

⚅⚅⚅

Tá bom, não morri.

Eu sei, eu sei. Você quer saber como Hitomi desintegrou Primevore. Pois é, eu também queria. Mas o pessoal viu primeiro na stream. Só soube o que me contaram mais tarde.

Depois de liberar/habilitar a coisa lá, Hitomi transforma os braços em um CANHÃO.

Um. Baita. Canhão.

Duas vezes maior que eu.

Enquanto isso, Edouard ressurge de onde quer que estivesse e está ao meu lado. Pergunta como estou. Eu não tenho mais uma mandíbula inteira para conseguir responder.

— Onde dói?

O universo dói. O espaço-tempo dói. A eternidade dói. Tudo que existe, existiu e vai existir é dor.

Nunca achei que coubesse tanta dor dentro de uma só pessoa.

Acho que Edouard está me tocando, examinando. Não sei. Não sinto outra coisa que não seja agonia.

O rapaz apanha outra vez sua varinha mequetrefe. Ele examina, sacode algumas vezes, franze o cenho. Nada acontece.

Não sei se vi direito, mas acho que ele joga fora. Eu sabia. Curandeiro picareta de um *********!!

Então, o que eu não esperava de jeito nenhum. Ele fecha os olhos, leva a mão ao peito. Recita uma conjuração, em um tom solene que sempre parece estranho pra ele. E desta vez não vem nenhuma luzinha fraca; mesmo na minha condição desossada, percebo Edouard se iluminar como um farol. Como alguma estrela recém-nascida.

Como um anjo. Ele parece um anjo.

Agora tenho certeza de que ele está aqui para me receber no além-vida.

Não, espera! Espera um pouco Edouard, não posso morrer ainda! Quero ver Hitomi explodir o desgraçado!

Os deuses me atendem, ganho mais alguns segundos. Fico feliz por ter um pouco mais de tempo neste mundo, para a apreciação de nossa androidezinha poderosa.

Aquela cena podia virar uma pintura na cobertura do Sr. Amon.

Hitomi, seu canhão acumulando energia, uma perna de apoio enterrada no chão, a capa plástica esvoaçando.

Minha barra de HP cai pra zero. Ainda consigo ver, pelas pálpebras semicerradas, um clarão preenchendo todo o lugar. Vejo um grande volume escuro em meio ao clarão. Vejo quando se desmancha.

Primevore vira fumaça.

Pronto, valeu. Já posso morrer em paz. Me leva.

Mas não. De repente a luz celestial de Edouard me envolve, me aninha. Travesseiros cheirosos me abraçam. Tudo que é *oposto* à dor se derrama em mim, quente e doce feito calda caramelada.

Abro os olhos. Edouard está ali, sorrindo, voltando à forma humana.

Estou viva e inteira.

— Você é curandeiro!! — minhas primeiras e inteligentíssimas palavras pós-experiência de quase morte.

Ele abre um sorriso largo.

Agora que tenho ossos no pescoço outra vez, consigo olhar em volta. Vallos está agitando o machado erguido, comemorando — certo, ainda são palavrões, mas agora em tom de alegria. Hitomi está fumegando, mas parece bem, os braços de volta ao normal.

Primevore agora é uma colina de carniça em brasa. Se tem como extrair alguma pilhagem dali, não faço ideia. Edouard que lute.

Sim, sei que mais tarde ele vai voltar. Todos os monstros voltam à vida. Tudo bem. Outros grupos também merecem provar essa vitória.

Edouard me ajuda a levantar. Eu aceito. Os outros se aproximam, acho que preocupados comigo.

Eles me protegeram. Me salvaram.

E isso depois que eu... lá atrás...

— Gente... — eu começo, uma lágrima já forçando pra sair.

— Você fica muito fofa fazendo biquinho de bravinha — Edouard ri.

Ah, qual é?!

Mando um socão no ombro (bom) dele. Ele finge uma dor enorme enquanto gargalha, coçando a cabeça. Vallos olha de braços cruzados, Hitomi leva uma mão ao queixo. Não demonstram, mas aposto que estão se divertindo.

Meus amigos.

Ainda quero me desculpar direito. Agradecer. Deixar claro o quanto gosto deles, o quanto estou feliz por estar com eles.

Quero ficar com eles pra sempre.

— Ed... Vallos... Hito...

Hitomi cai.

Não cai. Ela simplesmente desliga.

Por um instante, parece que teve alguma pane, uma crise de convulsões. O rosto-tela enche de chuviscos.

Não dura meio segundo. Então ela está no chão, feito uma boneca.

O rosto-tela apagado.

— Valeu por derrubar o bicho, Ágata.

Então eu vejo, todos vemos. Na entrada do túnel por onde viemos.

O ruivo de pistolas. A elfa linda porém insuportável. O homem-dinossauro gigante.

Mais alguém que não conheço, logo atrás. Gesticulando conjurações.

Eu não acredito!!!

— Hermax?!!

Ele só me devolve um sorriso de canto com a cabeça inclinada. Atrás dele, Brutusk bufa.

Vallos não espera explicações. Ele rosna e dispara correndo, de machado em mãos. Está na metade do caminho até eles quando *algo* o atinge. Joga longe. Feito o soco de um punho invisível.

— Opa, vamos parar com isso! — Edouard se adianta, estufando o peito. — Tem monstro pra todo mundo. Vão procurar outro pra vocês.

— Ninguém veio aqui atrás de pilhagem — Hermax responde, girando as pistolas. — Pelo menos, não dos monstros.

Edouard faz que vai responder, mas cala, como se tivesse percebido algo ruim.

Então franze o cenho e continua.

— Não vai rolar, irmão.

— E você que vai me parar, "curandeiro"?

"Eu sei quem você é."

Quê? O que Hermax quer dizer com — NÃO, sem tempo pra isso!!

Edouard fica tenso na minha frente e só consigo ver o sorriso de Hermax aumentando. Ele avança um passo e Brutusk acompanha, Syndra e o outro recuados. Os dois conjuram mágicas que não reconheço — mas pelo menos um deles deve ser responsável pelos ataques invisíveis.

Hitomi apagou total. Vallos tenta se levantar, erguer o machado, ainda lutando contra a força fantasma que o prende. Tipo uma mão gigante espremendo ele no chão.

Certo, já fiquei olhando abestalhada por tempo demais!

Edouard me protege como se eu ainda estivesse ferida. Não é mais o caso. Eu e Blazdall nos adiantamos.

O ruivo soergue a sobrancelha, sorrindo.

— Você sabe que não pode com a gente, Ágata. Você se lembra do teste.

Muito espertinho esse moço, tentando me desanimar com uma lembrança (confesso) vexaminosa.

— Primevore discorda — eu aponto com a cabeça, devolvendo um sorriso com muito mais dentes.

— Mas por isso mesmo! Por qual motivo acha que esperamos até agora para aparecer?

Certo, estavam nos seguindo. O ruído atrás de nós naquela hora não foi impressão. Tá, isso explica os túneis, mas e todo o resto do caminho?

— Depois dessa batalha — ele reforça, olhando para nosso tanque, que ainda luta para ficar em pé —, não acho que estejam em condições.

Tenho certeza que Vallos podia vencer a mágica deles e triturar todo mundo, se não tivesse usado toda a energia pra me salvar.

Pelo menos agora posso retribuir. Vontade não me falta!

Mas são quatro contra dois. Ou nem isso. Edouard tem seus truques secretos, que eu sei, mas será que ele pode encarar?

— Hitomi era parceira de vocês! — eu acuso, tentando ganhar tempo, ganhar moral, sei lá. — Além de covarde, é traidor?

O sorriso escorre do rosto, que fica vermelho enquanto ele dá uma olhadela para Hitomi, ainda caída, desligada.

Ele sentiu.

— Brutusk. Vá buscar.

Buscar? Buscar o quê?

O lagartossauro choca os punhos e vem em nossa direção.

Meeerda!

— Ed! Atrás de mim! — eu ergo a espada na direção do inimigo. Ou melhor, tento erguer.

Tem algo errado. Blazdall parece diferente, apagada, amuada. Os adornos estão escuros, o metal está fosco.

E ela *pesa* como a espada enorme que é.

A ponta cai no chão com um estrondo. Eu mal consigo segurar a empunhadura. É como erguer um sofá.

Que aconteceu?

Hermax gargalha e bate na própria testa.

— Esqueci o quanto você é "habilidosa"!

Blazdall. *Blazdall.*

— BLAZDAAALL!!

Será que ela... morreu?

Ainda estou tentando erguer aquele peso quando Brutusk já está em cima de mim. Grande feito um ônibus e muito mais forte. Encarando feio, zangado. Não que ele tenha outras expressões para escolher.

Largo a espada, que desaba com um estrondo. Exponho as garras, tudo que me resta. Só tinha feito isso uma vez, em uma briga na escola. Não foi legal, a professora me deu bronca, meus pais me deram bronca, os outros alunos me zoaram pelo resto do ano. Nunca mais usei.

Acho que Brutusk me daria um olhar de pena, se ele tivesse qualquer dessas coisas. Pena, ou outro tipo de olhar.

— Cai dentro! — eu, cauda toda arrepiada.

Um punho do tamanho de uma coluna de templo se ergue. Tudo indica que vou acabar moída pela segunda vez no mesmo dia.

Mas antes que me acerte, algo acerta Brutusk primeiro. Pequeno e pesado como uma bala de canhão.

— Filho da ********** *******!!!

Vallos!!

Se fosse alguém contando, eu não acreditava. Vallos não só venceu aquilo que o prendia, mas atravessou a caverna voando feito um míssil, até acertar a mandíbula escamada do grandão!

Mas... ele está sem o machado. Por quê?

Brutusk balança, sacode a cabeçorra, mas continua de pé. Vallos volta ao chão. O soco que estava reservado pra mim agora mergulha em cima do hynne. Acerta em cheio.

Ele. Nem. Se move.

O lagartão arreganha duzentos dentes. *Acho* que está com dor. Deve ter sido igual a socar um poste de ferro.

Pode ou não ter esfarelado cada osso da patinha.

Vallos salta outra vez, cabeceando o ventre de Brutusk — manobra que fica mais dolorida quando seu elmo tem chifres. O lagarto urra outra vez, devolve mais socos. Os dois se engalfinham, esmurrando, mordendo, chifrando. Vallos parece levar vantagem, por ser um alvo bem mais difícil de acertar, e porque Brutusk usa apenas o punho que resta inteiro.

Dá nele, Touro Imortal!

Queria poder fazer mais que só torcer, mas vamos combinar, sem Blazdall não sou grande coisa.

(Confia, isso é mais duro de admitir do que eu faço parecer.)

Brutusk toca um joelho no chão. Mesmo desarmado, nosso demoninho blindado está surrando ele pra valer.

Mas minha alegria logo acaba.

Uma nuvem de estrelas esverdeadas alcança o lagartão. Vejo entrar e correr no corpo dele, fazer as veias e artérias se iluminarem. Como em algum Raio-X bizarro, vejo os ossos da mão ficando inteiros.

Quase ao mesmo tempo, uma rajada de raios vermelhos atinge Vallos pelas costas.

Syndra! Hermax!

Ainda estão lá na entrada do túnel, ela com seu cajado iluminado, ele com as pistolas fumegando. Logo atrás, o novo colega misterioso que pelo jeito substituiu Hitomi.

— Ninguém precisa se machucar, Ágata — o ruivo diz, apontando a arma direto pra mim. — Entregue logo.

Entregar? Entregar o quê? Buscar o... quê...?

*********** DE GATA BURRA!! Eu SEI o que ele quer!!

Por instinto, minha mão vai até a pochete. Acho que Hermax percebe.

Chega! Com ou sem Blazdall, não posso ficar aqui parada!

Eu pulo até eles. Sei que não consigo alcançar antes que o ruivo me acerte uns tiros. *Tudo bem!*

Custe o que custar, vou chegar até eles. Vou esfolar a cara deles até não sobrar o que esfolar!

Aí acontece.

Tudo fica escuro. Tudo mesmo.

Não uma escuridão qualquer. Já estava escuro aqui quando chegamos. Mas agora é mais escuro, mais denso, nem uma partícula de luz (é fóton que chama?). Completamente preto. *Mais escuro que o preto.*

Minha visão noturna de gato nem faz diferença. Quando falam em escuridão que dá pra cortar com a faca, é bem isso. (Ou era nevoeiro?)

Não só fica escuro, mas também quieto. Todo o som desaparece, todo o eco da caverna fica mudo. A luta estrondosa dos tanques parece até que acabou.

Eu tento falar. Não sai nada.

Não fossem meus pés tocando o chão, acho que nem estaria sentindo coisa nenhuma.

Sei que é um blecaute mágico. Sei que quase qualquer conjurador Arcanauta pode lançar, até alguns monstros podem. E nos mapas necromânticos, como este, magia de trevas fica ainda mais forte. Deve ter sido a elfa. Ou o cara novo.

Nenhuma luz natural funciona nessa escuridão. Mesmo assim eu busco o celular. De repente o aplicativo de lanterna...

Vasculhando a pochete, percebo outra coisa. O sangue gela.

Não está ali. Não está mais ali.

O escaravelho sumiu!!

Quero gritar, avisar os outros, xingar Hermax. Mas não consigo.

Tento correr na direção onde lembro de eles estarem. Nem chego perto, bato de frente com o que deve ser uma coluna. Caio no chão imundo.

Fico de quatro. Grito um enorme nada. Esmurro o chão, só pra fazer alguma coisa, sentir alguma coisa. Estou chorando de raiva, chorando muito, não preciso enxergar ou ouvir pra saber disso.

Então, facas em meus olhos.

Metafóricas.

O blecaute acabou. A luz voltou. Luz fraca dos cristais na caverna, mas que agora parecem holofotes, minhas pupilas virando risquinhos.

— Ágata?

Um esforço descomunal para abrir os olhos. Porque doem, e porque tenho medo de olhar.

Está tudo como eu esperava.

Hitomi apagada no mesmo lugar. Rosto escuro.

Vallos caído. Surrado. A armadura amassada em lugares que não pareciam poder amassar.

Hermax e sua turminha sumiram.

Edouard está ajoelhado à minha frente. Tem um olhar que eu nunca vi. De preocupação.

Não. Não só isso.

— Me perdoa, Ágata.

Não só preocupação. *Culpa.*

Por que ele está se desculpando?

Meu rosto ainda está lavado em lágrimas.

— Eles levaram... — eu falo, soluçando. — Levaram o escaravelho...

— Sim. Perdão.

Por que ele está se desculpando?

— Edouard... você...

Onde ele estava enquanto tudo isso acontecia?

— Você se... escondeu?

Por um tempo, tempo demais, ele não responde. Quando abre a boca, já sei que vai se desculpar outra vez.

Não deixo.

— *VOCÊ SE ESCONDEU SEM FAZER NADA?!*

Eu chuto Edouard na cara. Ouço algo quebrar.

Não sei se ele ficou muito ferido. Não sei, porque só consigo gritar, rosnar, me arrastar até Blazdall.

Ainda apagada. Ainda morta.

Com toda a força que me resta, arrasto ela até junto de uma parede. Sento ali, abraçada com ela.

Meu choro derrama na lâmina, escorre em volta dos relevos.

Mas não sou princesa encantada. Minhas lágrimas não fazem nenhum milagre mágico.

Ela não volta à vida.

10

NÃO HÁ SINAL DE SOL OU LUA. TAMBÉM NÃO HÁ JANELAS, impossível dizer qual ou o que brilha lá fora.

Talvez não exista vida selvagem. Plantas, animais ou as criaturas que chamamos de monstros.

Tudo é silencioso fora daqui.

Chego a temer por minha sanidade quando todos se calam. Acredito que eles também se questionem nestes momentos.

"Eles" são os que, como eu, foram capturados na Arca sem conseguir lutar.

Ataques mágicos ou físicos, nenhum surtia efeito. Como se não houvesse uma criatura corpórea descendo dos céus e nos ameaçando.

As lembranças daquele dia são turvas, não sei o que chega a ser real. Tal como se fosse atingido por um ataque que inutilizou todos os meus sentidos.

Minha única certeza é ter pedido ajuda ao sentir o poder do que descia dos céus. Esmagador, opressivo, absoluto.

Sem respostas do staff da BUSCA, imaginei que era a minha hora. Sabia que ia morrer.

Primeiro perdi a audição. Meu equilíbrio foi prejudicado imediatamente, mas não caí. Flutuei.

Gritei, mas ninguém ouviu.

Tudo ficou indistinto, enevoado, e senti meu corpo ser sugado lentamente. Não como nos glifos ou passagens de nível. Era algo agoniante. Maligno.

Cheguei aqui sem visão, e sinto que ainda não a recuperei.

Acordei junto de meus parceiros em uma cela de tijolos brancos, com colchões finos no chão, um banheiro fechado com chuveiro elétrico. Sem nossas armas, trajes e equipamentos. Apenas um macacão grosseiro, amarelado, com cheiro de novo.

Depois de nós, vieram mais. Grupos inteiros de colegas menestreamers.

Não escutávamos quando eles chegavam. Ao amanhecer estavam lá, em seus colchões, como se fosse sempre assim.

Os primeiros chegaram sem nada saber. Os últimos conheciam as consequências.

Nos raros momentos em que estivemos sozinhos, trocamos informações sobre as nossas experiências. Descobrimos que, lá fora, demoraram para acreditar na seriedade da situação. Os fóruns e redes nos acusaram de promover algum espetáculo midiático.

Grupos Arcanautas poderosos teriam se voluntariado para nos resgatar. Mas seu acesso ao glifo agora era impossível. Algo os barrava.

Algo, alguém, que agora sabemos quem é.

Os menestreamers que vieram depois, disseram ter sido contactados por magnatas ligados a negócios envolvendo a Arca. Ou pelo menos é o que acreditam, visto que nunca falaram diretamente com nenhum deles.

Alguns dizem que o responsável pelos sequestros vem sendo chamado de “O Censor”.

O objetivo de tais missões, para mim, ainda é nublado. Desde investigações de rastros mágicos, até encontrar itens que pudessem ajudar. Não cheguei a discutir com ninguém, mas me enlouquece pensar que foram usados como chamariz.

O único ponto de luz é uma lâmpada amarela comum, pendurada em arames. Ela balança com o vento de um ventilador de parede.

Quase tudo aqui é mundano, moderno, mas precário. Como uma prisão estereotipada de algum país subdesenvolvido.

Como que para nos mostrar o que existe de pior em nosso mundo. Para lembrar que, mesmo na Era das Arcas, a Terra ainda tem motivos para se envergonhar.

Disse que quase tudo é comum, porque as grades das celas não o são. Têm aspecto enferrujado, rústico, mas crepitam com alguma eletricidade mágica sempre que alguém se aproxima. Pequenos detritos lançados contra elas se incendeiam em fumaça.

Nossos experimentos tímidos também revelaram que as grades bloqueiam magia. Nada que conjuramos as atravessa. Mais que apenas aprisionar corpos, também aprisionam nossas almas.

Nemesin quase desmaiou de exaustão ao tentar rompê-las por meios arcanos. Olec ganhou cicatrizes eternas ao exercer sua força.

Quando os outros chegaram, advertimos sobre tudo isso. Mesmo assim tentaram derrotar a prisão. Deixamos. Aprendemos a lidar com o desespero, mas não podíamos privar os novatos de sentir.

Sentimentos são as nossas únicas armas aqui.

Há duas grandes celas iguais, uma diante da outra. Quando chegamos, a segunda não existia. Era apenas uma parede de tijolos brancos. Apareceu como seus ocupantes, durante nosso sono, sem vestígios de construção ou conjuração.

Aliás, não é como se pudéssemos "sentir" a magia.

Temos pouco aqui. Giz colorido e maços de papel em branco. Pratos de papel com pizza, de uma caixa sem rótulo que surgiu do nada, e copos plásticos com refrigerante.

Tem sido a base da nossa alimentação há... desde que chegamos. Comida congelada e bebidas gaseificadas.

Na outra cela, os prisioneiros se sentam em círculo perfeito. Joelhos tocando joelhos. Seus sentimentos são compartilhados assim.

Aflição. Insegurança. Medo.

Na nossa, sentamos de pernas cruzadas por toda a volta.

Fizemos alguns cubos de papel com faces numeradas. Cada um na sua vez, jogamos após um sopro de boa sorte.

Uma garota enrola o cabelo rosa no dedo e fecha os olhos diante dos cubos.

— Droga! — passa a mão pelo rosto pálido.

Os olhos cansados me encaram. Ela quer respostas, todos queremos.

— Seu golpe não acerta, Amilca. É a vez do Olec. O dragão está acima das torres centrais da cidade, ainda não conseguiu usar seu poder de fogo, mas ele é o próximo a agir. Você vê sua companheira falhar no ataque com o arpão. O que vai fazer?

Minha voz não tem a entonação confiante habitual. Decidi guardar para quando precisasse.

Emoções são como armas afiadas, mas frágeis.

— Vou... vou socar!

— O dragão? — questiono, segurando a primeira risada em dias.

— Sim!

— Muito bem. Tem alguma vantagem aí?

— Hmm... Deixa eu ver — Olec observa em sua folha de papel, já toda amassada, as observações que fez sobre seu personagem.

Somos vigiados todo o tempo, por aquele que nos trouxe. Nunca nos foi dito o que é ou não permitido nas celas. Fomos apenas deixados lá.

Contar histórias de luta contra monstros foi como decidi começar a fazer algo. Não podia esquecer o que fui, nem deixar os outros esquecerem.

Sempre afiando as emoções. Deixando-as vivas para não serem esquecidas. Para não desistirmos.

Ainda que provavelmente próximo, nunca vimos nosso raptor. Nada além de vislumbres do manto e capuz sinistros. Olhadelas furtivas em uma sala adjacente, com uma poltrona giratória e monitores mágicos ilusórios. Como descobrimos isso, prefiro não dizer. Nem sequer pensar. Pensamentos podem ser desvelados.

Muito embora, de algum modo, ele não pareça se importar.

As telas vigiam diversos níveis da Arca, diversos mapas. Alguns conhecidos por nós, outros não.

Essas telas às vezes surgem em nossas celas, ao acaso, ou assim parece. Exibem cenas aleatórias em pontos diversos do mundo, dentro e fora da Arca. Não parecem ser imagens extraídas de outros veículos de comunicação; são originais, obtidas (ou produzidas) por meios próprios.

A maioria dos lugares e pessoas, não reconhecemos. Outros são bem familiares, como alguns mapas de Vallindra ou a matriz da BUSCA, ou ainda a UniPotência em Akibara.

Por que está nos mostrando isso, não consigo conceber. Uma teoria de Nemesin é que o Censor nos dá informação para conseguir informação. Espera por alguma reação nossa diante das imagens.

Por isso, sem ideia melhor, evitamos assuntos não essenciais. Trocamos notícias, sobretudo com os recém-chegados — impossível não querer saber o que acontece lá fora. Mas nada dizemos sobre nosso passado, nossas famílias e amigos. A ideia de que poderiam ser alvos do vilão nos aterroriza.

Então há momentos longos de silêncio.

Raramente o Censor deixa sua "sala de controle". Quando o faz, não sabemos por onde. Não há outras portas ou passagens. Pensando bem, considerando o modo como surgiu para cada grupo sequestrado, deslocar-se magicamente deve ser o menor de seus problemas.

Então, sem pista sobre os objetivos do vilão ou nossa serventia para ele, fazemos coisas diferentes do esperado.

Isto é, enquanto aguardamos pelo resgate. Que virá. Nosso papel é resistir.

Sei que não apenas os vizinhos de cela acompanham nosso jogo. O Censor, obviamente, também.

Podia jurar que percebi, uma vez, sua poltrona voltando-se para cá.

Jogamos com personagens que diferem muito de nós na vida real. Talvez isso o confunda? Talvez provoque curiosidade, interesse?

Talvez esteja tão intrigado sobre nós, quanto nós sobre ele.

Quem, ou o quê, poderia ser? Terrano? Viajante? Humano? Outra raça?

O que almeja com a nossa captura? Por que apenas menestreamers?

— Acerta? — Olec me chama para a realidade, apontando os dados de papel com resultados irrisórios.

— Sinto muito, parceiro — balanço a cabeça com pesar verdadeiro. — A vida tem dessas coisas.

— KedroP, pessoal — Tigoah chama da outra cela. De tão entretidos, não vimos quando uma tela apareceu no corredor entre as celas.

Reconheço o lugar. Uma caverna na Floresta dos Ossos.

Mais que isso. É a câmara onde Kalendra descobriu e nomeou Primevore.

O monstro foi recém-abatido, destruído por completo. Apesar disso, há também um grupo Arcanauta que parece ter sido derrotado.

Reconheço apenas o tanque hynne. O Touro Imortal. Os outros são estranhos para mim.

A imagem fecha em uma Herdeira do Gato, abraçada a uma espada impressionante. Combalida, derrotada. Choro copioso.

Pergunto com os olhos se alguém a conhece. Ninguém.

Tão jovem!

Ela murmura palavras que não ouvimos bem. Demoramos a entender algumas.

— Fica comigo... Não morre...

Ela tem o colar com a gema emergencial. Seus dedos a acariciam.

— Eu desisto... Vamos pra casa...

Então a imagem congela. Somos deixados com ela assim, por alguns momentos, antes que desapareça.

Coitadinha. Amanhã ela estará entre nós?

Sinto o que todos estamos sentindo. Horríveis, por não poder ajudar em nada. Horríveis, por tê-la atraído para cá.

Respiro fundo. Volto a sentar no chão.

— É a vez do dragão. Prontos?

Para acompanhar as novidades da Jambô e acessar conteúdos gratuitos de RPG, quadrinhos e literatura, visite nosso site e siga nossas redes sociais.

www.jamboeditora.com.br

facebook.com/jamboeditora

twitter.com/jamboeditora

instagram.com/jamboeditora

youtube.com/jamboeditora

twitch.com/jamboeditora

Para ainda mais conteúdo, incluindo colunas, resenhas, quadrinhos, contos, podcasts e material de jogo, faça parte da *Dragão Brasil*, a maior revista de cultura nerd do país.

www.dragaobrasil.com.br

JAMBÔ

Rua Coronel Genuíno, 209 • Centro Histórico
Porto Alegre, RS • 90010-350
(51) 3391-0289 • contato@jamboeditora.com.br